마지막 정육점

마지막 정육점

김도연
장편소설

문학동네

차례

흰 두루미가 바라보는 곳은? 007
두견새 우는 밤, 사랑의 계절이 왔어요 032
정육점의 고기들 070
피 묻은 도마 103
손저울에 앉은 파리들 139
푸주한의 돼지들 189
돼지들의 합창 238
숨은 방 286

작가의 말 313

흰 두루미가 바라보는 곳은?

1

신랑은 눈을 떴다.

자가용의 앞유리는 온통 눈에 덮여 있어 시야가 차단된 상태였다. 그게 눈이라는 걸 알아낸 것만 해도 다행이었다. 신랑은 옆자리의 신부를 찾았다. 신부는 좌석의 등받이에 기댄 채 눈을 감고 있었다. 실내등을 켠 신랑은 신부의 코에 귀를 댄 채 한참을 기다렸다. 그다음엔 손목을 잡고 맥을 짚었다. 덜덜 떨리는 손으로 맥박을 짚기란 쉽지 않았다. 자가용 안은 신랑과 신부의 코와 입에서 꾸역꾸역 흘러나온 술 냄새가 히터의 뜨끈한 바람과 뒤섞여 진동했다. 신랑은 신부의 어깨를 두드리고 볼을 살짝 꼬집었다. 신부는 여전히 미동도 하지 않았다. 마치 겨울잠에 든 지 오래된 동굴 속의 곰처럼. 터진 풍선들과 헝클어진 오색 줄이 눈과 유리창 사이에서 괴이한 모습으로 두 사람을 들여다보고 있었다.

"눈 속에 처박혔군!"

열리지 않으려는 문을 간신히 열고 밖으로 나온 신랑은 도로를 벗어나 눈더미에 머리를 박고 있는 자가용을 남의 집 불구경하듯 물끄러미 바라보았다. 폭설의 여파로 눈더미는 고갯길의 가드레일을 간단하게 덮어버렸다. 미끄러진 차 역시 간단하게 그것을 타넘고 산비탈로 접어들었지만 역시나 어른 키만큼 쌓인 눈 덕분에 절벽이나 마찬가지인 비탈 아래로 떨어지지 않고 길옆 눈더미에 머리만 처박고 있는 게 꼭 매를 피해 짚가리에 머리를 숨긴 닭의 자세 그대로였다. 눈만 가리면 무서울 게 아무것도 없다는 듯. 지나가는 차 한 대 없는 한밤중의 눈보라치는 고갯길에서 신랑은 담배 한 대를 건성으로 피우고, 사실은 바람에게 대부분 빼앗기고 자동차로 돌아가면서 중얼거렸다.

"……될까?"

신랑은 옆자리의 신부를 보며 방금 전의 생각을 이리저리 굴렸다. 연료 탱크의 기름은 밤새 히터를 틀어도 남을 만큼 충분했다. 곰 같은 신부는 코까지 골기 시작했다. 차가 눈 속에 처박혔는데도 저렇게 편하게 잠을 잘 수 있다니. 과연 옥자玉子다웠다.

"도망치라는 하늘의 계시가 아닐까……"

막 자정을 넘겼으니 결혼식이 끝난 지 거의 열두 시간이 되어가고 있었다. 신부와 함께 이 길을 계속 간다면 너무나도 뻔한 길이었다. 신혼여행이 끝나자마자 꼼짝 못하고 집구석에 붙잡혀 살 게 틀림없었다. 결혼도 하기 전에 애까지 태어나 스물네 시간 앵앵거리고 있으니 이건 뭐 빼도 박도 못할 신세였다. 인생이 이렇게 될 줄은 정말이지 눈곱만큼도 예측하지 못했다. 이 모든 게 옆자리에서 곰처럼 씩씩거리며 자고 있는 옥자년 탓이었다. 걸려도 제대로 걸린 거였다. 전도유망한 인생이 산골 마을의 정육점에서 피 묻은 고기나 자르며 보낼 수는 없었다. 그것은 인생에 대한 모독이었다.

"도식徒食아, 사랑해."

터진 풍선들과 흐트러진 오색 줄이 점괘의 무엇인 것 같아 들여다보고 있던 신랑의 뒤통수를 잡아끄는 신부의 잠꼬대였다. 신부를 바라보는 신랑의 얼굴은 거의 백지장이었다.

그날 밤, 그러니까 영 점 영몇 초의 망설임이 불러온 무시무시한 결과였다. 평소 관계를 가질 때면 아무리 술에 취했더라도 냉혹하리만치 조절을 잘했던 도식이었다. 그런데 그날 밤은 이상했다. 알 수 없는 어떤 기운이 옥자의 알몸 위에 올라탄 도식을 감싸고 있었다. 옥자의 가슴 위에서 내려오지 않고 그대로 잠들어버리고 싶은 묘한 느낌. 그 느낌을 눈치챘는지 옥자도 평소보다 더 억세게 도식의 머리를 감싸안았다. 미용실에 딸린 좁고 캄캄한 방에서 도식은 초를 다투는 결정을 앞둔 채 옥자의 젖무덤으로 땀을 뚝뚝 떨어뜨렸다. 오 초, 사 초, 삼 초, 이 초, 일 초! 다시 일, 이! 도식은 황급히 옥자의 몸에서 빠져나왔다. 평소보다 도합 사 초의 시간을 더 머무른 뒤에. 그 사 초의 시간이 도식의 발목을 억세게 움켜잡을 줄은 당시에는 상상조차 할 수 없었다.

신랑은 신부가 깨지 않게 조심조심 짐을 챙겼다. 신부는 아무것도 모른 채 코를 골았다. 신랑은 마지막으로 담요로 신부의 무릎을 덮어주고 입을 열었다.

"한 바퀴 돌고 올 테니 애 잘 키우고 있어."

눈보라가 날리는 밤의 대관령 중턱에서 신랑은 별이 자취를 감춘 밤하늘을 비장한 표정으로 올려다보며 갈 길을 헤아렸다. 눈보라 사이로 멀리 강릉의 불빛이 추위를 피해 지상에 내려앉은 별들처럼 반짝이고 있었다.

2

신부도 눈을 떴다.

"결혼식 올린 지 하루도 안 지났는데 도망을 쳐?"

상황파악을 대충 끝낸 신부는 고갯길의 눈보라와 추위를 이기지 못하고 눈더미에 처박힌 차 안으로 다시 들어갔다. 제설차가 밀어버린 눈은 도로 옆에 담처럼 쌓여 있어서 그 너머에 처박힌 차를 발견하기란 쉽지 않아 보였다. 더욱이 대설주의보가 내린 터라 한밤중에 지나가는 차량도 거의 없었을 것이다. 히터에서 나오는 따스한 바람에 몸을 녹이며 신부는 신랑의 도망에 이를 갈았다. 결혼식 뒤풀이 때 그동안의 긴장을 풀고 너무 많은 술을 마신 게 화근이었다. 설마 했는데, 설마가 현실로 뒤바뀐 새벽이었다.

"고갯길에 나만 내버려두고 도망을 쳤다……"

신부는 가방 속에서 신랑의 옷가지만 사라졌다는 걸 알아차렸다.

"기름이 떨어져 얼어죽거나 말거나!"

히터의 바람은 뜨거웠고 기름의 양을 가리키는 계기판의 바늘은 어린아이의 발기한 자지처럼 아직 꼿꼿했기에 신부는 이내 다른 것을 찾아 두리번거렸다. 터진 풍선은 앞유리에 얼굴을 바짝 붙이고 있는데 마치 핼러윈 날의 괴기스런 호박인형 같은 표정이었다. 아니, 비웃고 있었다.

"신혼여행 첫날에, 도망을 쳤다……"

신부는 눈 속에 삼분의 일쯤 파묻힌 차의 조수석에서 지끈거리는 머리를 진정시키려고 의자를 뒤로 젖혔다. 두통과 깨지 않는 술기운이 실린 몸을 그 위에 눕혔다. 신랑 친구들의 짓궂은 장난을 대신 받아내느라 몸과 마음을 다해 고생했건만 그 결과는 폭설에 뒤덮인 대관령 고갯길에서 홀로 차에 남겨진 거였다. 괘씸한 새끼! 술이 약한 저를 위해 온갖 술을 섞어 양푼 가득 채운 걸 내가 거의 다 마셨건만, 날 남겨놓고, 아기까지 남겨놓고 도망을 치다니. 신부는 의자에 누운 채 발로 바닥을 쾅쾅 내리쳤다. 그러자 차가 기우뚱하더니 눈더미 속으로 미끄러지다가 멈췄다. 차창 밖의 풍경도 덩달아 경사가 기울어졌다. 자동차에서 발생한 열이 주변의 눈을 녹이는 모양이었다.

"나쁜 놈!"

몸을 움직일 때마다 산비탈 쪽으로 조금씩 미끄러지는 차 안에서 신부는 조심조심 짐을 챙겼다. 결혼식 다음날 눈 덮인 산비탈에 처박힌 차 안에서 홀로 짐을 꾸려야 하다니. 내가 그동안 지를 얼마나 챙겼는데. 지 힘들 때마다 찾아와 온갖 지지리 궁상을 떨어도 다 받아줬건만 이제 와 배신을 때려? 신부는 불룩해진 가방을 들고 차에서 내렸다. 그 반동으로 차는 눈더미를 밀며 산비탈 아래로 조금 더 미끄러졌다. 역도선수처럼 건장한 체격에 추위를 피하기 위해 아래위에 억지로 걸쳐입은 옷 때문에 다소 우스꽝스런 모습이 된 신부는 꽁무니에서 비상등이 깜박이는 자가용을, 신랑이 신혼여행을 위해 빌린 자가용을 향해 침을 뱉었다. 그러자 눈사태라도 맞은 듯 차는 눈더미를 밀면서 스르르 산비탈을 얼마간 미끄러져 내려갔다. 내려가다가 참나무 줄기를 만나 다시 멈췄다. 눈보라치는 새벽의 대관령 고갯길에서 신부는 비장한 얼굴로 입을 열었다.

"지구 끝까지라도 쫓아간다!"

3

서울 종로3가에서 새벽에 출발한 강릉행 버스가 뒤따라온 먼지에 휩싸인 채 푸줏간 앞에 멈췄다. 허름한 양복을 입은 사내가 장을 보고 돌아오는 동네 사람들 틈에 섞여 버스에서 내렸다. 손으로 입과 코를 감싼 채. 버스는 가라앉는 먼지 속으로 검은 연기를 쿨럭쿨럭 토해놓고 월정거리를 떠났다. 뿔뿔이 흩어지는 동네 사람들과 달리 사내는 한동안 푸줏간 앞을 떠나지 않았다. 먼지 낀 뿌연 유리창 너머로 보아도 남자는 중이 되려고 절에 가는 사람임이 분명하다고 정옥은 고개를 끄덕였다. 때에 절어 반들반들한 푸줏간 나무의자의 등받이에 팔과 턱을 괴고서. 전쟁의 후유증인지 몰라도 요즘 들어 머리 깎고 중이 되려는 사람들이 하루에도 몇 명씩 절간을 찾아오고 있었다. 정옥은 4월의 우중충한 풍경 속에 버려진 듯이 서서 사방을 두리번거리고 있는 사내를 훔쳐보다가 그만 짧은 비명을 지르고 말았다. 잠깐 한눈을 판 사이 사내의 얼굴이 누군가 손으로 먼지를 닦은 유리문 가까이 다가와 그녀를 바라보고 있었기 때문이었다.

"저기…… 길 좀 물을게요."

사내는 안으로 들어서지 않은 채 유리문을 한 뼘쯤 열고 정옥을 살폈다. 눈썹이 짙고 이마가 훤칠한 사내였다. 정옥은 발갛게 변한 얼굴로 사내의 다음 말을 기다리다가 먼저 입을 열었다.

"큰절에 가려구요?"

"큰절이라면?"

외지 사람들은 대부분 큰절이라 말하면 무슨 뜻인지 못 알아들었다.

"오대산 월정사요?"

"예, 월정사! 여기서 멉니까?"

"걸어서 이십 리 길이에요."

"팔 킬로미터라…… 여기서 국밥도 팝니까?"

사내는 유리창 옆에 앉아 턱을 괸 채 바람과 흙먼지가 지나가는 월정거리에서 시선을 떼지 않았다. 아직 잎을 틔우지 않은 건너편 늙은 수양버들의 축축 늘어진 잔가지들이 바람이 불어올 때마다 들썩거렸다. 서쪽에서 불어온 바람은 삼거리에서 두 방향으로 갈라지고 있었다. 오대산으로 가는 바람과 대관령 너머 강릉으로 가는 바람이 마지막 작별 인사를 하듯 한바탕 요동을 치곤 헤어졌다. 4월이었지만 아직 봄은 멀리 있었다. 어쩌면 몇 차례 더 눈이 내릴지도 몰랐다. 정옥은 고깃덩어리가 매달려 있는 주방 너머에서 사내를 훔쳐보며 국이 데워지길 기다렸다. 사내는 얼굴이 하얀 게 딱 봐도 서울내기로 보이는데 무엇하러 강원도 첩첩산중의 절간으로 들어가는지 궁금증을 불러왔다. 허우대 멀쩡한 사내가 진짜 중이 되려고? 정옥은 쟁반에 담긴 배추김치와 깍두기를 탁자에 내려놓으며 결국 궁금증을 참지 못하고 말을 걸었다.

"선생님은 큰절에 무슨 일로 가나요?"

"……공부하러 들어갑니다."

"중이 되려고요?"

"아니, 그냥 공부만."

"큰절이 학교도 아닌데 무슨 공부를 해요?"

"공불 학교에서만 하는 건 아니잖아요. 배고픈데, 국밥 아직 멀었어요?"

정옥이 김이 술술 나는 국밥을 내려놓자 사내는 술까지 주문했다. 사발 가득 막걸리를 담아 내밀자 사내는 숨 한 번 안 쉬고 단숨에 들이켠 뒤에야 수저를 잡았다. 신작로를 달려가는 바람이 푸줏간의 유리창을 흔들었다. 강릉에서 출발한 직행버스는 삼거리에 경적소리만 울리곤 진부 쪽으로 사라졌다. 유리창 밖에서 다시 한차례 먼지가 휘몰아쳤다. 사내는 이마와 콧등에 땀방울을 매단 채 수저질에 몰두하고 있었다. 공부가 대체 뭐라고 답답한 산속으로 들어가려는 것일까. 절간으로. 더군다나 지금 큰절은 중들끼리 싸움질을 하느라 정신이 없을 텐데 하필 그곳으로 들어가다니. 필경 아무것도 모르는 샌님임에 틀림없었다. 중이 되겠다고 절에 들어간 다른 사람들처럼 아마 일주일도 견디지 못하고 야반도주를 할 게 뻔했다. 저렇게 야리야리한 인상으론 큰스님 성깔을 당해낼 수가 없었다. 옆에서 보지 않아도 훤하다고 고개를 끄떡였고 국밥을 다 비운 사내는 이마의 땀을 닦으며 정옥에게 빈 막걸리 사발을 내밀었다.

"한 대포 더 줘요?"

사내는 대답 없이 씩 웃었다.

"절에 가는 사람이 웬 술을 마신대요?"

"……앞으로 못 먹을 거 같아서."

"중 되러 가는 거 아니라면서요?"

"그래도 절에서 생활하는 거니까."

사내는 첫잔과 달리 이번엔 공을 들이듯 천천히, 세 번에 나눠서 막걸리를 모두 비웠다. 그리고 트림을 길게 내뱉었다. 정옥은 그 소리에 킥킥 웃음을 흘렸다.

"큰절에 얼마나 계셔요?"

"오 년."

"오 년? 그럼 자주 보겠네요! 오대산 스님들 우리 푸줏간에 가끔 오거든요."

"스님들이 푸줏간에 왜?"

"절에서 풀만 먹으면 기가 허해지거든요."

사내가 무슨 말을 하려고 할 때 월정거리로 아름드리나무를 가득 실은 산판트럭들이 빵빵거리며 들어왔다. 오대산에서 빠져나온 트럭들이었다. 삼거리는 다시 먼지로 자욱하게 변했다. 트럭들은 푸줏간 건너편에 줄을 지어 정차하더니 산판꾼들이 하나둘 뛰어내렸다. 그들은 먼지를 뚫고 신작로를 건너왔다. 참을 먹고 가려는 모양이었다. 정옥은 푸줏간의 뒷문을 열고 큰 소리로 엄마를 불렀다.

한산했던 푸줏간이 북적거렸다. 산판꾼들의 목소리는 크고 걸쭉했다. 땀냄새도 진동했다. 엄마는 부엌에서 아궁이에 마른 나무를 넣어 불을 지피고 정옥은 산판꾼들 사이를 오가며 반찬을 날랐다. 절에 간다는 사내는 아예 막걸리 한 주전자를 새로 시켜놓고 본격적으로 술을 마시기 시작했다. 산판꾼들 다음에 새로 들어온 이상한 차림의 젊은 사내는 자리가 없어 합석을 해야만 했다. 공부하러 절에 들어간다는 사내의 앞자리에. 푸줏간은 진부 장거리의 주막처럼 모처럼 흥청거렸다.

"국밥 줘요?"

"……비위가 약해 그러는데, 국밥 말고 다른 건 없나요?"

"없어요."

아무리 봐도 요즘과는 뭔가 다른 복장을 한 사내가 결국 주문한 건 국밥에서 고기를 뺀 국물만 달라는 거였다. 생긴 건 멀쩡한데 입은 엄청 짧은 모양이었다. 색다른 양복 위에 솜을 넣은 듯한 긴 외투를 껴입은 차림새로 보아선 이북 땅 개마고원쯤에서 온 간첩 같기도 했다.

"거기도 절에 들어가는 길이에요?"

"……그냥, 여기저기."

"여기저기가 어딘데요?"

"……대관령."

"대관령? 아까 버스는 여서 멈추지 않고 그냥 지나갔는데? 그럼 걸어왔어요?"

하여튼 뭔가 요즘 사람과는 다른 복장을 하고 있어 호기심이 당겼지만 물을 달라, 깍두기를 더 달라, 막걸리를 더 달라 소리치는 산판꾼들은 정옥을 가만히 놔두지 않았다. 부엌과 식당을 오가다보니 절로 가겠다는 사내가 막걸리를 따라주고 있어 왠지 안심이 되었다. 어떤 알 수 없는 측은지심이 들게 만드는 인상이었기 때문이다. 산판꾼들은 국밥과 막걸리를 먹으면서 산속에서 하지 못한 온갖 이야기들을 다 꺼내놓는 것 같았다. 산림감수 성질이 더럽다느니, 저번에 돈을 찔러줬는데 또 원하는 것 같다느니, 주지 스님을 구워삶으면 훨씬 쉽게 산판을 할 수 있다느니, 일꾼들이 일당을 더 올려달라고 투덜거려서 한 번만 더 그런 말 하면 모두 잘라버리겠다고 으름장을 놓았다느니, 내일 산으로 갈 때 일꾼들 간식으로 먹을 건빵 사는 거 잊지 말라느니…… 정옥은 그들의 땀내, 비린내, 입냄새나는 이야기 사이로 놀란 토끼처럼 드나드느라 바빴다. 산판꾼들 중 '오야지'로 보이는 자가 계산을 마치고 나가자 나머지 사람들도 서둘러 담배를 비벼 끄고 우르르 따라 나갔다. 푸줏간에 남은 건 음식 냄새와 담배 냄새, 그리고 낯선 두 사내뿐이었다. 정옥은 출입문을 열어놓았다. 나무를 싣고 떠나는 산판트럭이 뿜어내는 검은 연기와 바람에 실린 흙먼지가 한차례 삼거리를 쓸고 지나간 뒤에야 정옥은 문을 닫았다. 정옥의 엄마도 밭에 간다며 정옥에게 설거지를 당부하고 뒷문으로 사라졌다.

"넉넉잡아 한 시간이면 갈 수 있어요."

합석한 남자의 국밥값까지 계산한, 서울에서 온 사내의 등에 대고 정옥은 묻지도 않은 대답을 들려주었다. 사내는 문을 열다 말고 정옥을 향해 고개를 숙였다. 발갛게 술이 오른 얼굴도 한 시간쯤 걷다보면 다 깰 거라는 말을 해주고 싶지만 꾹 참았다. 사내는 정옥이 손가락으로 가리키는 북쪽의 흙길을 잠시 바라보다가 이윽고 첫발을 내디뎠다. 푸줏간에 남은 사람은 이제 한 사람뿐이다. 정옥은 사내의 뒷모습에 걸어놓았던 시선을 천천히 끌어당겼다. 대관령에서 왔다는 젊은 사내는 허리를 구부린 채 대폿잔에 반쯤 담긴 막걸리를 골똘히 들여다보고 있었다. 마치 풀기 힘든 어려운 문제를 풀려고 애를 쓰는 것처럼.

"거긴 어디로 갈 거예요?"

고개를 들어 정옥을 바라보는 사내의 눈빛은 공허했다. 몇백 년은 산 사람처럼 보여 정옥은 흠칫 몸을 떨었다. 그동안 어떤 풍파를 겪었기에 저런 눈빛을 지닐 수 있는지 의아했다. 전쟁통에 온 가족이 죽기라도 했단 말인가.

"……여기가 대체 어디죠?"

여기가 어디라니? 대관령에서 왔다면서 여기가 어디냐고 묻다니. 정옥은 탁자를 치우다 말고 사내를 살폈다. 정말 여기가 어디인지 모르는 눈빛이었다. 마치 허공에서 뚝 떨어진 듯한 그런 표정이었다.

"강원도 평창군 진부면 간평리. 동네 사람들은 월정거리라고 불러요."

"여기가 월정거리라고요?"

"예. 오대산과 강릉 가는 길이 갈라지는 곳, 월정거리."

사내는 벌떡 일어나더니 밖으로 뛰쳐나갔다. 흙먼지가 기승을 부리는 삼거리 한복판에서 사내는 두 손으로 머리를 감싸안은 채 사방을 두리번거렸다. 빙글빙글 맴을 돌았다. 수양버들의 줄기를 부여잡고 무엇을 확인이라도 하듯 손으로 쓰다듬다가 그 아래에 주저앉았다. 또 한차례 흙먼지가 지나간 뒤 사내는 비틀거리며 푸줏간을 향해 걸어왔다. 정옥은 한 뼘쯤 열어놓은 문 앞에 서서 곧 쓰러질 것만 같은 사내를 기다렸다.

"……오늘이 몇 년 몇 월 며칠이죠?"

"예?"

삼발이트럭 한 대가 삼거리를 지나 강릉 방면으로 달려가자 어김없이 자욱한 먼지가 뒤따라와 사내를 지웠다. 사내는 놀란 얼굴로 트럭의 꽁무니를 눈으로 좇다가 먼지 속에서 나타난 사람을 보고 더 놀란 얼굴로 변했다. 삼발이트럭이 달려간 신작로에는 한복을 입은 한 여자가 멀찌감치 떨어져 봐도 잔뜩 화난 얼굴로 씩씩거리며 걸어오고 있었다. 사내가 어쩔 줄 몰라 하는 사이 저편에서 그녀의 고함소리가 몸보다 먼저 달려왔다.

"야, 이 개자식아! 너 잡히면 내 손에 죽는다!"

얼떨결에 정옥을 밀치고 푸줏간으로 들어온 사내는 부엌문을 통해 뒤로 달아나며 부탁을 했다. 저 여자가 혹 여기로 들어와 자신을 찾으면 아무것도 본 게 없다고 말해달라고. 정옥은 뭐가 어떻게 된 것인지 사연도 모른 채 사내의 말에 고개를 끄덕였다. 왠지 그래야만 될 것 같았다. 사내의 모습이 꼭 포수에게 쫓기는 노루 같았기에.

4

〈황성옛터〉란 노래가 절로 떠올랐다.

아직도 손이 시린 계곡물로 세수를 한 종욱은 그림자가 본래의 키보다 길어진 석탑을 탑돌이하듯 천천히 시계 반대방향으로 돌았다.

탑의 곳곳에는 총탄이 스쳐간 자국이 있었고 옥개석 한쪽이 아예 깨어져나간 곳도 있었다. 탑 앞에 한쪽 무릎을 괴고 앉아 있는 석조보살도 마찬가지였다. 상처는 남았지만 탑과 석조보살은 그나마 목숨이라도 부지한 경우였다. 사진으로 봤던 절의 모습은 온데간데없고 전쟁의 화마를 용케 피한 것은 오직 탑과 석조보살뿐이었다. 술기운이 어느 정도 사라질 때까지 종욱은 절에 구경 온 사람처럼 기웃거릴 곳도 없었지만 이곳저곳을 기웃거리다가 절을 휘돌아 흐르는 물 옆 너럭바위에 자리를 잡고 앉았다. 그곳에서는 석탑의 상반신만 보였다.

종욱은 가방을 베개 삼아 너럭바위에 누웠다. 뾰족한 탑 위의 구름이 빠른 속도로 동쪽으로 흘러가고 있었다. 지난 사오 년을 생각하면 사는 게 참 허망했다. 부모형제와 이별하고 전쟁통에 목숨을 부지한 것만 해도 다행이라고들 얘기하지만 아무 연고도 없는 강원도 산골짜기 폐허로 변한 절 마당까지 자신을 끌고 온 게 진정 무엇인지 궁금했다. 끌고 온 게 아니라 알 수 없는 어떤 힘에 끌려왔는지조차 분명하지 않았다. 이념도, 도피도, 사랑도, 생계도 아니었다. 명목상으로야 공부였지만 곰곰 생각해보면 꼭 그런 것 같지만도 않았다. 종욱은 탑 꼭대기 저만치 위에서 흘러가는 구름을 바라보며 중얼거렸다. 함경북도 청진, 함경남도 단천, 1·4후퇴, 강원도 주문진, 경상북도 안동, 경기도 의정부, 서울…… 혼자서만 그 길을 걸은 것은 아니지만 혈혈단신으로 고향을 떠난 뒤 멀다면 멀고먼 길이었다. 그리고 앞으로의 길이 또 어디로 흘러갈지 확신할 수 있는 것은 아무것도 없었다. 종욱이 내뱉은 한숨이 채 사라지기도 전에 승복을 입고 머리를 삭발한 사내들이 그림자와 함께 너럭바위 위로 하나둘 나타났다. 종욱은 벌떡 일어나 앉았다.

"혹시 욱 도자道子 되십니까?"

"예?"

"오대산 수도원에 들어오기로 한 이종욱 도자 맞으시죠?"

"……예. 제가 이종욱입니다만."

"거봐! 내가 맞다 했잖아!"

사내들이 껄껄 웃으며 너럭바위에 자리를 잡고 앉았다. 모두들 승복에 삭발을 하고 있어서 누가 진짜 중인지 수도원생인지 분간하기 힘들었다. 종욱을 둘러싸고 앉은 그들은 창경원 원숭이를 살피듯 한꺼번에 종욱의 요모조모를 탐색하느라 바빴다.

"낮술 한잔 하셨구만! 내 이름은 강우연이오. 여기선 다들 연 도자라 부르지."

통성명과 인사가 이어졌다. 후 도자, 지 도자, 묵 도자, 기 도자, 그리고 정법 스님, 기민 스님, 우연 스님(연 도자)이 그들이었다. 뒤에 스님이 붙은 건 스님생활을 하다 수도원생으로 들어온 거고 이름의 끝 자에 도자를 붙인 이들은 종욱과 같은 경우였다. 종욱은 뭐라 반론을 제기할 여지도 없이 바로 욱 도자가 되었다.

"문학을 한다고 들었소만?"

"시인이오, 소설가요?"

"갓 데뷔한 초짜 시인입니다."

"시인이라……"

다들 신기하다는 눈으로 종욱을, 욱 도자를 바라보았다. 승복을 입고 머리까지 빡빡 밀은 터라 눈빛들이 예사롭지 않아 말꼬리를 돌려야만 했다.

"근데 수도원생이 되면 일반인도 머리 밀고 승복 입어야 합니까?"

"그렇소. 원장님 성깔이 보통 아니거든."

"원장님이라면?"

"큰스님이 원장이오."

"그게 싫음 지금이라도 당장 도망치는 게 상수요."

그들은 다시 껄껄껄 웃어젖혔다. 통성명은 했지만 누가 무슨 도자고 누가 무슨 스님인지, 종욱으로선 헛갈리기만 했다. 잎이 나지 않은 나뭇가지들이 너럭바위 옆 빙빙 맴을 도는 물위에서 어지럽게 어른거렸고 물속에는 지난해의 낙엽들이 썩지 않은 채 쌓여 있었다. 종욱은 앞으로 이 산속에서 오 년이란 시간을 함께 공부할 사람들을 슬며시 훔쳐보았다. 지난 세월과 마찬가지로 예측할 수 있는 것은 아무것도 없는 것 같았다. 두렵고 막막하고 아득했다.

"야 이놈들아? 공부할 시간 됐으면 빨랑 올라와 공불 해야지 냇가에서 노닥거리면 밥이 나오냐, 떡이 나오냐!"

"원장님이야!"

전나무 옆에서 탑을 등지고 서 있는 스님을 종욱은 올려다보았다. 검은 뿔테안경이 인상적인 스님이었다.

"원장님, 신참이 들어왔습니다!"

누군가가 소리쳤다. 원생들이 자리를 털고 일어나 절로 향했다. 종욱도 그들의 꽁무니에 붙어서 걸었다.

"시인을 만나서 반갑소!"

원장에게 소리친 우연이 종욱에게 악수를 권했다.

"저기……"

종욱이 인법당因法堂에서 공식 인사를 한 뒤 첫 수업을 듣고 원생들과 함께 나오는데 마루에 앉아 있던 한복 차림의 젊은 여자가 다가와 말을 걸었다. 남자로 태어났으면 힘깨나 썼을 정도로 체구가 다부진 여자였다. 그래도 한복까지 차려입은 여자인지라 그녀를 바라보는 원생들의 눈이 반짝거리지 않을 도리가 없었다. 승복도 군복과 그리 다르지 않은 까닭이었다. 그녀는 다른 이들을 제쳐놓고 종욱에게 말을 걸었지만 그녀의 말을 낚아챈 이는 마루 위에 서 있던 원장이었다.

"무슨 일이오?"

"……사람을 찾으러 왔습니다. 이름이 강도식이라 하는데."

"강도식?"

원장은 원생들을 둘러보았고 원생들은 서로의 얼굴을 물끄러미 바라보며 대답을 구했다. 그러나 모두들 고개만 갸웃거릴 뿐이었다. 원장은 안경 너머로 한동안 여자의 얼굴을 뚫어져라 쏘아보더니 빙그레 미소를 지으며 물었다.

"그이를 왜 여기 와서 찾나?"

"술만 취하면 자긴 중이, 아니 스님이 되겠다고 헛소릴 늘어놓았거든요."

원생들이 낄낄 웃음을 흘렸다. 4월 오후의 저무는 햇살이 그들의 배코 친 머리 위에서 반짝거렸다.

"보살님과 어떤 인연인데?"

"결혼식 올린 지 하루도 안 돼 도망친 신랑입니다!"

그녀는 분한 표정을 짓고 있었지만 웃음소리는 인법당 뜰에 다시 흘러넘쳤다. 마루에서 내려온 원장은 원생들을 한 사람씩 가리키며 그녀에게 이름을 알려주었다. 자기 이름이 호명된 원생은 그녀에게 가볍게 고개를 숙이거나 합장을 했다. 웃음을 참으며.

"보다시피 이곳엔 보살님 신랑이 없는 것 같은데."

"어디 숨겨둔 건 아니죠?"

"내가 여기 대장 중인데 내 말을 못 믿으면 누구 말을 믿어."

"혹시라도 그 인간이 찾아오면 절대 받아주지 마세요!"

우연 옆에 선 종욱은 그녀의 얼굴을 유심히 살폈다. 어디선가 본 듯한 인상인 것 같은데 도무지 기억나지 않았다.

"보살님은 너무 빨리 찾아온 것 같아. 하여튼 신랑이 여길 찾아와 중이 되겠다고 하면 내 꼭 돌려보낼게."

"빨리 오다니요?"

"아니, 너무 옛날로 왔어."

"옛날로요?"

"여행을 더 하다보면 알게 돼."

원장은 그 말을 남기고 원생들과 함께 북쪽 전나무 숲을 향해 예정된 산책을 나섰다. 그들을 따라 탑과 서별당西別堂을 지나가면서도 종욱은 그녀를 자꾸만 뒤돌아보았다. 그녀는 망부석처럼 그 자리에서 움직이지 않고 있었다.

"원장님, 그게 무슨 얘깁니까?"

우연이 원장의 뒤에서 물었지만, 종욱도 궁금했지만, 원장은 뒤를 돌아보더니 혀만 끌끌 차고 담도 없는 절을 빠져나갔다. 오른팔과 왼

팔을 번갈아 척척 흔들며.

오대산의 4월은 아직 봄이 아니었다. 멀리 보이는 산꼭대기엔 아직 녹지 않은 눈이 허옇게 덮여 있었다. 서울을 떠날 때 보았던 개나리는 아주 먼 옛날의 일처럼 여겨졌다. 원장과 원생들은 지장암으로 건너가는 나무다리를 잠시 구경만 하곤 내처 흙길을 따라 올라갔다. 우연은 종욱의 옆에 서서 산속의 절들에 대해 설명을 늘어놓았다. 전쟁 때 국군이 불을 지른 월정사와 한암 스님이 끝까지 지킨 상원사 얘기까지 마쳤을 때 드문드문 서 있던 길옆 전나무는 아예 거대한 숲을 이루고 있었다. 그곳은 부도밭이었다. 둥근 돌탑들이 전나무 숲의 그늘 아래서 제각각의 형상으로 삐뚜름히 서서 원생들을 맞이했다.

"욱 도자, 부도를 보면 무슨 생각이 듭니까?"

우연이 종욱의 곁을 떠나지 않은 채 물었다.

"솔직한 심정을 얘기해도 됩니까?"

"그럼요!"

"마치 남성의 물건을 보는 것 같습니다. 녹이 슬었음에도 불구하고 서로 자기 게 잘났다고 뻐기는."

우연이 배를 잡고 주저앉아 웃음을 참느라 끙끙거렸다.

"농담이었습니다."

"킥킥! 저는 여인네의 젖가슴을 상상했습니다."

종욱의 귀에 대고 우연이 작은 소리로 말했다.

"스님이 그런 생각을 해도 됩니까?"

"아직 스님이 덜 된 모양입니다."

부도밭을 벗어나니 다시 긴 나무다리가 나타났다. 건너편에는 마을이 있었다. 마치 산속의 별천지를 보는 듯했다. 일본인의 목재회사가 있었던 곳이라서 '회사會社거리'라고 부른다 했다. 원장과 원생들은 한 줄로 늘어서서 다리에 올라섰다. 다리 아래에서는 아낙네들이 빨래를 하고 있었고 아이들이 놀고 있는지 왁자지껄하게 떠드는 소리가 마을에서 피어났다.

마을은 짐작했던 것보다 컸다. 허름한 여관도 둘이나 있었다. 마을 한가운데를 가로지르는 길을 바라보는 낮은 집들은 먼지에 잔뜩 찌들어 있었지만 그 안에서는 아이들 소리와 갓난아기의 울음이 새어나왔다. 개들이 짖었고 한쪽 발목에 줄을 묶어놓은 암탉이 병아리를 부르느라 분주했다. 묶어놓지 않은 개 한 마리가 다가와 종욱의 다리 근처에서 킁킁거리다가 관심을 거두고 좁은 골목으로 사라졌다. 처마 밑에 삼다발을 줄줄이 매달아놓은 집의 굴뚝에선 때 이른 연기가 피어났다. 무심결에 문을 열고 나왔던 젊은 처녀는 원생들을 마주치곤 얼굴을 붉히며 황급히 방안으로 모습을 감췄다. 일본인이 운영하던 제재소는 반쯤 허물어져 총싸움을 하는 아이들의 놀이터로 변해 있었다. 일행이 작은 송방 앞을 지날 때 누군가가 원장을 불렀다.

"알사탕 드시겠습니까, 원장님?"

전에 보천교普天教의 간부였다던 묵 도자가 송방으로 들어갔다. 원장은 송방의 마루에 걸터앉아 먼산을 바라보았다. 무엇인가를 낮은 소리로 중얼거리며.

"뭘 저렇게 중얼거리는 겁니까?"

"저녁수업에 가르칠 『장자』를 미리 암송하고 있는 겁니다."

우연이 종욱에게 일러주었다. 송방에서 나온 묵 도자는 알사탕 하나씩을 돌렸다. 어른 눈알만한 크기의 알사탕이었다. 다 큰 어른들이 송방의 마루에 나란히 앉아 한쪽 볼이 튀어나올 정도의 큰 알사탕을 입에 넣은 채 빨았다. 그것도 머리 밀고 승복을 입은 채. 종욱은 자신만 양복을 입고 머리를 밀지 않은 게 어색해서 우연에게 물어보았다. 우연이 껄껄 웃으며 모두가 들으란 듯이 큰 소리로 말했다.

"신입 원생이 빨리 머리 밀고 승복 입고 싶어 안달이 난 모양입니다!"

모두들 불룩 튀어나온 한쪽 볼을 씰룩이며 웃었다.

"중이 되는 것도 다 때가 있는 법이야! 자, 돌아가자!"

말을 마친 원장이 자리에서 일어나 손목시계를 들여다보더니 왔던 길로 성큼성큼 걸어갔다. 그들의 꽁무니에 따라붙었던 종욱은 걸음을 멈추고 뒤를 돌아다보았다. 주루목을 멘 처녀 하나가 마을로 뛰어오며 소리치고 있었다.

"스님, 큰스님?"

종욱의 앞을 달려가는 처녀에게서 진한 더덕 냄새가 확 풍겼다. 산에서 내려왔는지 처녀의 신발과 긴 광목치마는 흙으로 범벅이었다. 종욱은 저도 모르게 한숨을 쉬었다. 마치 두루미 한 마리가 눈앞에서 휙 지나가는 것만 같았다. 그 두루미는 원장 앞에 내려앉아 주루목에서 꺼낸 더덕을 내밀며 조잘조잘 떠들고 있었다.

남포등 불빛이 서별당의 부엌을 발갛게 밝혔다. 종욱의 곱슬머리가 우연의 가위질에 뭉텅뭉텅 잘려나갔다. 일단 긴 머리를 가위로 잘라 짧게 만든 뒤에 면도칼로 민다고 했다. 종욱은 머리를 숙인 채 보자기 위로 내려앉는 머리카락에서 눈을 떼지 않았다. 다른 원생들은 방에서 열어놓은 문을 통해 삭발식을 구경하며 농담들을 늘어놓았다. 그러나 종욱의 귀에는 점차 아무 소리도 들리지 않았다. 머리카락은 1·4후퇴 당시 고향을 떠나 남한으로 내려올 때 지겹게 내리던 눈발처럼 종욱의 볼과 코를 스치고 보자기 위에 쌓여갔다.

"우는 건가?"

"……"

"우네!"

"아니 진짜로 중 되는 것도 아닌데 울긴 왜 울어?"

"……그냥 눈물이 납니다."

종욱의 눈물이 펼쳐놓은 보자기에 뚝뚝 떨어졌다. 보자기는 눈물방울을 창호지처럼 받아들였다. 마른 땅에 빗방울이 떨어지듯 눈물이 번져가는 모습을 보며 종욱은 눈물을 참으려 했지만 의도대로 되지 않았다. 북에 있는 부모형제들이며 남한에 내려와 인연을 맺었던 이들의 얼굴이 눈앞에서 어룽지며 차례차례 흘러가고 있었다. 심지어는 낮에 국밥을 먹었던 푸줏간의 처녀와 산책길에 보았던 주루목을 멘 처녀의 얼굴마저 떠올라 눈물을 불러모으는 중이었다. 당황스러웠지만 달리 제어할 방법이 없었다. 손등으로 훔치고 막아도 눈물은 그치지 않았다.

"이거 아무래도 오늘밤 원장 몰래 술이라도 한잔해야겠구만!"

스님 원생들보다 비교적 자유로운 도자들이 부엌으로 내려와 종욱을 위로했다. 정말 술이라도 마시러 갈 것처럼 보여 종욱은 손을 내

져었다.

"저도 모르게 울컥해서. 마무리하시지요?"

종욱은 면도칼을 든 채 서 있는 우연을 재촉했다.

"괜찮겠어요?"

"처음 머릴 밀어보는 거라 제가 좀 울컥했습니다. 머리 밀고 원장님께 아예 곧바로 스님 되겠다고 청해야겠습니다!"

비누칠을 마친 머리카락을 면도기가 쓱쓱 지나갔다. 우연은 면도기에 붙은 머리카락과 비누거품을 손바닥만하게 오린 신문지에 능숙하게 닦는 게 마치 이발사 같았다. 머리가 점점 시원해졌다. 면도기가 지나간 곳으로 바람이 슬슬 미끄러지는 것 같았다. 머리가 한 겹 벗겨지고 있다는 기분도 들었다. 남아 있던 눈물이, 정체를 파악하기 힘든 슬픔이 민머리를 통해 빠르게 증발하는 듯한 착각마저 들었다.

"정수리가 봉긋 나온 게, 머리 모양이 좋네!"

"딱 중머리구만!"

"욱 도자, 이참에 아예 출갈 하시오."

"……괜찮습니까?"

"외관은 부처보다 훨씬 낫습니다!"

"욱 도자, 사실 나도 머리 밀 때 찔끔 울었습니다. 헤어진 애인 생각이 나서."

한쪽 볼이 불룩 튀어나온 묵 도자가 주머니에서 알사탕을 꺼내 손수 껍질을 까더니 종욱의 입에 넣어주었다. 종욱의 볼도 금세 불룩해졌다. 다른 원생들의 눈빛이 험악해지자 묵 도자는 주머니에서 알사탕 몇 개를 자진 납세하듯 꺼내놓았다. 인원수에 비해 모자란 알사탕은 도마 위에서 목탁 세례를 몇 번 받고 나자 공평하게 쪼개졌다. 나이의 많고 적음을 떠나 절간에 들어오면 대부분 어린아이가 된다는 누군가의 말이 떠올라 종욱은 눈물이 채 마르지 않은 눈으로 웃어야만 했다. 웃다보니 다시 눈물이 맺히고 그 눈물방울 안으로 들어온 낯선 처녀 아이 하나가 물끄러미 종욱을 바라보고 있었다. 종욱은 그녀가 누군지 보려고 눈을 부릅떴지만 눈물방울은 이내 볼을 타고 흘러내렸다. 그때 누군가 다급하게 서별당의 문을 두드리는 통에 원생들의 잡담이 멈췄다.

"큰일났어요!"

문을 연 이는 원장의 시봉이었다.

"대처승들이 쳐들어오고 있으니 다들 모이래요!"

모두들 밖으로 우르르 몰려나가고 혼자 남은 부엌에서 종욱은 아직 채 밀지 못한 머리를 서둘러 물로 헹구고 닦았다. 거울 속에는 쥐가 파먹다 포기한 머리와 어안이 벙벙한 표정이 들어 있었다.

"대체 대처승이 뭐야?"

"이게 뭐야?"

등잔불 아래에 군용담요를 깔아놓고 화투로 운세를 두던 은실은 마지막 한 장 남은 화투를 담요 위에 올려놓았다. 두루미 한 마리가 보름달 아래 서 있는 그림이 그려진 화투였다. 풀이하자면 어떤 '소식'이었다. 은실은 그 두루미를 먼저 떨어진 매조梅鳥 옆에다 붙였다. 매조, 즉 꾀꼬리는 '연인'이었다. 연인이 생긴다는 소식? 연인이 온다는 소식? 은실은 방문 앞으로 엉덩이를 밀고 가서 문에 붙여놓은 자그마한 유리에 눈을 갖다대고 밖을 내다보았다. 회사거리는 잠들어 있었다. 불이 켜진 집도 보이지 않았다. 주말이면 늦게까지 불이 켜져 있곤 했던 건너편 제일여관의 작은 창문들도 오늘밤은 어둠만이 가득 고여 있었다. 은실이 일하고 있는 서울여관도 손님을 받지 못했다. 은실은 마을로 들어오는, 전나무 가지에 덮인 컴컴한 동굴 같은 길에 시선을 고정시켰다. 그 어둠 속에서 누군가 빠져나오길 기다리며.

"지금 온다는 게 아니라 장차…… 아니, 봄이 가기 전에 온다는 운세겠지!"

문고리가 단단하게 걸렸는지 확인한 은실은 등잔불을 입바람으로 불어 끈 뒤 이불 속으로 들어가 누웠다. 석유 심지 타는 냄새가 코끝을 간질이다가 사라졌다. 혼자 있는 여관 문간방의 적막이 어둠과 함께 천천히 이불을 눌러왔다. 큰스님이 조만간 절에서 운영하는 강릉의 보육원에 일자릴 마련해준다고 했으니 여기서 살 날도 얼마 남지 않았다. 은실은 한숨과 함께 눈을 꼭 감았다. 더 농밀한 어둠이 감은 눈 속을 가득 채우더니 이윽고 한쪽 귀퉁이부터 조금씩 밝아졌다. 은실은 그 빛이 있는 곳으로 다가갔다.

흰 두루미 한 마리가 그곳에 서 있다가 은실을 돌아보았다.

두견새 우는 밤, 사랑의 계절이 왔어요

1

토요일 밤의 자정을 건너가는 디스코텍은 뜨거운 여름의 경포해수욕장처럼 손님들로 북적거렸다. 마지막 춤을 추기 위해 무대로 나간 사람들에게로 무차별적으로 쏟아지는 조명과 디스코음악의 볼륨은 거의 해일이나 다름없었다. 그 파도 속으로 들어가지 않고 자리에 앉아 술을 마시거나 여자들에게 작업을 건네는 사람들 사이로 도식은 재빠르게 오가며 맥주와 안주를 배달했다. 웨이터생활 이 년이면 잔뼈가 굵었다고 할 수 있었다. 손님의 눈빛만 봐도 대충 무얼 원하는지 감을 잡았다. 그 감이 빨라야 팁을 두둑하게 챙길 수 있었다. 덕분에 도식을 고정적으로 찾는 손님도 많았다. 그런 손님들에게 도식이 가장 잘할 수 있는 일은 적당한 여자들과 번개팅, 즉 즉석만남을 주선하는 거였다. 디스코텍의 시간이 끝으로 향해 갈수록 사람들의 눈빛은 노골적으로 변해갔다. 도식은 한번 튕겨보는 여자들의 손목을 잡고 룸과 룸으로 달려가느라 진땀을 흘려야만 했다. 물론 좋은 날만 있을 수는 없었다. 여자에게 거절당한 손님이 부은 술을 고스란히 뒤집어쓴 적도 많았다. 세상사 쉽지 않았다.

"할말이 있어요!"

도식의 손에 잡힌 채 따라오던 예쁘장한 여자가 복도에서 룸으로 들어가지 않고 버텼다.

"그쪽이랑 술 한잔 마시고 싶어요."

"……나랑?"

여자는 고개를 끄덕였다. 도식의 또래로 보이는 여자는 볼수록 미인이었다. 왜 자신과 술을 마시고 싶어하는지 도식은 이해가 되지 않았다.

"근무시간인데."

"끝나고 나가서 마셔요. 길 건너편 포장마차에서 기다릴게요."

여자는 배시시 웃으며 일행들이 있던 자리로 되돌아갔다. 도식은 다른 여자들을 찾아 다시 뛰어야만 했다. 무대에서는 디스코음악이 끝나고 블루스타임으로 접어들었다. 술에 취해 흐느적거리는 사람들이 서로의 어깨와 허리에 손을 얹은 채 빙글빙글 돌아갔다. 어떤 커플은 아예 껴안고서 움직이지 않았다. 만취한 사내들끼리 부둥켜안고 비틀거리기도 했다. 도식은 즉석만남 주선의 선수답게 홀을 오가며 여자들을 물색했다. 대관령을 넘어 강릉으로 유학왔다가 다니던 고등학교를 싸움질에 휘말려 중퇴하고 한동안 밤거리 이곳저곳을 기웃거리다 발견한 곳이 디스코텍이었다. 요란한 불빛이 번쩍거리는 그 입구에 양복을 입은 남자들이 줄지어 서 있고 그 옆에는 '웨이터 구함'이란 글자가 세로로 붙어 있었다. 그것을 보는 순간 도식은 알아차렸다. 자신이 있어야 할 곳이라는 것을. 짐 싸들고 대관령을 넘어 고향의 시골학교로 돌아갈 수는 없는 노릇이었다. 코흘리개들이 모여 토닥거리는 학교라는 울타리 자체가 도식과 어울리지 않았다. 도식은 자유로운 영혼이었다. 생각 같아선 아예 서울로 가고 싶었지만 여러 여건상 쉽지 않았다. 디스코텍 앞에서 도식은 딱 오 분간 생각을 하고 심호흡을 한 뒤 '웨이터 구함'을 향해 걸어갔다. 그 짧은 거리를 건너가는 동안에도 예쁜 여자들은 삼삼오오 무리를 지어 디스코텍으로 들어가고 있었다.

"……여기가 어디지?"

"……"

"……누구세요?"

도식이 물었지만 모로 누워 잠든 덩치 큰 여자는 대답을 하지 않았다. 파마약 냄새가 진동하는 방이었다. 도식은 여자가 덮고 있는 이불을 살며시 끌어내리고 얼굴을 들여다보았다. 가물가물했다. 머리맡에는 마개만 따버린 소주, 그리고 모두 마신 소주병 두 개가 쓰러져 있었다. 아……

디스코텍 영업이 끝난 뒤 혹시나 하는 마음으로 찾아간 포장마차에는 세 명의 여자가 소주 안주로 국수를 먹고 있었다. 술을 마시자고 청했던 여자가 도식을 반겼다. 일행들인 모양이었다. 혼자가 아니라 다소 실망했지만 내색할 수는 없었다. 그렇게 함께 술을 마시며 취해

갔다. 처음 도식에게 술을 마시자 했던 여자는 옷가게에서 근무한다고 밝혔고 한 명은 미용사, 한 명은 간호사라고 했다. 도식의 신분은 군 입대 때문에 대학을 휴학한 상태로 처리되었다. 셋은 마치 오랜 친구인 것처럼 화기애애하게 술을 마셨고 이왕 이렇게 발동이 걸렸으니 미용사 친구네 방에 가서 한잔 더 하자고 의견을 모았다. 그리고……

"자는 거야?"

"……"

도식은 이불 속 자신의 알몸을 들여다보았다. 옆에 누워 있는, 덩치가 도식의 배는 될 듯한 여자의 뒷모습도 훔쳐보았다. 동료 웨이터들과 만화방에서 야한 영화를 보고 몇 번 기차역 부근의 사창가에 가서 여자를 사본 적은 있었지만 이런 경우는 생전 처음이었다. 그런데…… 왜 이 방에 누워 있단 말인가? 왜 사람이 바뀌어 있단 말인가? 도식은 머리를 긁고 두드리고 주전자의 물을 벌컥벌컥 들이켰지만 도무지 알 수가 없었다. 하긴 한 건가?

"일어나봐."

여자의 어깨를 몇 번 두드리자 기다렸다는 듯 그녀는 흐느끼기 시작했다. 방에 배어 있는 파마약 냄새 때문에 도식도 머리가 지끈거렸다. 도식은 그녀의 흐느낌이 잦아들 때를 기다렸다가 물었다.

"이게 대체 어떻게 된 일이야?"

이름도 기억나지 않는 그녀의 흐느낌은 마침내 울음으로 옷을 갈아입었다. 황당한 상황이었다. 뭔가 심상치 않은 일이 벌어진 것은 같은데 이 방에서 어떤 일이 벌어졌는지 도무지 생각나지 않았다. 우는 여자의 뒷모습을 보며 도식은 담배에 불을 붙였다. 이런 일은 수습이 중요하다는 걸 동료 웨이터들로부터 수차례 들어온 터였다. 기억이 나지 않는다고 해서 먼저 조급함을 드러내는 건 싸움이 시작되기도 전에 이미 진 거나 다름없다고 했다. 기억이 나지 않아도 어느 정도는 알고 있는 척을 해야 꼬투리를 잡히지 않는데 방금 전 여자의 등에 대고 정황을 물어본 건 치명적인 실수였다. 더군다나 이 여자는 그 여자가 아니었다. 도식은 들썩거리는 여자의 어깨를 이불로 덮어주고 주섬주섬 옷을 찾아 입었다.

"나, 간다."

"뭐?"

여자가 누운 채로 몸을 홱 돌렸다. 그 바람에 이불이 밀쳐지고 그녀의 가슴이 고스란히 드러났다. 도식은 이불을 끌어당겨 다시 덮어주었다.

"그냥 간다고?"

"가야지. 내 집도 아닌데 그럼 여기서 사냐?"

"같이 자놓고 어떻게 그냥 가?"

얼굴이 눈물과 화장으로 얼룩진 그녀가 엉거주춤 서 있는 도식을 노려보았다.

"야, 하룻밤 술 마시고 잘 놀았으면 됐지. 아마추어처럼 딴소릴 하냐."

"날 사랑한다면서?"

"……야, 술 취해서 한 말을 진짜라고 믿었어? 촌스럽게 굴지 말고 심플하게 헤어지자, 응? 너도 좋았고 나도 좋았잖아!"

"……"

"간다. 다음에 시간 나면 같이 놀러와. 괜찮은 애들이랑 번개팅 시켜줄게."

"……나, 처음이란 말이야."

그녀가 다시 울먹거렸다.

"……뭐? 처음이라니 그게 무슨 소리야?"

왠지 모를 불안감이 몰려왔다.

"얘기했잖아. 그거…… 처음 하는 거라고."

"섹슬 처음 한 거라고? 야, 그게 지금 말이 되냐?"

두통뿐만이 아니라 현기증까지 몰려와 도식은 방바닥에 주저앉았다. 이건 뭔가에 걸려도 된통 걸렸다는 불안이 엄습했다. 침착이 필요했다. 도식은 덜덜 떨리는 손으로 담배에 불을 붙였다. 그럴 리가 없었다. 간밤에 디스코텍에서 처음 만나 하룻밤을 잔 여자가 섹스가 처음이라고 고백을 할 순 없었다.

"그래서 안 된다고 하니까 니가 지금부터 사랑하면 된다고 하면서 계속 졸랐잖아."

"……내가?"

모로 누운 그녀는 눈물을 흘리며 고개를 끄덕였고 도식은 담배꽁초를 소주병에 넣어 껐다. 곧바로 새 담배에 불을 붙이고 디스코텍 웨이터들의 인생과 사랑에 관한 어록들 중에서 이런 경우에 닥쳤을 때 대처하는 방법을 분주하게 찾아나섰다. 그 항목의 제목은 '아다를 따먹은 뒤 현명하게 빠져나오는 법'이었다. 도식은 낡은 비키니장과 앉은뱅이밥상 위에 올려놓은 자질구레한 화장품이 전부인 좁은 방을 천천히 둘러본 뒤 그녀의 얼굴을 찬찬히 살폈다. 아무리 봐도 도식의 이상

형은 아니었다.

"니가 처녀라는 걸 내가 어떻게 믿냐?"

"나쁜 자식!"

그녀는 이불로 몸을 감싼 채 벌떡 일어나더니 방바닥에 깔아놓은 담요를 끌어냈다. 그곳에는 붉은 동백꽃 한 송이가 피어 있었다. 그리고 그녀는 엉엉 소리내어 울기 시작했다. 그 옆에 주저앉은 도식은 남은 소주를 가져와 병나발을 불었다. '아다를 따먹은 뒤 현명하게 빠져나오는 법'의 나머지 지침들은 모두 어디론가 자취를 감춘 지 오래였다. 낮은 천장 아래 자그마한 창으로 일요일 한낮의 햇살이 꾸역꾸역 밀려들었다.

"……이름이 뭐야?"

"옥자. 이, 옥, 자."

"내 이름은,"

"알아. 도식이. 강도식."

눈물이 마르지 않은 얼굴의 옥자는 배시시 웃었다.

"배갈에 탕수육이나 시켜 먹자."

똥 밟은 셈 치고 한 한 달 놀아주다가 대충 정리하는 것으로 마음을 정한 도식은 탕수육이 오는 시간을 계산한 뒤 옥자에게 달려들었다. 둘은 이불도 덮지 않은 채 붉은 동백꽃이 피어 있는 담요 위에서 알몸으로 뒤엉켰다. 체격 차이가 워낙 심해서 마치 고목나무에 매미 한 마리 붙어 있는 것 같았다. 매미는 당연히 도식이었다. 미용실에 붙어 있는 작은 쪽방에서 매미가 울고 고목나무는 그 울음소리에 맞춰 천천히 이파리를 떨었다.

"나 사실 휴학생 아냐. 고등학교 다니다 잘리고 디스코텍에서 일하는 거야."

도식은 볼이 미어터질 정도로 탕수육을 입에 넣고 우적우적 씹었다.

"알고 있어."

"알고 있다고? 어떻게?"

"강릉 좁잖아. 나, 시내에서 너 본 적 많아. 그때부터 좋아했어."

옥자는 생글생글 웃으며 도식 앞으로 자꾸만 탕수육을 옮겨놓았다. 도식은 배갈을 단숨에 비웠다. 뭔가 알 수 없는 그물에 제대로 엮였다는 의혹을 꾹꾹 눌러 담으며 도식은 결심을 굳혔다. 한 달이 아니라 이 주 만에 관계를 깨끗이 끝내리라 다짐하며. 아, 옷가게에서 일한다는 옥자의 친구도 만나면 가만 안 놔두겠다고 고개를 끄떡이며.

"어제 그 친구들도 불러라."

"둘 다 오늘 근무야."

도식은 나무젓가락을 던져버리곤 방바닥에 드러누웠다. 온몸이 쿡쿡 쑤시고 동시에 나른했다. 벽에 걸린 달력을 보았다. 1989년 8월의 세번째 일요일이었다. 붉은 숫자의 일요일을 붉은 동그라미 세 개가 연거푸 강조하듯 가두고 있었다.

"오늘이 무슨 날이야?"

"우리가 처음 그걸 한 날."

"……저걸 언제 표시했어?"

"끝나고 잠들기 전에."

도식은 질끈 눈을 감았다.

2

"자꾸 찾아오면 어떡해요?"

보름달이 뜬 밤이었다. 삼거리를 빠져나가는 두 사람의 그림자가 잠시 흔들리는가 싶더니 곧 사람 키보다 큰 삼밭 속으로 사라졌다. 삼밭은 아늑했다. 무성한 잎사귀 사이로 들어온 달빛이 앞서 가는 우연의 털 한 점 없는 머리 위에서 반짝거렸다. 그 머리를 두 손으로 쓰다듬고 싶은 충동을 정옥은 간신히 참았다. 삼밭에서는 코를 벌름거리게 만들 만큼 달콤한 향이 피어났다. 삼꽃이 씨앗을 여물게 하는 계절이었다. 향에 취해 가슴이 두근거리고 다리가 후들거리는 정옥은 이제 그만 걷고 싶었지만 우연은 걸음을 멈추지 않았다. 달빛이 난분분 흩날리는 삼밭의 더 깊은 곳으로 휘적휘적 걸어갔다. 주변을 두리번거리며.

"이제 그만 가요."

"누가 있을지 모르잖아. 다리 아파?"

"다리 아파요."

정옥은 그 자리에 쪼그려앉았다. 오밤중의 삼밭에 대체 누가 있다고 저렇게 겁을 내는 건지 알 수 없었다. 정옥이 더이상 걸을 생각이 없음을 눈치챈 우연은 주변의 마른 삼잎을 긁어모아 서둘러 고랑에 자리를 만들었다. 그 위에 가지고 온 군용담요를 깔고 정옥을 앉혔다. 푹신했고 한층 아늑했다. 정옥은 자신의 옆으로 우연을 불렀다. 우연은 엉덩이를 먼저 내밀어 정옥의 옆으로 다가왔다. 무릎을 세운 정옥은 치마로 무릎을 덮고 그 위에 두 팔과 턱을 차례로 올려놓은 채 우연의 어깨에 머리를 살짝 기댔다.

"오늘은 무슨 공부 했어요?"

"장자."

"장자가 뭐예요?"

"중공中共의 옛날 철학자."

정옥은 우연에게 기댔던 머리를 바로 세웠다.

"우린 언제까지 삼밭에서 몰래 만나야 돼요?"

"……내가 아직은 스님이잖아."

"결혼하는 스님도 있잖아요?"

"요즘 돌아가는 정세가 심상치 않다는 거 알잖아. 이승만이 절에서 대처승들 다 나가라고 해서 한창 시끄럽다는 거."

"그럼 이렇게 몰래 연애만 하겠다는 거예요?"

정옥이 우연을 쏘아보았다. 우연의 표정은 난처하기 짝이 없었다. 머리에선 달빛이 자글자글 놀고 있어 웃음이 삐져나오려는 걸 정옥은 겨우 참았다. 다잡을 땐 다잡아야 했다.

"나도 미치겠어. 왜 하필 이때 이승만이 대처승들 멱살을 잡고 흔드는지. 조금만 기다려봐. 곧 해결될 거야."

"만약 해결 안 되면 어쩔 거예요?"

"정옥아, 우리 일주일 만에 만나는 거야. 다른 얘기 하자, 응?"

"절에서 안 나오고 날 버릴 거지?"

우연이 와락 정옥을 껴안았다. 벗어나려 했지만 남자의 완력을 이길 순 없었다. 우연의 승복에는 절간의 향내가 배어 있었다. 정옥은 그 냄새를 코로 들이켰다. 삼밭의 달콤한 향까지 함께 스며와 온몸에 잔뜩 들어가 있던 힘을 한 올 한 올 풀어헤쳤다. 정옥과 우연은 한몸이 되어 삼밭 고랑에 깔아놓은 군용담요 위로 스르르 무너졌다. 잠시 흔들렸던 달빛도 두 사람 위에 고스란히 내려앉았다.

"걱정하지 마, 정옥아. 안 되면 내가 절에서 나올 거야."

우연은 정옥의 저고리를 파헤친 뒤 젖가슴을 더운 입김으로 핥아나갔다.

"거짓말, 아니지? 제발 날 푸줏간에서 빼내줘!"

정옥은 우연의 반들반들한 머리를 두 손으로 정성들여 쓰다듬었다. 삼잎의 그림자가 우연의 머리에서 아지랑이처럼 일렁거렸다.

휴전이 되던 해의 가을이었다. 단풍이 미끄럼을 타듯 산을 내려오고 아침이면 배추밭에 서리가 하얗게 깔렸다. 정옥은 푸줏간 앞 신작로에 설거지물을 버리러 나갔다가 오대산 쪽에서 씩씩거리며 혼자 걸어오는 우연을 보았다. 가끔 큰스님을 모시고 월정거리까지 걸어와 버스를 기다리거나 밥을 먹곤 했던 터라 누군지 알고 있었다. 큰스님 시다바리, 그러니까 시봉이었다. 뿐만이 아니었다. 중이 되겠다고 처음 푸줏간을 찾아와 기세등등한 표정으로 오대산으로 가는 길과 오대산에 사는 도인에 대해 물었던 것도 정옥은 기억했다. 삼거리에 살면서 그런 질문은 한두 번 듣는 게 아니었다. 삼거리는 오대산으로 가는 길목이었다. 어디에서 왔든지 간에 오대산으로 들어가려면 삼거리에서 버스를 내려야 했다. 그리고 이십 리 길을 걸어야만 했다. 그들은 거의 대부분 월정거리 푸줏간에 들어와 요기를 하고 길과 도인에 대해 물었다. 도인은 바로 한암 스님이었다. 삼거리 사람들은 외지인들의 그 질문에 대한 답변을 외우고 있을 정도였다. 그런데 우연이 처음 찾아온 그날은 늘 써먹었던 고정 답변을 들려줄 수 없었다. 정옥은 눈동자가 반짝거리는 우연에게 대답했다.

"그 도인은 전쟁중에 돌아가셨어요."

"……그게 정말입니까?"

우연은 믿지 못하겠다는 얼굴이었다.

"자그마치 열세 시간이나 걸려서 왔는데. 왜 돌아가셨습니까?"

"노환으로."

"……이걸 어쩐다."

푸줏간의 나무의자에 걸터앉은 우연은 긴 한숨을 연거푸 뱉어냈다. 정옥은 탁자 위에다 시원한 물 한 사발을 올려놓았다. 허우대 멀쩡한 청년이 왜 산으로 들어가 머리를 깎으려는 건지 정옥으로선 이해할 수 없었다.

"그만큼은 안 되지만 똑똑한 도인 한 분이 계시기는 해요."

"그게 누굽니까?"

그렇게 오대산으로 처음 들어간 우연이었다. 그 얼마 후 우연은 머리를 밀고 승복을 입은 채 큰스님을 따라 월정거리로 나왔다. 큰스님의 시봉이 되어. 정옥은 달라진 우연의 모습을 몰래 훔쳐보았다. 반짝거리는 우연의 머리는 매력적이었다. 그렇게 머리를 밀은 우연이 가을이 미처 다 가기도 전에 홀로 씩씩거리며 산을 빠져나온 거였다. 아직 해도 뜨지 않은 아침에 절에서 나온 걸 보니 뭔가 심상치 않은 일이 벌어진 게 틀림없었다. 정옥은 빈 대야를 든 채 우연이 가까이 다가오기를 기다렸다.

"이른 아침부터 어딜 가는 중이세요?"

"에이!"

우연은 욕부터 한 사발 토해냈다. 걸어온 산 쪽을 흘끔흘끔 뒤돌아 보며.

"아침은 먹었어요?"

"술이나 줘요!"

사발을 채운 막걸리가 우연의 목울대를 흔들며 한 번에 넘어갔다. 정옥은 꿈틀거리는 우연의 목울대를 바라보다가 침을 꿀꺽 삼켰다. 우연은 빈 사발을 정옥에게 내밀었다.

"중이 술 잘 마시네!"

"에이, 나쁜 영감탱이! 절에 들어왔음 공불 가르쳐줘야지, 맨날 일만 시켜!"

두번째 잔을 호기롭게 입으로 가져갔지만 우연은 반도 못 마셨다. 탁자 위에서 사발 속의 막걸리가 출렁거렸다.

"그래서 도망친 거예요?"

"다른 절로 갈 겁니다!"

"배고플 텐데 일단 배나 좀 채워요."

정옥은 막걸리 사발을 치우고 김이 솟는 국밥을 그 자리에 놓았다. 시래기가 떠 있는 국밥을 물끄러미 들여다보는 우연의 얼굴로 김이 솔솔 피어올랐다. 그 때문은 아니겠지만 우연의 눈은 촉촉이 젖어가고 있었다. 정옥은 국밥을 우연 앞으로 더 가까이 밀어주었다. 수저와 함께. 배코 친 머리와 승복이 꽤 어울리는 사내였다.

"큰스님 인상은 후덕해 보이던데……"

"변덕이 얼마나 심한지, 겪어보지 않은 사람은 몰라요!"

코를 훌쩍거리랴, 눈물을 닦으랴, 수저질을 하랴…… 우연은 바빴다. 맞은편에 앉은 정옥은 우연의 젓가락이 다녀간 반찬을 재빨리 그의 앞으로 옮겨놓았다.

"갈 곳은 있어요?"

"요즘은 중이 귀한 세상입니다."

"그래도 몰래 도망치는 건 좀 그렇지 않아요? 큰스님이 되게 화내실 텐데."

"한번 당해봐야 알아요!"

"좋은 스님 되라고 일부러 그러는 거 아닐까요?"

"에이, 술이나 더 줘요!"

나무를 잔뜩 실은 산판트럭이 탱크소리를 내며 지나가자 우연은 깜짝 놀라 창밖을 내다보았다. 그뿐만이 아니었다. 지나가는 사람 소리나 심지어는 까마귀 울음소리에도 깜짝깜짝 놀랐다. 그사이 버스가 몇 대나 지나갔지만 우연은 떠나지 않은 채 한잔 한잔 막걸리를 비우다 결국에는 탁자에 쓰러졌고 정옥은 남들 이목을 고려해서 그런 그를 부축해 쪽방에다 눕혔다.

보름달이 삼밭을 건너가고 있었다.

"그때 홧김에 나오긴 했지만 아주 떠날 생각은 없었던 거였죠?"

"떠날 생각이었는데 정옥일 보고 마음이 흔들렸던 거야."

"치!"

보름달은 생각보다 빨리 흘러갔다. 정옥은 우연의 무릎을 베고 누워 무성한 삼잎 너머에서 떠가는 보름달을 좇았다. 우연의 손은 정옥의 젖가슴을 쓰다듬는 중이었다. 그 손길에 젖가슴은 보름달처럼 탱탱해지고 있었다. 정옥은 신음 대신 한숨을 포옥 토했다.

"웬 한숨?"

"우린 어디로 가는 걸까요?"

"걱정돼?"

"그럼 걱정이 안 되겠어요? 예전엔 스님 아내라면 모두가 선망하던 자리였는데 지금은 이상하게 돼버렸잖아요."

"곧 결판이 날 거야."

"매번 같은 얘기! 그러다 대처승들이 절에서 영영 쫓겨나면요?"

"그럼 나도 승복 벗고 정옥이랑 살아야지."

"뭘 먹고 살 건데요?"

"……설마 널 굶길까!"

"푸줏간에서 나가고 싶단 말예요!"

"누가 이승만 대통령을 내쫓아주면 좋을 텐데……"

"누가!"

자정이 가까워지는 시간 정옥의 방 창문을 누군가 작은 돌을 던져 톡톡 두드렸다. 정옥은 미리 챙겨두었던 꾸러미를 들고 부모 몰래 푸줏간을 빠져나갔다. 누군가는 당연히 절에서 이십 리 길을 걸어온 우연이었다. 그동안 둘은 사람들의 눈을 피해 여름이면 삼거리 서북쪽을 휘돌아가는 오대천변이나 남쪽의 솔밭으로 갔다. 가을이면 주로 삼밭으로 향했다. 정옥은 우연에게 절에서 먹을 수 없는 고기를 먹였고 우연은 제사나 기도 때 들어오는 떡과 과일을 정옥에게 먹였다. 정옥은 한시라도 빨리 우연이 비구比丘에서 대처승으로 옷을 갈아입고 좀더 떳떳한 만남을 갖길 바랐지만 소원은 쉽게 이루어지지 않았다. 큰스님이 좀체 허락할 것 같지 않다는 게 우연의 말이었다. 드러내놓고 말하진 않았지만 어쨌든 큰스님은 비구들 편이었다. 그 앞에 대고 사랑하는 여자가 생겼으니 대처승이 되게 해달라고 간청하기가 쉽지 않다는 건 정옥도 납득이 안 가는 건 아니었다. 하지만 언제까지 이렇게 숨어서 만날 수는 없는 노릇이었다. 만나면 행복하다가도 그 생각만 하면 울화가 치밀었다. 그러던 차에 날벼락이 떨어진 거였다. 이승만 대통령이 어느 절을 방문했다가 대처승들의 생활을 보고 유시를 내렸는데, 전국의 사찰에서 일제의 잔재인 대처승들은 당장 나가라는 게 바로 그것이었다. 정옥과 우연에겐 그야말로 청천 하늘에서 떨어진 날벼락이었다.

"스님 되겠다고 강원도 산골짜기까지 들어온 사람이 왜 촌 여자를 좋아해요?"

바위들을 돌아나가는 물소리가 시원한 여름밤이었다. 둘이 앉아 있는 너럭바위는 자정이 가까워졌는데도 아직 온기가 남아 있었다.

"그냥 좋아."

"부처님보다?"

"……그래."

"부처님이 질투하겠네!"

"이해하실 거야. 그러니 부처님이지."

"부처님은 워낙 크신 분이니 그렇다 치고 문제는 호랑이 같은 큰스님이네요, 큰스님!"

"이승만이 문제라니까!"

두 사람은 그믐밤의 천변 너럭바위 위에서 닭고기를 뜯었다. 눈에 보이지 않아도 알뜰하게 뼈에서 살을 발라 상대방의 입에 넣어주었다. 기름기 번지르르한 입술이 상대방의 입술을 찾았다. 너럭바위에 엎드리고, 누워서 어둠 속에서도 끊임없이 재잘거리는 물소리를 들었다. 뜨거워지는 상대방의 숨소리에 귀를 기울였다. 한숨만큼은 몰래 몰래 삼키며.

"조금 있음 추워지고 무서리가 내릴 텐데…… 그럼 어디서 만나요?"

삼밭 위로 바람이 지나가고 있었다. 사람의 손처럼 생긴 무수한 잎들이 달빛을 흔드니 뒤엉켜 있는 두 사람의 알몸은 마치 저물 무렵 노을이 깔리는 물에 실려 어디인가로 떠내려가는 것만 같았다. 한차례 소나기처럼 지나간 열기는 두 사람의 몸에서 서서히 사그라지고 있었다. 정옥의 두 팔은 우연을 더 힘껏 껴안았고 우연의 두 팔 역시 마찬가지였다. 하지만 거기까지였다. 살을 포개지 못한 등에선 슬금슬금 한기가 피어나고 있었다. 두 손이 아무리 쓰다듬어도 그 한기를 완전히 몰아낸다는 것은 불가능했다. 상대방의 등을 번갈아 껴안아준다 해도.

"응?"

"……"

"대답하기 어려운 질문 자꾸 하니 힘들죠?"

"……"

바람에 흔들리는 삼잎들이 서로 부대끼는 소리가 빗소리처럼 내려왔다. 더이상 묻지 말아야지, 말아야지 하면서도 어떤 감정의 너울이 여울을 지날 때마다 어김없이 튀어나오는 질문에 정옥 자신도 당황스러웠다. 우연은 마른 삼잎 위에 깔았던 군용담요로 정옥의 알몸을 덮어주었다. 절로 돌아가야 할 시간이 다가오고 있었다. 그 사실을 알아챘는지 정옥의 자그마한 몸은 점점 더 우연의 가슴 속으로 파고들었다.

"우리한테도 지붕이 생길 거야. 곧……"

"푸줏간만 아니면 그곳이 어디라도 상관없어요. 가만…… 무슨 소리 안 들려요?"

"……무슨 소리?"

"저기."

우연은 숨을 멈춘 채 정옥이 가리키는 곳을 바라보았다. 저편 어둠 속에서 정체가 불분명한 무엇이 어른거리더니 이내 자취를 감췄다. 소리치고 싶었지만 소리칠 수 없는 처지란 걸 깨닫는 데엔 숨 한 번 내뱉는 시간이면 족했다.

"바람에 흔들린 삼줄기 그림자야."

"꼭 사람 같았어요."

정옥과 우연은 삼밭 고랑에서 일어나 옷을 입고 군용담요를 갰다. 삼밭을 떠나 절과 푸줏간으로 돌아가야 새벽예불을 드리고 아궁이에 불을 지펴 국밥을 끓일 수 있었다. 삼밭을 지나간 달이 그 사실을 간곡하게 알려주었다.

"또 언제 올 거예요?"

삼밭의 어둠 속에서 도식은 두 사람이 시야에서 사라질 때까지 꼼짝하지 않고 그 자리를 지켰다. 자신이 왜 낯선 삼밭 속에 있는지도 모르는 채.

3

강릉 사람들은 종종 외지인들을 접할 때 대관령 강풍에 지나가던 차가 뒤집혔던 적이 있었다고 말하곤 했다. 물론 뻥이지만 어쩌다가 그 바람을 접한 외지인들은 그럴 수도 있겠다고 내심 고개를 끄덕였다. 은실도 여러 번 그런 얘기를 들었고 또 대관령을 넘다가 몇 번 그런 바람을 만나기도 했었다. 그렇다고 강풍에 차가 뒤집혔다는 얘기는 지금껏 믿지 않고 있었는데 지금 그 현장으로 가는 자신이 그녀는 믿기지 않았다. 제발 그가 거기에 없기를 바라고 또 바랄 뿐이었다. 부처님께, 하나님께, 천지신명께, 대관령 산신님께 빌고 또 빌며, 눈이 얼어 미끄러운 대관령을 바퀴에 체인을 감은 채 털털거리며 올라가는 버스에 앉아 있었다. 버스는 고갯길의 한 굽이 한 굽이를 소보다 더 천천히 돌아가는 것 같았다. 입이 타고 속이 탔지만 은실은 입을 앙다문 채 뚫어져라 고갯길만 노려보았다.

"소지품에 여기 주소가 적힌 원고와 이름이 있더랍니다."

강릉 포교당 보육원으로 찾아온 경찰이 전해준 말이었다. 고개 너머 지서에서 온 연락이라며. 은실은 고개를 저었다. 그가 그동안 소원했던 사람들도 만나고 잡지사에 시도 전할 겸 고개를 넘어 서울로 간 건 사흘 전이었다. 짧아도 일주일은 걸린다고 분명 말했었다. 그렇게 빨리 돌아올 수가 없었다. 저간의 사정을 경찰에게 횡설수설 전하면서도 은실은 다리가 떨려 그만 땅바닥에 주저앉고 말았다.

"하여튼 난 전화 온 대로 전하는 겁니다. 확인해보려면 반정으로 가보세요. 반정에 시신들이 있다고 하니."

"주민증은 없었대요?"

그는 지갑 속에 주민증을 늘 넣고 다녔다.

"불안하면 속는 셈치고 올라가 확인해보세요. 우리 관할이 아니라 나도 자세한 정황은 모르니까. 근데 사망한 분과 관계가 어떻게 됩니까?"

"누가 사망했다고 그래요!"

은실은 눈을 부릅떴다. 줄줄 눈물이 흘러내렸다. 고갯길을 올라갈수록 버스는 심하게 흔들렸다. 바퀴가 죽죽 미끄러지기도 했다. 대관령의 한쪽은 가파른 산이고 반대편은 거의 절벽에 가까웠다. 올라가는 차들은 산을 끼고 가지만 고개를 내려오는 차들은 절벽을 돌아가게끔 되어 있는 고갯길이었다. 눈이나 얼음에 미끄러지면 대책이 없다는 걸 비로소 알 수 있었다. 아냐, 아냐! 그가 아닐 것이다. 누군가 피치 못할 사정으로 그의 원고를 은실에게 전해주려다가 사고가 난 것일 게다. 그는 내게 말한 대로 지금 서울에서 일을 보고 있음이 분명하다. 시신에서 그의 주민증도 발견되지 않았다고 했단 말이다. 그런데…… 왜 잡지사에 주기로 한 원고만 먼저 강릉으로 내려보냈단 말인가. 은실은 더이상 견디지 못하고 무릎에 얼굴을 파묻었다. 그와 함께했던 기억들이 대관령 아흔아홉 굽이 중 서른몇 굽이를 지나면서부터 눈물로 그렁그렁 차올라 소맷자락을 적시고 있었다.

오늘도 혹시나 당신이 오시지 않을까 기다렸습니다. 올 리가 없겠지만…… 와야 할 우편배달부도 오지 않아 전나무 숲 입구의 성황당까지 내려가 기다렸습니다. 당신도 오지 않고 배달부도 오지 않아 하루종일 시무룩하게 보냈습니다.

돌아오면서 당신을 처음 보았을 때의 묘한 느낌을 떠올렸습니다. 당신은 그날 나를 보지 못했다고 했지요. 하긴 그럴 것입니다. 나는 수도원에 갓 들어와 어디가 어디인지도 모른 채 원장님과 원생들을 따라 회사거리로 산보를 나갔던 겁니다. 알사탕을 입에 문 채. 원장님께 취직자리를 물어보느라 바빴던 당신에게 오대산에 처음 나타난 내가 눈에 보일 리 없었겠지요. 하지만 내 눈에는 당신뿐이었습니다. 그 연유를 대체 어떻게 설명해야 좋을까요. 하여튼 그때부터 나는 더덕 냄새와 함께 당신을 그리워하기 시작했던 것입니다. 당신에게 내 마음을 털어놓은 건 그후 당신이 보모가 되어 대관령을 넘어 강릉으로 떠난 뒤였지만.

요즘 이래저래 여기 상황이 뒤숭숭합니다. 대처승들은 계속해서 쳐들어오겠다고 엄포를 놓고 경찰들까지 들락거리고 있습니다. 감자와 죽으로 허기를 달래야 하는 식량 사정은 차라리 아무것도 아닌 것이지요. 매일매일 조마조마한 마음으로 대처승들의 동태를 주시해야 하는 상황입니다. 그러니 공부에 집중할 수 없는 것이지요. 수로 따져도 저들이 훨씬 많으니 언제 쫓겨날지 모른다는 말이 주변에서 돌고 있는 실정입니다.

이가 아프다더니 지금은 어떻습니까. 약은 챙겨 먹고 있는지요. 마음 같아선 당장이라도 수도원을 박차고 나가 당신에게로 달려가고 싶지만 그마저 여의치 않습니다. 다음주에 당신이 온다면 개울가에 나가 솥을 걸고 닭을 잡아먹을 생각입니다. 그렇게라도 영양 보충을 해야 이 모든 난관을 뚫고 나갈 힘이 생길 듯싶습니다.

당신에게 마음속으로 입맞춤을 보냅니다.

제가 그곳으로 간다고 했던가요. 만나러 가고 싶다고 쓴 건데 오해를 하셨군요. 공연히 시간 낭비만 하신 것입니다. 어디 시간 낭비뿐이겠어요. 앞으론 제발 그러지 마셔요. 가면 분명하게 가겠다고 말씀을 드리겠습니다.

이곳 보육원 일은 힘들지만 보람이 있는 일입니다. 전쟁통에 부모를 잃은 아이들은 이제 조금씩 안정을 찾아가고 있습니다. 완전히는 힘들겠지만. 저라고 다르겠습니까. 똑같이 부모형제를 잃었지만 다만 어느 정도 나이를 먹었다는 것이 다를 뿐이지요. 깊은 밤 곤히 자다가도 악몽을 꾸고 일어나 우는 아이들을 달래면서 저도 같이 눈물을 흘린답니다. 저 역시 아직도 같은 악몽을 꾸고 있으니까요. 언제 그 악몽이 사라질지 알 수 없답니다. 사라지겠지요. 언젠가는. 가까이는 아니지만 그래도 고개 너머에 당신이 있다는 게 위안이 됩니다. 이런, 또 푸념을 한 바가지나 털어놓았습니다. 미안합니다.

오대산의 여름은 어떻습니까? 그 산에서 태어나 스무 해 가까이 살았는데 어느 순간에 모든 기억이 사라진 것만 같습니다. 그래요. 모든 기억의 끝에는 그 끔찍했던 일이 자리잡고 있으니. 아마 그렇기 때문에 주말에 선뜻 발을 떼지 못하는가봅니다. 당신에게 미안하기만 합니다. 조금만 참아주세요. 어린아이들도 지금 제 곁에서 꿋꿋하게 그 상처들을 치유하며 살아가고 있는데 어른인 제가 못할 것은 없겠지요.

참, 큰스님은 잘 계시지요? 제겐 은인인 분입니다. 오갈 데 없는 저를 불쌍히 여겨 이곳 보육원에 자리를 마련해주셨으니. 강릉 포교당에 내려오시면 따스한 밥 한 끼 대접해드려야 하는데 언제가 될지 모르겠습니다. 워낙 바쁘신 분이시니.

공부는 잘되고 계신지요? 저 때문에 공부를 소홀히 하시면 제 마음이 많이 아플 것입니다. 그럼 뵙는 그날까지 안녕히 계십시오. 아, 이가 아픈 건 조금 가라앉았습니다.

하루종일 비가 내렸습니다. 서별당의 함석지붕을 두드리는 빗소리에 그만 질려버렸습니다. 공부도 머리에 들어오지 않습니다. 원고도 써야 하는데 통 손에 잡히지를 않습니다. 며칠째 계속 내리는 비는 마음마저 깊은 우물 속으로 끌고 가는 것 같으니.

까닭도 없이 죽고만 싶습니다. 살아가야 할 아무런 이유를 찾을 수 없습니다. 북에 계신 부모형제들은 어떻게 지내고 있는지 도통 알아낼 방도가 없습니다. 나 홀로 이렇게 남쪽 땅에서 살아가고 있다는 게 믿어지지 않습니다. 정말 왜 살아야 하는 것일까요. 그저 죽지 못해 사는 것은 아닌지요. 자살이란 가장 용감하고 위대한 사람만이 성취

할 수 있는 것인지도 모릅니다.

아침공양으로 죽이 나왔는데 먹지 않았습니다. 점심과 저녁에 먹은 깡보리밥이 창자를 박박 긁어내고 있습니다. 수도원의 식량 사정은 갈수록 안 좋습니다. 아무리 생각해도 이 상태론 오 년은 고사하고 오 개월도 지내기 곤란할 것 같습니다. 어떻게 다른 방도를 강구해야만 될 터인데 비만 줄기차게 쏟아지고 있으니.

당신이 온다는 것을 아주 단념하고 나니 덜 기다려집니다. 하지만 때아닌 성욕이 왜 이렇게 일어나는지 아무리 생각해보아도 모를 일입니다. 마음속에 어떤 마귀가 태어나 천방지축 돌아치고 있는 것만 같습니다. 그 마귀를 내 힘으로 어찌하지 못하고 있으니 참으로 한심한 노릇입니다.

당신께 쓸데없는 소리를 지껄였습니다. 하지만 나의 전부를 당신에게 알리는 것이 맞다 생각되어 이렇게 썼습니다.

당신을 그려봅니다.

당신의 편지를 받고 화가 났습니다. 곁에 있음 때려주고 싶을 정도로. 문학가란 분이 어찌 그런 아이 같은 상상을 다 한단 말입니까. 부끄럽지도 않습니까. 물론 당신이 지금 처해 있는 여러 상황을 모르지는 않지만 그래도 저로서는 도저히 이해할 수 없습니다. 이 정도로 당신의 편지에 대해 언급을 마치는 걸 다행으로 여기십시오.

어제는 날씨가 좋아 아이들과 경포대로 소풍을 갔다 왔습니다. 산에서만 살다 바닷가 근처로 거처를 옮기니 볼 때마다 바다는 신기하기 그지없습니다. 어쩌면 저렇게 넓은지요. 활처럼 휘어진 수평선을 보면 지구가 둥글다는 게 새삼 실감이 나기도 합니다. 저도 아이들처럼 신났지만 차마 겉으로는 그 심정을 꺼내놓지 못하고 속으로만 박수를 쳤습니다. 당신은 고향이 함흥이니 늘 바다를 보며 자랐겠지요. 화전민의 딸이었던 저에게 바다는 세상 어느 밭보다 넓은 밭으로 보였습니다. 백사장에 앉아 저 넓은 밭에다 감자며 옥수수, 콩, 조, 메밀, 수수를 심으면 얼마나 좋을까 생각하다가 그만 눈물을 찔끔 흘리고 말았습니다. 당신처럼 가족들 생각이 났기 때문입니다. 바닷물이 짜다고 하나 제 눈물만큼 짜겠습니까. 이북의 가족들을 생각하는 당신의 눈물만큼 짜겠습니까.

이제 비가 그쳤으니 당신의 마음도 한결 나아졌으리라 여겨집니다. 작정하고 시작한 공부 부디 좋은 결과를 얻길 바랍니다.

저도 당신이 그립습니다.

어제는 하안거 해제 날이기에 떡방아도 찧고 오랜만에 배부르게 먹었습니다.

오후에는 혹여 서울의 문인들이 오지 않을까 싶어 행자 아이와 아랫마을까지 내려갔습니다. 마음 한구석엔 당신이 와주었으면 얼마나 좋을까 하는 생각이 떠나지 않았습니다. 당신이 올 것이라는 기대를 단념했지만 우편배달부가 따르릉거리며 자전거를 타고 오면 나도 모르게 고개가 돌아가곤 합니다. 매일 배달부가 올 시간이면 나도 모르게 아무 일도 못하고 사천왕문이 있던 자리를 물끄러미 바라보기만 합니다. 계속 아무 소식이 없다면 자존심이고 뭐고 다 때려치우고 당신이 있는 곳으로 찾아가겠습니다. 홧김대로라면 빰을 갈겨버리고도 싶습니다. 앞으로 이삼일만 더 배달부를 기다려보고 소식이 없으면 찾아가겠습니다.

오늘은 강릉에서 보살님들이 찾아와서 제를 올린다고 합니다. 이십대로 보이는 젊은 여인인데 지난 6·25 때 돌아가신 남편을 위해 올리는 제라고 합니다. 오늘밤을 꼬박 새울 작정 같습니다. 밤 열시가 넘은 지금 원생들은 모두 거기에 가 있지만 나는 빠져서 이 편지를 쓰고 있습니다.

보름달이 휘황합니다. 웬일인지 까닭 없이 눈물겨워집니다. 마음이 이렇게 스산합니다. 당신을 알게 된 걸 비로소 후회합니다.

당신은 꼭 투정 심한 어린아이 같습니다.

저도 보육원에 몸이 매여 있는 터라 아무리 당신이 보고 싶어도 갈 수가 없습니다. 지난 주말엔 일 때문에 서울에 갔습니다. 고향 마을의 입구를 차창 밖으로 바라보기만 했습니다. 물론 당신 생각도 했습니다. 하여튼 그렇게 바빴는데 어떻게 당신이 있는 곳으로 찾아갈 수 있겠습니까. 그리고 제가 편지를 보냈는데 받아보지 못했나요? 저간의 사정을 그 편지에 모두 써놓았습니다. 어디에서 사라진 건 아닌지 모르겠습니다. 오늘도 보육원 일 때문에 서울로 가야 합니다. 아마 일주일 정도 머물 것 같습니다. 짧게나마 편지를 써서 우체통에 넣고 떠납니다. 서울 가는 버스는 월정거리에서 잠시 멈추거나 손님이 없으면 그냥 내달리겠지요. 그래도 저는 강릉을 떠난 버스가 대관령을 넘고 월정거리, 진부를 지나 서울에 도착할 때까지 당신 생각을 할 것입니다.

저도 당신이 보고 싶습니다. 몹시.

당신이 서울로 떠나면서 보낸 편지와 그전에 보낸 편지들을 오늘에야 받았습니다. 이게 도대체 어떻게 된 일인가요. 그런 것도 모르고 그동안 당신을 미워했으니 후회가 이만저만이 아닙니다. 당신 말대로 저는 나이만 먹었지 어린아이나 다름없는 것 같습니다. 그런데 무슨 일이 있기에 일주일이나 서울에 머무는 것입니까?

당신의 편지를 한꺼번에 받고 나니 당신의 품이 더욱 그리워만 집니다. 당신이 탄 버스가 월정거리를 지나갈 때 신작로 옆에서 손이라도 흔들어주고 싶은 심정이 간절하지만 시간을 알 수 없으니 안타깝기만 합니다. 하루종일 월정거리에 나가 당신이 지나갈 때를 기다릴까요. 그러려면 당신이 강릉으로 돌아오는 날짜를 알아야 하는데 그마저 분명하지 않으니 어쩌란 말입니까. 이 편지는 또 언제 당신의 손에서 펼쳐지게 될 것인지. 당신과 나의 사랑은 왜 이렇게 어렵기만 한 겁니까.

이런 내 마음을 알 리 없는 원장님은 느닷없이 중이 될 의향이 없냐고 오늘 물어왔습니다. 저는 머뭇거렸습니다. 사랑하는 사람이 있다는 말을 못했습니다. 우리의 사랑이 상대방에게 불행밖에 줄 것이 없는 건 아니겠지요. 아니면 보세요. 이렇게 못 견딜 정도로 안타까이 당신을 그리워하고 있으니 어디 하룬들 여유롭게 공부를 할 수 있겠습니까. 공부하는 놈에게는 확실히 사랑이 유해한 것임을 이제야 알았습니다. 원장님 말로는 뜻이 정해지면 이달 말에 중이 되는 계를 받을 수 있다 합니다. 계를 받고 몇 해나 중노릇을 해먹게 될 것인지 모르겠으나 속세의 미련을 활활 떨쳐버리고 독실한 중으로 지내는 것도 괜찮다는 생각이 듭니다. 그렇게 된다면 당신과 내가 만날 수 있는 날이 얼마 남지 않았다는 것이겠지요.

당신이 못내 보고 싶습니다.

"반정입니다!"

차장이 문을 두드리며 소리치자 은실은 고개를 들었다. 신작로 건너편에 반정의 주막이 보였다. 주막의 초가지붕은 두툼한 눈더미에 금방이라도 주저앉을 것만 같았다. 은실은 후들거리는 다리에 간신히 힘을 주고서 버스에서 내렸다. 주막 마당을 오가는 사람들의 표정에서 심상찮은 기운이 감돌고 있었다. 은실은 천천히 신작로를 건너갔다.

"……당신?"

버스 전복사고로 사망한 시신들은 주막 뒤편에서 가마니에 덮여 연고자를 기다리고 있었다. 은실은 가마니 옆에 주저앉았다. 아니라고 고개를 젓고 싶었지만 그의 안주머니에서 나온 피 묻은 주민증을 어찌할 수 없었다. 왜 이것도 못 찾았냐고 옆에 서 있는 경찰에게 따지고 싶었지만 목소리도 나오지 않았다. 사망자와 어떤 관계냐고 경찰이 물었지만 은실은 넋을 놓은 채 눈 덮인 대관령의 산자락만 바라보았다. 혼인신고를 하지 않았으니 그녀는 법적으로 아내도 아니었다. 머리를 밀고 승복을 입고 있었으나 그는 정식 스님도 아니었다. 같이 살고 있었으니 그녀는 동거녀의 신분이었다. 그의 씨앗을 뱃속에 잉태하고 있는 연인이었다. 은실은 눈을 감았다. 눈을 감으니 천지사방에서 검은 눈이 펑펑 쏟아지고 있었다. 눈을 떠도 마찬가지였다.

"……저기."

어딘가 낯이 익은, 한복을 입은, 덩치 큰 여자가 검은 눈발을 헤치고 은실에게 다가왔다. 여자는 김이 피어나는 수건을 손에 들고 있었다.

"실례가 되지 않는다면 제가 시신의 얼굴을 닦아드려도 될까요?"

"……?"

입 밖으로 어떤 말도 나오지 않았다. 은실은 가마니를 덮고 누워 있는 그와 수건을 들고 있는 여자를 번갈아 바라보았다. 가마니 밖으로 드러난 그의 얼굴은 더러웠다. 왜 얼굴을 닦아줄 생각을 못했단 말인가. 이 여자는 누구인가. 은실은 겨우 손을 내밀어 여자가 쥐고 있는 젖은 수건을 건네받았다. 수건은 따스했다.

"제가 닦아드릴 수 있는데……"

옥자는 시신의 얼굴을 정성들여 닦아주는 은실의 뒷모습에서 눈을 떼지 않았다. 눈물이 그렁그렁 차오르는 눈으로. 그 흔들리는 시선 속으로 검은 눈이 펄펄 내리고 있었다.

"엄마……"

4

"내가 죽었다고?"

"나도 죽었어."

"우리가 죽었다고?"

"그래."

뾰족한 탑 위에 달이 떠 있었지만 두터운 구름이 빠르게 흘러가고 있어 달빛과 그늘이 수시로 뒤바뀌었다. 넓은 절 마당 한가운데에서 약간 기우뚱하게 서 있는, 목책에 둘러싸여 있는 탑을 사이에 놓고 도식과 옥자는 마주보고 있었다. 옥자는 한복의 치마가 거추장스러운지 허리께를 천으로 만든 끈으로 질끈 묶었고 도식은 먼길을 걸어온 듯 먼지가 잔뜩 묻은 양복 차림이었다. 아무도 없는 어두컴컴한 절 마당에서 서로를 마주보고 있는 두 사람의 표정은 얼이 나간 듯, 기억을 잃어버린 듯, 한마디로 종잡을 수가 없었다. 달을 가렸던 구름이 물러가고 달빛이 비쳐도 마찬가지였다. 그 당황과 혼란을 어떻게든 수습해보려고 옥자가 도식을 향해 걸음을 떼어놓으면 도식은 슬금슬금 뒷걸음질로 일정한 간격을 유지했다. 마음이 아니라 몸이 시켜서 하는 일이라는 표정을 지으며. 대웅전인 적광전寂光殿의 불빛만 빼고 뒤편의 진영각眞影閣, 삼성각三聖閣, 지장전地藏殿, 개산조각開山祖閣은 어두웠다. 오른편의 설선당說禪堂과 왼편의 정법보각正法寶閣도 마찬가지였다. 탑 위의 보름달에 가까운 달마저 없다면 거의 아무것도 보이지 않을 터였다.

"그런데…… 우리가 왜 여기서 서성거리고 있지?"

옥자가 한 발 다가오며 물었다.

"나도 지금 그걸 알아내려고 고심중이야."

도식은 한 발 뒤로 물러나며 답했다.

"대관령을 넘다가 눈과 빙판에 미끄러져 교통사고가 난 거지?"

"……응."

"죽은 게 확실해?"

"그런 것 같아."

옥자가 묻고 도식이 답하는 형식이었다. 그렇게 질문과 대답을 주고받으며 둘은 탑을 돌았다.

"기절한 게 아니고?"

"아냐."

"그러게 술 마시지 말라 그랬지?"

달빛에 드러난 옥자의 표정은 무서웠다.

"결혼식 피로연인데 어떻게 안 마셔!"

"취했음 집에서 자고 대관령을 넘지 말았어야지?"

"옆에 탄 넌 안 말리고 뭐했냐?"

"말렸잖아!"

"더 말렸어야지. 평소처럼 안 말렸잖아!"

"거기 계속 있음 니 친구들이랑 밤새 술 퍼마실 거 같았으니까! 괜찮다고 했잖아?"

구름의 그림자가 옥자의 얼굴을 가리고 뒤이어 도식도 지웠다. 어둠 속에서 옥자의 목소리가 건너왔다.

"이제 어떻게 할 거야?"

"몰라. 나도 모르겠어. 처음 죽었는데 내가 뭘 알겠어!"

도식이 꽥 소리쳤지만 잠든 절은 잠에서 깨어나지 않았다. 달은 서쪽으로 흘러가고 구름은 동쪽으로 흘러갔다. 그 빛과 그림자만 절 마당을 스산하게 쓸고 있었다.

"너 설마 일부러 사골 낸 건 아니지?"

"말이 되는 소리 좀 해. 일부러 죽기가 그렇게 쉬운 줄 알아!"

"죽으면…… 원래 이렇게 떠도는 거야?"

"몰라. 근데 대체 이 절간엔 왜 온 거야?"

도식은 손가락으로 머리를 벅벅 긁었다. 어떤 알 수 없는 힘에 끌려온 것 같은데 그 까닭을 알 수 없었다. 옥자가 뒤를 따라온 것도 이해가 되지 않았다. 죽음 이후의 길에 대해 정말이지 아는 게 하나도 없었다. 살아 있을 적에 듣고 생각했던 죽음 이후에 대한 여러 이야기들은 아무런 소용도 없는 것만 같았다. 산 사람이 죽음 너머로 갔다가 온 경우도 보지 못했고 죽은 사람이 산 사람의 세계로 건너왔다는 것 역시 마찬가지였다. 어디선가 읽은 비슷한 이야기는 그저 이야기일 뿐이었다. 지금, 도식과 옥자의 경우를 설명하고 이해할 수 있는 그 무엇은 그믐밤처럼 캄캄했다. 캄캄할뿐더러 모든 게 처음이었다. 지난 며칠의(며칠?) 행적도 그랬다. 그냥 거기, 그 장소에 있었을 뿐이었다. 어떻게 그곳으로 갔고 그 사람들을 만날 수 있었는지에 대해선 아직, 캄캄했다. 더 오래 죽어봐야 알 수 있는 것인지 모르겠지만.

탑의 서쪽으로 자리를 옮긴 달이 다시 나타났다. 시간이 가긴 가는 모양이었다. 그 달을 쳐다보고 있는데 옥자가 성큼성큼 걸음을 옮겼다.

"아, 생각났어! 넌 죽은 나를 혼자 내버려두고 도망쳤지?"

"도망치고 말고가 어디 있어. 나도 죽었는데!"

도식은 뒷걸음질을 포기하고 몸을 돌려 뛰었다. 웬일인지 모르겠지만 탑에서 벗어나지 않은 채. 하지만 옥자는 영리했다. 쫓아오다가 멈추더니 이내 반대편으로 방향을 바꿨다. 도식은 곧 씩씩거리는 옥자와 마주쳤지만 다행히 달은 짙은 먹구름 속으로 자취를 감췄다. 옥자의 고함소리만 도식을 뒤쫓아왔다.

"니가 도망치면 어디로 도망칠 건데!"

장소는 같은데 풍경은 변했다. 컬러사진에서 흑백사진 속으로 풍덩 뛰어든 것만 같았다. 탑과 탑 앞의 석조보살상만 그대로고 나머지는 전혀 다른 색, 다른 풍경이었다. 하지만 달라진 풍경과 색을 찬찬히 들여다볼 겨를도 없이 도식은 몽둥이를 쥔 채 우르르 몰려가는 무리들 속으로 섞여들였다. 비구와 대처승 들은 대웅전이 사라진 절 마당의 오른편에 자리한 인법당 앞에서 양쪽 모두 손에 몽둥이를 든 채 대치를 하고 있었다. 수로 보면 대처승들이 훨씬 많았다. 도식은 대처승들의 뒤편에서 어기적거리다 누군가의 손에 끌려 몽둥이를 잡은 채 어쩔 수 없이 대열 귀퉁이에 섰다. 다행히 옥자의 모습은 보이지 않았다.

"당신들은 지금 남의 집을 무단으로 사용하는 겁니다!"

대처승들이 법원에서 날아온 서류를 흔들며 소리쳤다.

"이곳은 부처님 집이야!"

"부처님 집은 육이오 때 다 불탔어! 여기서 나가지 않으면 무력행사 할 테니 알아서들 하쇼. 시간은 딱 이십 분 주겠소!"

"우연이 너, 니가 그러고도 스님이냐? 니가 계집 때문에 비구 딱지 떼고 대처승이 될 줄은 꿈에도 몰랐다!"

"종욱아, 니가 관여할 문제가 아니다. 중이 아닌 원생들은 빠져라."

"우연아, 나도 엄연히 여기 식구다, 니가 그런 소릴 하면 섭섭하지."

"이 친구들 화나면 무섭다. 니는 정식 중도 아니니 빠지라고 할 때 어서 빠져라."

그러고 보니 대처승들은 깡패들까지 동원한 것 같았다. 도식은 대처승들의 앞에서 소리치는 종욱의 옆모습을 훔쳐보았다. 그 앞에서 대거리를 하는 우연의 모습까지. 어느 사이에 저 두 사람이 몽둥이를 잡은 채 서로에게 침을 튀기는 사이가 됐단 말인가. 머릿속이 갑자기 복잡해졌다. 엄마가 전해주지 않은 숨겨진 무엇이 또 있는 게 분명했다. 도식은 더이상 그 자리에 서 있지 못하고 쥐고 있던 몽둥이를 버린 채 비틀비틀 뒷걸음질을 쳤다.

"말로 안 되겠네! 다 끌어내!"

밀고 미는 몸싸움이 먼저 시작됐다. 도식은 뒤편 전나무 아래에 앉아 욕설과 고성이 튀어오르는 싸움판에서 눈을 떼지 않았다. 오래지 않아 비명이 터져나왔다. 유리창이 깨어지는 소리가 아주 잠깐 정적을 불러왔지만 이내 다시 함박눈이 퍼붓듯 인간의 목에서 흘러나올 수 있는 온갖 괴성들로 절 마당을 어지럽히고 있었다. 싸움은 누가 봐도 숫자가 많은 대처승들이 유리한 쪽으로 기울고 있었다. 조만간 비구들과 원생들은 모두 절 마당에 내동댕이쳐질 건 누가 봐도 분명한 일이었다. 그때였다.

"야, 이 개자식들아? 내가 죽겠다!"

부엌에서 식칼을 들고 뛰쳐나온 종욱이었다. 웃통을 벗어부친 종욱은 마루 위에 서서 식칼의 끝을 배에 들이댄 채 소리쳤다. 칼끝은 이미 배에 들어갔고 붉은 피가 흘러내리고 있었다. 절 마당에 다시 정적이 찾아들었다.

"한 발자국만 더 들어와봐!"

놀란 비구들이 종욱에게 우르르 달려들었다. 기세에 눌린 대처승들과 그들이 데려온 깡패들은 피어난 먼지가 가라앉는 마당에서 할복을 시도하는 종욱을 우두커니 바라볼 뿐이었다.

"안 돼요!"

어디서 나타났는지 옥자가 종욱을 향해 달려가고 있었다. 도식은 전나무 뒤로 재빨리 몸을 숨겼다.

풍경은 다시 어지러운 총천연색으로 바뀌었다. 법당 안은 몰려든 사람들로 인해 콩나물시루와 다를 게 없었다. 욕설과 고성은 시간과 풍경을 간단하게 타넘은 듯 사라지지 않았다. 인파 속에 갇힌 도식은 꼼짝할 수 없었다. 밀고 밀리는 것밖에 할 수 있는 게 없었다. 다행인 점은 손을 뻗으면 닿을 수 있는 거리에서 옥자가 눈을 부라린 채 도식을 노려보고 있었지만 그뿐이라는 것이었다. 법난의 파도 속에 꼼짝없이 갇혀 있는 상황이었는데 어떻게 그 파도 속으로 들어왔는지는 알 수 없었다. 어쨌든 야단법석이었다. 법상에 앉아 주장자柱杖子를 쥐고 있는 스님을 호위하는 측과 그 자리에 올라가려는 측이 팽팽하게 밀고 밀며 힘겨루기를 하는데 그 사이에 제복을 입은 경찰들이 검은 띠처럼 끼여 있었다. 여기까지가 그럭저럭 일상적인 풍경인 반면 그 주변은 판이하게 달랐다. 도식이 눈 한번 감았다가 뜨자 주변은 한마디로 무협지의 세계로 변해버렸다. 야구방망이를 든 가짜 스님이 이편에서 저편으로 손오공처럼 훌쩍 날아가면 법상의 노스님을 보호하려는 스님들이 공중부양을 구사해 야구방망이를 막았다. 부처님 앞의 사과와 배가 야구공처럼 날아가고 날아왔다. 문짝이 긴 신음과 함께 부서졌고 허공에 매달린 연등들이 파도 드센 날의 부표처럼 이리저리 출렁거렸다. 웃통을 벗어부친 채 날아가는 스님의 팔에서 포효

하는 호랑이는 법상을 지나쳐 뒤편의 거대한 불상과 정면으로 충돌한 뒤 꽃더미 속으로 추락했다. 오방색의 꽃잎들은 나비처럼 허공으로 피어올랐다가 천천히 가라앉았다. 그 너머, 법당 정면의 불상 양편으로 새로운 풍경들이 하나둘 나타났다. 도식은 비명과 함께 그 풍경을 지우려고 눈을 비볐지만 사라지지 않고 더 많은 고깃덩어리들이 법당의 벽에 줄줄이 걸리기 시작했다. 피를 철철 흘리는 고깃덩어리들이었다. 돼지며 개, 소, 노루……의 파내고 벗겨진 붉은 몸뚱이가 걸려 있는 이곳은 법당이 아니라 푸줏간임에 틀림없었다. 인육을 찾아내는 것도 어렵지 않을 것 같았다. 도식은 비로소 자신이 어디에, 어떤 상황 속에 들어와 있는지 알아차렸다. 이곳은 한때 저잣거리에서 오랫동안 돌고 돌았던, 돌면서 계속 덩치를 불려간 바로 그 소문의 현장이었다. 그리고 왜 자신이 이곳에 왔는지도 알아차렸다. 옥자도 분명 같은 이유로 왔을 게 분명했다.

"아버지?"

옥자가 먼저 소리쳤다.

"아버지?"

도식도 소리쳤다.

아수라장의 와중에도 도식과 옥자 가까이에 있던 사람들이 고개를 돌렸다. 진짜 스님들, 머리 밀고 승복만 걸친 가짜 스님들, 양쪽 신도들, 깡패들이었다. 그러나 그 얼굴들 속에서 누군가를 찾는다는 게 불가능했다. 도식은 사람들 틈바구니 속에서 빠져나오려고 두 팔로 허공을 저었다. 벽에 걸려 있는 고깃덩어리들은 마치 살아 있는 것처럼 꿈틀거렸다. 옥자도 도식을 좇아 두 팔로 허공을 휘저었다. 누가 피비린내나는 법상을 차지한 뒤 주지 싸움의 승자가 될 것인가는 두 사람에게 그다지 중요한 게 아니었다.

"왜 도망치는 거야?"

"넌 왜 자꾸만 쫓아오는 건데?"

"우린 부부잖아!"

"죽었는데 부부가 무슨 소용이야!"

"죽었어도 부부는 부부야!"

"우리가 무슨 해병대냐?"

큰절 앞 금강연金剛淵을 사이에 놓고 도식과 옥자는 설전을 벌였다. 옥자의 뒤편에는 경찰들이 울타리처럼 절을 촘촘하게 에워싸고 있었다.

"애는 어떡하구!"

옥자 뒤편의 경찰들은 둘이 사랑싸움을 하는 줄 알고 키들키들 웃고 있었다. 옥자가 덩치 큰 몸을 홱 돌려 경찰들을 째려보았다.

"애는……"

도식은 더이상 말을 잇지 못하고 너럭바위에서 내려와 호박돌들이 널려 있는 천변을 걸었다. 소沼를 벗어나자 물소리 때문에 건너편 옥자의 말도 들리지 않았다. 그래, 아이가 있었다. 아니, 있다. 그러나 저쪽에서 이쪽으로 건너온 이상 무엇을 할 수 있단 말인가. 도식은 아직 이쪽의 조건이라면 조건, 법을 잘 모른다. 저쪽에서는 흔히 조상님들의 덕을 받아 어떤 일이 잘 풀렸다고 말하지만 확인할 수는 없는 노릇이었다. 어쨌든 아이는, 엄마 아빠가 없으니 당분간 할머니 손에서 자라야 할 것이다. 그날 밤, 사 초의 망설임이 불러낸 어마어마한 사건이었다. 도식은 눈을 감았다. 아마 옥자는 아이에게 갈 것이다. 도식은 감았던 눈을 떴다가 다시 감았다. 아버지와 옥자의 아버지가 법당의 아수라장에 없는 건 그나마 다행인데 어디에 있는지 무척 궁금했다.

지장전은 캄캄했다. 어둠이 눈에 익기를 기다린 다음 도식은 촛불에 불을 붙였다. 가장 먼저 지장보살이 모습을 드러냈다. 도식은 두툼한 보료방석 위에 앉았다. 도명존자와 무독귀왕이 지장보살 양편에서 수염을 가다듬었다. 그 앞에는 어린아이가 무엇인가가 적힌 책을 펼쳐들고 있었다. 도식은 이 세계의 규칙을 알아야만 했고 알고 싶었다. 무엇을 할 수 있고 무엇이 불가능한지…… 점점 밝아지는 촛불의 영역 속으로 시왕十王들이 잠에서 깨어난 듯 하나둘 눈을 떴다. 그 앞에는 누군가의 위패들이 심판을 받는 듯, 기다리는 듯 얌전하게 차례를 기다렸고 천장의 연등에 붙여놓은 꼬리표에는 산 자들의 이름이 매달려 있었다. 도식은 맨 뒤에 있는 위패의 날짜를 읽었다. 도식보다 한 해는 앞서 도착한 이의 이름과 졸년卒年이 세로로 적혀 있었다.

도식은 눈을 감았다. 옥자가 찾아오기 전에 이 세계의 법칙을 서둘러 알아야만 했다. 그래야만 제대로 된 죽음을 살 수 있었다.

정육점의 고기들

1

도식은 늦잠에서 깨어나 머리에 혹이 나도록 자신의 머리를 쥐어박았다. 그러고도 분이 안 풀리자 빰을 몇 차례 후려갈겼다. 알몸의 옥자는 도식의 곁에서 코를 골며 세상모르고 잠들어 있었다. 술만 취하면 벌어지는 이 사태를 해결할 방법을 찾아야 했다. 그 옛날의 김유신 장군처럼 타고 다니던 말의 목을 칼로 베어버리는 특단의 조치를 취하지 않고서야 옥자의 자취방으로 찾아오는 이 습관을 어찌할 수가 없었다. 옥자의 엉덩이 뒤에서 허리를 잔뜩 구부린 채 앉은 도식은 체액이 털에 말라붙은 자신의 사타구니를 한심한 눈으로 내려다보며 중얼거렸다.

"인간 강도식, 어쩌다 이렇게 됐냐?"

머리맡에 놓인 미지근한 쿨피스를 반이나 마셔도 분은 가라앉지 않았다. 그렇다고 옥자를 깨워 다그칠 수도 없었다. 그거야말로 적반하장일 테니. 도식의 입에서 길게 흘러나온 한숨이 옥자의 엉덩이를 간질였는지 잠깐 움찔하더니 자세를 바꿨다. 바로 누운 그녀의 사타구니와 젖가슴을 한동안 바라보던 도식은 그곳에 얼굴을 파묻었다.

디스코텍 영업이 끝나고 동료 웨이터들과 남대천 포장마차에서 날이 밝기 직전까지 마신 술이 화근이었다. 대목인 토요일 날 재수가 좋으면 손님으로 왔던 여자들과 밖에서 이차로 어울리기도 했는데 어제는 넘어올 듯 말 듯 하다가 도망쳐버린 여자 때문에 잔뜩 성질이 나 있었다. 디스코텍 근처 야식집에서 단둘이 술을 마시다 잠깐 화장실에 간 사이에 감쪽같이 자취를 감춘 것이었다. 삼 분도 되지 않는 그 시간에 어떻게 마음이 바뀔 수 있는 건지 이해가 되지 않았다. 기분을 상하게 할 어떤 말도 건네지 않았다. 그녀가 말을 하면 적당히 치켜세워주었고 강릉시의 잘못된 정책에 대해선 나름 예리한 비판의 칼을 뽑아 휘두르기도 했다. 웨이터로 종칠 청춘이 아니라는 걸 알려주기 위해 구체적인 사업계획안까지 설명해주었음에도 불구하고. 조만간 강릉에 전문 음악카페를 차리겠다는 사업계획안은 공수표가 아니었다. 물론 당장 시작할 수는 없었지만. 어쨌든 도식으로서는 매주 토요일이면 디스코텍으로 찾아오는 그녀를 꼬드기기 위해 꽤 공을 들였건만 결과는 참담했다. 거의 다 된 밥에 재가 뿌려진 거나 다름없었다. 왜 갑자기 술을 마시다 말고 사라졌을까? 물음에 물음을 되풀이했지만 의문은 해소되지 않고 화만 솟구칠 뿐이었다. 웨이터들의 단골집인 포장마차로 가면서도 도식은 어둠이 고여 있는 골목들을 기웃거렸지만 짓궂은 장난 한번 해본 거라며 킥킥거리는 그녀의 모습은 찾을 수 없었다. 대신에 동료들이 쌍수를 들어 환영의 박수를 보냈다. 환영이라기보다 고소하기 이를 데 없다는 표정이 분명했지만 도식은 그들 틈으로 엉덩이를 비비고 들어가 앉았다.

"따먹지도 못하고 차였구나!"

"빙신!"

"걔, 관상을 보니 딱 옛날 대관령에 살았던 영깽이 닮았더라."

"새끼, 영깽일 니가 봤냐?"

"하여튼 헛좆만 키우다 온 거지!"

"씨발, 그만하고 술이나 줘."

도식은 물컵에 소주를 따라 벌컥벌컥 마셨다. 도망친 여자는 디스코텍 웨이터들 사이에선 유명한 존재였다. 한번쯤 작업을 시도해보지 않은 웨이터가 없을 정도였다. 하지만 그녀는 도도했다. 도도하다 보니 작업에 실패한 웨이터들의 입에서 이러저러한 소문들이 끊임없이 흘러나왔다. 그녀가 경포호텔에서 나이든 남자와 나오는 걸 봤다더라. 그녀가 외국인과 동거를 한다더라. 고등학생 때부터 유명한 걸레라더라. 영 너머 학교에서 퇴학당한 뒤 강릉으로 넘어와 방석집에서 일한다더라. 그게 아니라 강릉역 앞 사창가의 창녀인데 주말은 칼같이 쉬는 창녀로 유명하다더라…… 하지만 하루에도 몇 개씩 험한 소문을 지어내는 웨이터들도 막상 토요일 저녁에 그녀가 나타나면 똥마려운 강아지처럼 그녀 주변을 서성거리곤 했다. 그런 그녀가 자신의 주변에서 얼쩡거리지도 않는 도식을 지목해 먼저 말을 걸어온 건 의외 중의 의외였다. 술까지 따라준 것은 경이에 가까웠다. 다른 웨이터들의 눈이 휘둥그레질 만한 사건이었다.

"너, 거기에 다마 박았다며?"

그녀의 얼굴은 발갛게 변해 있었다.

"멀쩡한데 다말 왜 박아?"

"그럼 아니야?"

"아냐! 그런 미친 짓을 왜 해?"

"웨이터들이 그러던데. 다말 두 개나 박았다고…… 아님 말고. 뭐 그건 그렇고 음악카페 차릴 돈은 있어?"

야식집에서 그녀와 도식이 나눈 거의 마지막 대화였다. 아버지가 돌아가신 뒤 자신의 명의로 넘어온 밭 한 뙈기를 팔면 문제없다고 허세를 늘어놓은 뒤 소변을 보려고 잠시 화장실에 간 게 마지막이었다. 포장마차 옆 외등 아래서 오줌을 누던 도식은 손가락으로 받치고 있던 물건을 물끄러미 내려다보았다.

"다마라……"

포경수술을 하지 않은 물건은 아무리 봐도 모양이 나지 않았다. 귀두를 덮고 있는 포피를 뒤로 젖히자 부끄러운 듯 얼굴의 전모를 드러냈다. 구슬이 있을 턱이 없었다.

"설마 다마 때문에?"

도식은 서둘러 포장마차로 돌아갔다.

"걔한테 내가 다마 박았다고 썰 푼 게 누구야?"

포장마차 안이 한바탕 소란스러워졌다. 거개가 고등학교 퇴학이거나 중졸인 웨이터들의 Y담이 한바탕 휩쓸고 지나갔다. 거개가 뻥이고 주워들은 이야기가 틀림없었다.

그거 하면 여자들이 뻑 간대.

용돈도 엄청 준다 하더라고.

다마 박을 때 아프지 않을까?

새끼, 그 정돈 감수해야지. 여자가 좋아 죽는다잖아!

야매로 하는 거야?

야, 그럼 병원에서 정식으로 그걸 해주겠냐?

그 형은 직접 칫솔을 갈아서 다마를 만들었대.

어떤 사람은 다마 두 갤 넣었다가 그거 하던 중에 물건이 터져서 난리가 났었나봐. 피가 철철 흐르는 걸 움켜쥐고 병원에 달려갔대.

근데…… 진짜 여자들이 좋아할까?

진짜라니까! 그게 여자 공알을 살살 눌러주면 신음소리가 저절로 나온다 그러더라구.

크기가 작은 사람도 다마만 박으면 끝내준다는 거야!

야, 우리도 한번 박아볼까?

우리가?

비싸지 않아?

야매라 안 비싸.

포장마차에서 어떻게 끝이 났는지 잘 기억나지 않았다. 동료들과 헤어진 뒤 술에 취해 정말 김유신 장군처럼 말에 실려 옥자의 집에 찾아온 모양이었다. 매번 돌아갈 때마다 더이상 찾아오지 않겠다고 다짐을 했지만 술에 만취하면 도로 나무아미타불이었다. 옥자는 도식을 만나면서부터 미용실에 딸린 방에서 나와 산동네에 새로 자취방을 얻었다. 도식에게 동거를 하자는 제안을 건네면서. 그때야 퍼뜩 겁이 난 도식은 옥자를 멀리하기 시작했지만 보통 일주일을 버티지 못했고 술에서 깨어난 아침이면 헝클어진 머리를 벅벅 긁는 게 전부였다. 디스코텍에서 처음 만났던 옥자의 친구들을 보고 싶은 마음이 있었지만 그후 싸우고 결별했다는 게 돌아온 답이었다. 까딱하다간 자신보다 덩치가 배나 큰 옥자에게 발목이 잡힐지도 모른단 생각이 들어 관계를 가질 때마다 조심했지만 술에 취했을 때가 대부분이라 그도 여의치 않았다. 옥자가 마음만 먹는다면 임신은 식은 죽 먹기였다.

도식은 옥자의 사타구니 위에 얼굴을 묻은 채 지난밤의 끊어진 기억들을 어느 정도 복원시켰다. 잠에서 깨어난 옥자는 두 손으로 도식의 머리를 쓰다듬어주었다. 옥자의 배는 부풀었다가 가라앉기를 되풀이했다.

"옥자야?"

"응?"

"……나, 다마 박을까?"

"어디에다 다마를 박아?"

도식은 옥자에게 새벽에 웨이터들로부터 들은 이야기를 차근차근 전해주었다. 어린 시절 구슬치기 용도로 사용하다 사라졌던 구슬이 화려하게 부활하는 것만 같았다.

"하고 싶음 해."

"아무렇지 않아?"

"미용실에 있음 아줌마들이 숱하게 하는 얘기야."

"그래? 자세히 얘기해봐. 좋았대?"

"몰라!"

"궁금하다고. 얘기해봐."

"……모양이 흉측하대."

"또?"

"그게…… 다야."

도식은 낮은 포복을 하듯 옥자의 사타구니에서 배, 가슴, 목까지 기어올라갔다. 눈을 마주친 옥자는 얼른 고개를 돌렸다.

"장난하냐? 그게 다일 리가 없잖아?"

옥자는 눈을 감았다. 도식은 손가락으로 옥자의 눈을 뜨게 만들었다.

"얘길 꺼냈으면 매듭을 지어야지."

"한번 하면…… 계속 생각난대."

"느낌은?"

"좋았으니 계속 생각났다고 했겠지! 이게 다야. 더 묻지 마!"

"뿅 갔대?"

"몰라. 모른다고. 궁금하면 직접 물어봐!"

뿅 간다는 소문이 어느 정도 사실인 모양이었다. 남자와 여자의 그곳 구조를 더듬어보아도 신빙성이 풍부한 얘기였다. 사내놈이 개망나니라고 해도 그거 때문에 여자가 쉽게 못 떠난다는 얘기도 새록새록 떠올랐다. 간밤 디스코텍에서 도식에게 접근했던 여자도 결국 그것 때문에 접근했다고 자기 입으로 말하지 않았던가. 도식은 옥자의 몸 위에서 술냄새와 입냄새를 풀어놓으며 결심을 굳혔다. 조만간 다마를 심겠다고. 그것은 사내에게 있어 대단히 매력적인 보형물임에 틀림없었다. 취한 김유신을 기생의 집으로 데려간 말의 목을 자르는 일은 아직 급하지 않았다.

2

정육점의 식당과 붙어 있는 방의 쪽마루에 걸터앉은 정옥은 선반에 올려놓은 텔레비전을 멍하니 바라보고 있었다. 전국노래자랑이 나오고 있었지만 그녀는 볼륨을 줄였다. 반쯤 열어놓은 미닫이문 너머에서 아기는 잠들어 있었다. 오전 내내 울더니 이젠 우는 것도 지쳐 잠든 게 틀림없다. 정옥은 엉덩이를 끌며 잠든 아기 곁으로 다가가 얼굴을 들여다보았다. 아기는 눈을 감은 채 아주 먼 곳을 바라보는 것만 같았다. 정옥은 방바닥에 놓인 두루마리휴지를 베개 삼아 그 옆에 모로 누웠다. 보면 볼수록 여러 사람의 특징이 골고루 들어가 있는 얼굴이었다. 눈, 코, 입, 귀, 이마, 턱…… 그 부위에서 우연, 종욱, 정옥, 은실, 도식, 옥자의 얼굴이 차례로 흘러나오고 있으니.

"이름이나 지어놓고 떠나든가……"

애가 태어난 지 언젠데 차일피일 미루다가 결국 결혼식이 닥쳤고 곧바로 신혼여행을 떠나버린 도식과 옥자에 대한 푸념이었다. 정옥은 잠든 아기의 도톰한 볼을 쓰다듬다가 고개를 끄덕였다.

"도식이, 옥자. 일단 도옥이라고 부르면 되겠네!"

정옥은 자리에서 일어나 앉아 박수를 쳤다.

"도옥아?"

잠을 자던 아기는 자신의 새 이름을 처음으로 부르는 소리에 마치 대답이라도 하듯 눈을 뜨더니 지체 없이 울음을 터뜨렸다. 정옥은 우는 아기를 얼른 품에 안고 얼렀지만 울음소리는 점점 커져만 갔다.

"도옥아, 할미가 지어준 이름이 맘에 들어?"

도옥은 더 크게 울었고 전국노래자랑의 노랫소리는 들리지도 않았다. 정옥은 구부러진 허리에 도옥을 들쳐업고 포대기로 감쌌다.

덩치는 소만한 옥자가 쭈뼛거리며 정육점에 나타난 건 한창 바쁜 점심시간이었다. 손님들이 모두 빠져나가자 시키지도 않았는데 수저를 놓고 일어나 탁자에 널린 음식그릇들을 치우는 걸 도우겠다고 나서니 정옥으로선 다른 눈으로 보지 않을 수 없었다. 처음엔 오갈 데 없는 여자인가 하는 생각이 들었으나 이내 어떤 직감이 정옥의 뒤통수를 빽빽하게 잡아당겼다. 오갈 데 없는 여자치곤 너무 젊었기 때문이었다. 인상을 보니 그렇다고 절간으로 들어갈 것 같지도 않았다. 절로 향하는 길목에 자리한 정육점에 살면서 많은 사람들을 겪어본 터라 웬만한 사연은 사연 같지도 않았다. 누가 중이 되려고 산으로 들어가는지, 얼마 만에 도망쳐나올지는 통박을 얼마 굴리지 않아도 쉬이 알 수 있었다. 그렇다면……? 정옥은 주방에 앉아 담배를 피우며 옥자의 표정을 살핀 뒤 손을 탁탁 털었다. 계산은 어렵지 않았고 답은 간단했다.

"우리 도식이 찾아왔소?"

"……예."

"도식인 강릉에 있는데……"

행주로 탁자를 닦던 옥자의 눈에서 닭똥 같은 눈물이 뚝뚝 떨어졌다. 맞아떨어진 예감에 정옥은 담배를 길게 빨아 삼켰다. 강릉에 가 있는 도식이가 또 사고를 친 게 틀림없었다. 그것도 대형 사고를. 울화가 치솟는 와중에도 정옥은 옥자의 얼굴이며 행색을 살폈다. 툭하면 사고를 치는 자식임에도 불구하고 또다른 본능이 발동되는 건 어쩔 수 없는 일이었다. 덩치가 있으니 힘은 좋겠으나 애교는 좀 떨어지겠고…… 정옥은 참았던 한숨을 한꺼번에 토해내곤 주방에서 나왔다.

"이름이 어떻게 돼요?"

"옥자요. 이옥자. 이렇게 불쑥 찾아와서 죄송합니다."

"혹시…… 임신했어요?"

"……예."

"우리 도식이 앤가요?"

"……예. 죄송합니다."

송아지 눈만한 옥자의 눈에서 떨어진 눈물이 탁자에 고이더니 이내 흐르기 시작했다. 옥자는 손에 쥐고 있던 행주로 그 눈물을 훔쳤다.

"도식이는?"

"안…… 만나줘요."

옥자가 고개를 숙이자 탁자로 떨어지는 눈물방울이 점점 많아졌다. 정옥은 손등으로 옥자의 눈물을 닦아줬다.

"임신한 지 얼마나 됐어요?"

"……두 달요."

"도식인 내가 알아서 할 테니 앞으로 여기서 지내요. 여기서 나랑 지낼 수 있겠어요?"

"……예, 어머님."

정옥은 덩치가 소만한 옥자의 등을 쓰다듬어주었다. 유리창 밖으로 흙먼지가 눈보라처럼 쓸려가는 오후였다.

이제 막 애칭을 얻고 정옥의 등에 업힌 도옥은 울음을 그치지 않았다. 도식과 옥자의 신혼여행 기간 동안 손자를 맡았으니 꼼짝없이 정육점에 갇힌 거나 다름없었다. 눈이 퍼붓는 겨울철이라 정육점 겸 식당에 찾아오는 손님도 드물었다. 꼭 겨울철이어서가 아니라 삼거리 정육점은 사실 사양길로 들어선 지 오래였다. 널린 게 식당이고 집집마다 하나씩 자리를 차지하고 있는 냉장고에는 먹지 않은 고기가 널린 세상이 돼버렸다. 옛날만 하더라도 사방 이십 리 안짝에 정육점이라곤 여기밖에 없었다. 골짜기 골짜기에 박혀 사는 사람들에게 그동안 끊어준 고기만 해도 어마어마할 터였다. 그것뿐인가. 남편 강포수가 직접 멧돼지를 잡아와 팔던 호시절도 있었다. 정옥은 우는 아기를 업고 탁자에 앉아 소주를 홀짝거렸다. 정육점 유리창의 시야를 지우며 펄펄 날리는 눈발 속으로 흘러가는 그 긴 세월이 안주였다. 정옥이 정육점 밖으로 나간 건 남편 우연이 잠시 대처승 노릇을 하던 시간이 전부였다. 그 시간을 제외하곤 줄곧 정육점에서 피 묻은 도마와 칼을 씻으며 살아온 거나 다름없었다. 정식 중에서 대처승으로, 그리고 포수로 변신했던 게 남편 인생의 골자라면 그녀의 인생은 손에 배어 떠나지 않는 누린내와 피비린내가 골자였다.

"도옥아, 오늘따라 소주가 달다!"

울음을 그쳤던 아기가 다시 대책 없는 울음을 정옥의 등에 토해놓았다.

"할미가 니 할애비 생각나서 술 한잔 마시는 게 그래 싫나?"

아직 말을 할 줄 모르고 오직 울음으로밖에 의사표시를 하지 못하는 도옥은 정옥의 등을 침으로 흥건하게 적실 뿐이었다. 정옥은 포대기의 끈을 풀고 도옥을 가슴팍에 안았다. 도옥의 눈은 새빨갛게 충혈돼 있었다. 마치 슬픔과 서러움을 한꺼번에 껴안은 어른 같은 눈빛이었다. 정옥은 깜짝 놀라 열이 불덩이 같은 도옥의 옷을 벗겼다.

"도옥아, 갑자기 왜 이러는 거냐?"

정육점의 전화기가 도옥의 울음을 업고 요란스럽게 울린 건 바로 그때였다.

"니가 지금 제정신이야?"

"아, 왜?"

"사내새끼가 여잘 임신시켰으면 책임을 져야지. 도망을 쳐?"

"……어? 에이 씨, 걔 거길 찾아갔어?"

"내일 해 뜨자마자 올라와."

"에이, 걔 바꿔줘."

"못 바꿔준다. 오늘부터 여기서 같이 살 거다."

"엄마!"

"너, 낮엔 자빠져 자고 밤엔 술집에서 술 나르고 사냐? 나한텐 혼자 공부해서 대학 간다고 안 했냐?"

"아, 그 얘긴 나중에 하고 옥자 좀 바꿔!"

"못 바꿔. 할 얘기 있음 와서 해."

"아니 걔가 왜 거기 있어? 내가 알아서 할 테니 당장 돌려보내!"

"못 보낸다. 여기서 애 낳을 때까지 있으라 했다."

"엄마, 거긴 우리집이야. 걔가 왜 거기서 애를 낳아!"

"니 애니까 낳지."

"내 앤지 어떻게 알아?"

"낳아보면 아니 걱정 마라. 그리고 애 낳으면 바로 결혼식 올릴 생각이나 해."

"엄마!"

도식의 욕과 고함이 흘러나오는 수화기를 있던 자리에 돌려보냈다. 정옥은 방구석에 앉아 있는 옥자에게 걱정 말라는 눈짓을 보냈다.

"지깐 놈이 도망치면 어딜 도망치겠냐."

"……올까요?"

"온다."

"어머님, 와서 집밖으로 절 끌어내는 거 아닐까요?"

"덩치는 큰 게 겁은 왜 그리 많나? 내가 막아줄 테니 걱정 마라."

담배 두 대를 급하게 피울 시간이 지나자 두꺼비처럼 앉아 있던 검은 전화기가 울렸다. 정옥은 벨소리가 열 번을 울리고 열다섯 번을 향해 치달아도 전화기만 바라볼 뿐 수화기를 들지 않았다. 옥자에게 눈을 찡끗하며. 누가 걸어온 건지 목소리를 듣지 않아도 다 안다는 얼굴이었다.

"전화로 할 얘긴 다 했어. 아마 내일 첫차로 올 게다."

"어머님, 무서워요."

"니는 가만히 앉아서 뱃속에 애만 지키면 된다. 아! 애 낳고 산후조리 끝나면 내 진부에다 미용실 차려주마."

"어머님!"

정옥은 자지러지듯 우는 도옥을 안은 채 전화기가 있는 방 문턱으로 갔다. 제주도로 신혼여행 간 도식과 옥자의 전화일 거란 추측을 하며.

"경찰섭니다. 강도식씨 집이죠?"

"그런데요."

"강도식씨와 어떤 관곕니까?"

"……아들인데."

"이옥자씨는요?"

"……걘는 며느리고. 근데…… 왜 그러세요?"

정옥의 가슴이 두방망이질치기 시작했다.

"강도식씨와 이옥자씨가 탄 자가용이 대관령 눈길에 미끄러져 사고가 났습니다. 여긴 강릉 동인병원입니다."

정옥의 품에 안긴 도옥이 전화 내용을 듣기라도 한 것처럼 더 세차게 울었다. 우는 도옥의 얼굴로 정옥의 눈물이 한 방울, 두 방울 떨어졌다.

3

절벽 너머 짙은 청색의 바다 위로 눈이 천천히 내리고 있었다.

아궁이 앞에 앉아 불을 때던 은실은 부지깽이를 든 채 눈 내리는 바깥 풍경을 물끄러미 바라보았다. 바람 없이 내리는 눈은 처마에 매달린 작은 풍경 위에도 소복하게 쌓였다. 아직 세월의 때가 묻지 않은 마당의 삼층석탑도 두툼한 오리털 파카를 입은 것만 같았다. 그 뒤편 언덕길을 지우는 눈송이에 넋을 놓고 있다가 은실은 생각났다는 듯

장작 몇 개를 더 아궁이에 넣었다. 장작의 껍질이 타닥거리며 불똥을 튕겨냈다. 불똥들의 점멸을 지켜보던 은실의 시선은 이내 다시 부엌 밖으로 나가 암자로 올라오는 언덕길로 향했다. 오후 내내 눈송이를 헤치고 찾아오는 이 하나 없는 언덕길을. 그러나 세상을 덮는 눈송이마저 어느덧 지워지고 바다만 저 아래에서 넓고 넓은 장판처럼 시퍼렇게 펼쳐졌다. 옥자의 결혼식은 이제 끝났을 것이다. 폐백을 드리고 있을까. 늦은 점심을 먹고 신혼여행을 떠났는지도 모르겠다. 강릉공항에서 비행기를 타고 제주도로 떠난다고 하였던가…… 검버섯이 핀 은실의 볼로 눈물이 흘러내리자 바다마저 천천히 시야에서 사라져갔다.

"나는 못 간다."

"엄마?"

"결혼식 잘 치르고 앞으로 잘살아."

"옛날 일 다 잊으면 안 돼? 세상에 하나밖에 없는 딸 결혼식인데."

"다 얘기했잖아. 니가 잘살면 돼."

"엄마, 결혼하지 말까?"

"애는?"

"엄마처럼 혼자 키우면 되지."

"고놈의 입!"

은실은 부지깽이로 아궁이를 뒤적거렸다. 재에 덮였던 불씨들이 화르르 되살아났다. 임신을 한 옥자가 결혼을 하겠다고 데려온 도식을 처음 보는 순간 은실은 숨이 턱 막혔다. 젊었던 시절의 우연을 다시 만난 것만 같았기 때문이었다. 아니나다를까. 도식은 우연과 정옥의 사이에서 태어난 자식이었다. 떠올리기조차 싫어 꽁꽁 싸매두었던 기억이 마른 나뭇가지에 불이 붙듯 화르르 타올라 어찌할 수가 없었다. 어떻게 해서든 두 사람을 뜯어말리고 싶은 마음이 간절했지만 결혼도 하기 전에 아기는 일찌감치 옥자의 뱃속에 떡하니 자리를 잡고 있었다. 마치 눈치를 채기라도 한 것처럼. 같이 살았다 하더라도 말처럼 뛰어다니는 딸을 그녀가 단속할 시기는 이미 지난 터였다. 사람의 운명이라는 게 뭔지 알다가도 모를 일이었다. 은실은 한숨과 함께 불기운이 사위어가는 아궁이에 마른 나뭇가지를 더 집어넣었다. 열어놓은 문 밖의 눈은 여전히 게으르게 절 마당으로 내려앉았다. 방이 춥다고 투덜거리던 영감 중은 낮잠을 자는지 아무 기척이 없었다. 은실은 결혼을 하겠다고 찾아온 두 사람에게 지난 이야기들을 꺼내지 못했다. 아직도 월정거리에서 정육점을 운영하고 있다는 정옥을 먼저 만나야만 했다. 만나서 여기까지 흘러온 어떤 운명들에 대해서 얘기를 나누는 게 먼저였다. 정황상 정옥은 아무것도 모르는 게 분명했기에. 은실은 옥자의 둥그런 배를 바라보며 입을 열었다. 빠른 시일 내에 강릉쯤에서 도식의 모친을 한번 만나게 해달라고.

"바다가 이쁘네요."

경포대 백사장 너머의 바다는 모처럼 잔잔했다.

"매일 보면 아무 생각이 없어져요."

"그건 산도 마찬가지예요. 아시겠지만."

"오대산을 떠난 지 오래돼서. 푸줏간은 잘되세요?"

"그냥 그래요. 참, 절간에 들어가 밥 짓고 계신다면서요?"

"매일 부엌칼로 풀만 다듬고 있어요. 푸줏간 일은 힘들지 않으세요?"

"요즘 정육점에선 기계로 다 합니다. 손에 피 묻힐 일 없어요."

"하긴 옛날처럼 직접 짐승을 잡지 않으니…… 옛날엔 어떻게 했나 모르겠어요."

"먹고살려면 뭔 짓을 못하겠어요."

높지 않은 파도는 아주 천천히 해변으로 다가와 백사장을 적셨다. 은실은 파도가 칠 때마다 속으로 숫자를 헤아렸다. 카운트다운을 하듯. 아니, 온몸에 팽배해 있는 긴장을 하나씩 풀어내듯. 은실은 파도가 백사장에서 자취를 감출 때까지 기다렸다가 입을 열었다.

"혼자되신 지 얼마나 됐어요?"

"아이고, 그게 언제 일이라고. 도식이 학교 들어가기 직전이니……"

"어쩌다가?"

"……산에 갔다가 변을 당했어요. 옥자 아버진 교통사고로 돌아가셨다면서요?"

정옥은 남편이 개를 데리고 사냥을 갔다가 멧돼지들에 의해 변을 당했다는 얘길 하지 않는 게 낫다고 여겼다. 설령 그 사실을 은실이 풍문으로라도 들어 알고 있다 하더라도. 자리가 그런 자리였다.

"대관령에서 버스가 눈길에 미끄러졌어요."

은실은 결혼도 하기 전에 그 사고가 있었고 뱃속에는 이미 옥자가 들어 있었다고 털어놓을까 하다가 그만두었다. 혼자 몸으로 아이를 낳고 그 아이를 종욱의 호적에 올린 사실도. 그러니까 태어나기도 전에 명을 달리한 아버지를 둔 아이가 옥자고 자신이 그 아이의 엄마였다는 점을. 그걸 얘기하면 그 아이가 마치 제 엄마의 운명을 빼다박듯 결혼도 하기 전에 뱃속에 아이를 품고 있다는 게 전혀 다른 모양새로 자리할 게 분명하니까. 마주보고 앉아 있는 자리가, 그런 자리였다. 은실은 식은 커피를 마시며 다시 파도가 백사장으로 다가와 부서지길 기다렸다. 파도는 메밀꽃을 피우며 게으르게 밀려오고 있었다.

"……이렇게 다시 만나다니."

"오대산 떠날 때 월정거리에서 강릉 가는 버스 타는 거 본 게 마지막인데."

"피할 수 없는 인연인 모양이네요."

"그러게요."

제법 큰 파도가 백사장에서 부서졌다. 은실은 숨을 삼켰다.

"이렇게 뵙자고 한 건, 두 아이들 아버지에 대한 얘길 하려고……"

"예. 말씀하세요."

잔에 남은 커피를 다 마신 뒤 은실은 바다에서 눈을 돌렸다. 이젠 파도가 치는 숫자를 셀 필요가 없었다.

"두 분 다 돌아가셨으니 아이들 장래를 위해서라도 우리 선에서 묻어버렸으면 합니다. 괜찮으세요?"

"그러죠. 그동안 마음고생 심하셨지요?"

"그리고…… 결혼식엔 제가 참석하지 않는 게 좋을 것 같아요. 아이들에겐 잘 말해놓겠습니다."

"……하나뿐인 딸인데."

아궁이에 마른 밤나무 가지를 몇 개 더 집어넣었다. 바람 없이 내리는 눈은 키가 자라는 게 눈에 보였다. 그러고 보니 바람도 없는데 처마에 매달아놓은 풍경에 눈이 쌓인다는 게 다소 이상했지만 은실은 곧 고개를 끄덕였다. 눈송이는 마치 박주가리의 씨처럼 가벼웠다. 한없이 넓은 하늘에서 내려와 작은 풍경과 탑 위에 내려앉은 눈은, 그러니까 기막힌 인연이나 다름없었다. 누가 그렇게 하라고 강요해도 할 수 없는 그런 인연의 줄 위에서 앞서거니 뒤서거니 걸어가고 있는 것만 같았다.

은실은 찬장에 숨겨놓은 소주를 꺼냈다. 한잔 마셔야 들끓는 마음이 눈송이처럼 가라앉을 것 같았다. 부뚜막에 소주가 찰랑거리는 컵과 묵나물이 담긴 접시를 올려놓고 조심스럽게 첫 모금을 삼켰다. 잠시 숨을 멈춘 채 눈을 감고 입을 다물었다. 차갑고 뜨거운 무엇이 저 아래로 천천히 내려가 가라앉을 때까지. 이윽고 눈을 떴다. 아궁이의 불은 변함없이 시나브로 타오르고 있었다. 문밖의 눈송이도 암자의 마당을 떠나 다시 허공으로 돌아가지 않았다. 방안의 기척에 귀기울인 뒤 은실은 술이 담긴 컵을 들고 심호흡을 마쳤다. 한 손으로 코를 잡고 탕약을 마시듯 컵에 남은 소주를 꿀꺽꿀꺽 삼켰다. 알불 덩어리를 삼키듯. 벌렁거리는 속을 진정시킨 은실은 부엌문 밖의 허공을 가득채운 눈송이를 헤치고 아주 먼 곳으로 길을 떠났다.

산자락에서 연기가 피어났다.

은실은 찐 감자와 주먹밥이 담긴 종다래끼를 어깨에 메고 산길을 올라갔다. 학교에서 돌아온 남동생은 막걸리 주전자를 든 채 다람쥐처럼 앞서 갔다. 응달 편의 눈도 거의 녹았지만 아직 꽃이 피지 않은 봄날이었다.

"천천히 가. 그러다 막걸리 쏟겠다!"

"걱정 마, 누나. 내가 우리 반에서 제일 날쌔다니까!"

"날쌘 거하고 넘어지는 거하고 똑같아!"

"빨리 가서 엄마한테 자랑할 거야!"

"그럼 주전자 거기다 놓고 가. 내가 들고 갈 테니."

"아버지 목마를 거야. 누난 천천히 와."

반장이 됐다는 걸 알리려는 거였다. 동생은 줄기만 남은 칡덩굴이 동굴처럼 우거진 산길로 모습을 감췄다. 회사거리의 부잣집 아이들도 많은데 반장이 되었으니 신이 날 만했다. 은실은 메고 있던 종다래끼를 가슴에 안고 칡덩굴 속으로 들어갔다. 엄마와 아버지는 산자락에 화전을 더 만들려고 요 며칠 계속 점심도 굶어가며 조개골 마가리에서 살다시피 했다. 회사거리 서울여관에서 일찍 돌아온 은실은 서둘러 감자를 삶고 주먹밥을 만들었다. 학교에서 돌아온 동생이 월정상회에 가서 받아온 막걸리와 함께 새참 준비를 모두 마치고 조개골 마가리로 향했다. 마가리의 화전까진 부지런히 걸어도 한 삼십 분은 걸렸다.

"누나?"

동생은 물푸레나무 아래에 앉아 울고 있었다. 묻지 않아도 무슨 일이 벌어졌는지 알 수 있었다. 은실은 이마의 땀을 훔치며 동생에게 다가갔다. 동생의 무릎은 넘어져 까졌고 바지는 피에 젖어 있었다. 은실은 손수건으로 동생의 무릎을 싸매주었다. 동생 옆에 있는 주전자는 일부러 확인하지 않은 채. 확인하지 않아도 쏟아진 막걸리 냄새가 주변에서 솔솔 피어났다.

"조심하지. 걸을 수 있겠어?"

"응. 근데…… 막걸리를 쏟았어."

"괜찮아. 아버지가 너 반장 된 거 알면 막걸리 마시는 것보다 훨씬 좋아할 거야."

"막걸리 누나가 쏟은 걸로 하면 안 돼?"

"알았어. 그렇게 할게."

은실과 동생은 물이 흐르는 계곡을 벗어나 경사가 급한 산비탈로 이어진 길을 올라갔다. 숨이 턱에 차올랐다. 산 위에서 연기가 내려와 코를 간질였다. 묵밭을 뒤덮은 잡초와 나무 들을 태우는 연기였다. 변변한 밭이 없는 사람들은 봄날 산속 깊이 들어가 한 평이라도 더 화전을 일구려고 산자락에 불을 놓곤 했다. 불을 놓을 때면 아버지는 혹시라도 밤에 불씨가 살아나 산불이 날까봐 아예 움막을 쳐놓고 산에서 기거하기도 했다. 그렇게 이 골짜기 저 골짜기에 들어가 묵밭에 불을 놓아 감자나 기장, 조를 심었다. 산등성에 올라선 은실과 동생은 연기가 피어나는 밭을 향해 소리쳤다.

"아버지–?"

"엄마–?"

메아리가 사라지자 건너편에서 아버지의 목소리가 건너왔다.

"누구냐–?"

시커멓게 변한 밭에서 엄마가 머리에 쓰고 있던 광목수건을 벗어 흔들었다. 연기는 밭에서 일을 하는 두 사람의 모습을 지웠다가 다시 복원시켰다. 동생은 주전자를 아예 가슴에 안고 한달음에 그곳을 향해 달려갔다. 또 넘어질 것만 같아 은실이 소리쳤지만 목소리가 동생을 따라잡기란 애당초 기대하기 어려웠다. 검은 밭에서 피어난 연기는 멀리 가지 않고 이 모양 저 모양으로 모습을 바꾸다가 하늘 속으로 가뭇없이 사라졌다. 은실도 걸음을 빨리했다.

"일 안 하고 여긴 왜 왔어?"

"오후에 여관 문 닫았어요. 강릉에 사는 사장님 친척이 돌아가셨어요."

"아버지, 제가 넘어져서 막걸리를 반이나 쏟았어요."

"너, 누나가 쏟은 걸로 해달라며?"

"사나이가 그럴 순 없지!"

"우리 아들 다 컸네!"

네 식구는 연기와 열기가 무럭무럭 올라오는 밭 옆 느릅나무 아래에 앉아 새참을 먹었다. 주먹밥은 고소했고 감자는 달았다. 아버지는 입술에 묻은 막걸리까지 혀로 깔끔하게 훔쳤다. 네 식구가 피워낸 웃음꽃이 봄꽃보다 먼저 산자락으로 번져가는 오후였다. 건너편 산 너머에서도 누군가 화전을 일구는지 연기가 모락모락 피어오르고 있었다. 은실은 더 쉬지도 않고 괭이를 잡고 일어서는 아버지의 땀에 젖은 등이 안쓰러웠다.

"아버지, 힘든데 이제 화전은 그만 일구세요."

"우리 막내 공부시키고 니 시집보내려면 부지런히 더 만들어야 돼."

"저 시집 안 가도 돼요."

"다 큰 처녀가 시집을 왜 안 가?"

"엄마 아버지 모시고 평생 같이 살 거예요."

"못하는 소리가 없구나. 올해 농사 잘 지어서 겨울이나 내년 봄에 시집보내줄 테니 아무 걱정 마라."

"시집 안 가요 아버지!"

"니 엄마도 시집 안 간다고 고집부리다가 나랑 혼렐 치렀다."

"당신이 죽어버리겠다고 협박을 하니 어쩔 수 없이 한 거죠."

"아버지, 저는 공부 열심히 해서 훌륭한 사람이 될게요!"

"그래, 그래!"

은실은 발갛게 변한 얼굴이 부끄러워 서둘러 버드나무로 엮은 종다래끼에 그릇과 주전자를 담고 산을 내려갔다. 일을 거들고 싶었지만 해가 져야 화전에서 내려오는 부모님 대신 저녁 설거지를 하려면 어쩔 수 없었다. 동생이 은실을 부르며 뒤따라 뛰어왔다. 이산 저산에서 피어나는 연기가 안개처럼 골짜기로 가라앉는 걸 보니 아무래도 비가 올 것 같은 징후였다. 어느새 은실을 따라잡은 동생은 다시 저만치 앞으로 달려가고 있었다.

"눈 참 곱게도 내리네!"

은실은 취기 때문에 아궁이 앞에 앉아 있지 못하고 아예 부뚜막에 등을 기댄 채 눈물을 흘리며 문밖의 강설을 바라보았다. 마치 이 세상이 아닌 다른 세상의 풍경 같은. 그해 가을 엄마와 아버지는 봄날 산에 불을 놓아 일군 화전에 심은 곡식들을 추수하지 못했다. 전쟁이 터진 거였다. 엄마와 아버지는 밭에서 자라는 곡식을 지키기 위해 피란도 가지 않았지만 결국 곡식을 지키지 못했다. 곡식만 지키지 못한 게 아니라 목숨도 지키지 못했다. 은실만 홀로 살아남았다. 천애고아가 된 것이다. 흰 눈송이가 아니라 붉은 눈송이가 천지사방을 가득채우고 있었다. 그 전쟁으로부터 건너온 눈송이들이었다.

"보살님?"

붉은 눈을 등에 진 채 누군가가 부엌을 들여다보았다.

"보살님, 이 늙은일 구들장에 지져 죽일 작정입니까?"

암자의 주인인 영감탱이 중이었다. 은실은 자리에서 일어나려 했지만 일어날 수가 없었다. 손을 짚은 부뚜막은 절절 끓고 있었다.

"날 빼놓고 혼자 술도 마셨어요?"

"……옛날 생각이 나서 한잔했어요. 방이 뜨거워요?"

"부처님이랑 나랑 타 죽을 뻔했다니까!"

"멀쩡하구만."

"이게 멀쩡한 겁니까?"

영감탱이 중은 뒤돌아서서 윗옷을 걷어붙였다. 주름이 자글자글한 등짝은 벌겋게 변해 있었다. 뒤편의 눈은 다시 흰 눈송이로 모습을 바꿨다. 은실은 우두둑거리는 소리가 피어나는 무릎에 힘을 주고 겨우 일어났다.

"찜질 한번 잘했네요."

4

"우리가 왜 이렇게 되었는지 모르겠소……"

우연은 등잔불의 심지를 줄였다. 종욱은 개다리소반 위에서 등잔불빛이 어룽거리는 술잔을 비운 뒤 침통한 표정으로 나지막하게 말을 꺼냈다. 벽에 기댄 채 말없이 앉아 있던 우연이 술잔을 향해 손을 가져가자 등잔의 불꽃이 몇 차례 흔들거리다가 자리를 잡았다. 우연의 처 정옥은 부엌에 있는지 방으로 들어오지 않았다. 소쩍새가 지치지 않고 우는 사하촌의 밤이었다.

"욱 도자만이라도 나를 이해해주면 안 되겠소?"

"그래서 하는 말이오. 부처님보다 사랑을 선택했다면 대처승보다 차라리 완전한 민간인이 되는 게 속 편할 거 아니오?"

"전쟁 끝나고 이 낯선 남쪽 땅에서 배운 게 중노릇인데 절 밖으로 나가면 무얼 할 수 있겠소. 더군다나 먹여살려야 할 처까지 있는데."

"그래도 큰절엔 당신이 모시던 큰스님이 계시지 않습니까?"

"……그래서 마음이 아픕니다."

소쩍새는 자정이 가까운 밤인데도 잠들지 못하고 짝을 부르고 있었다. 우연과 종욱은 그 구슬픈 소리를 듣느라 침묵을 지켰다. 석유등잔의 불꽃도 소쩍새가 울 때마다 미세하게 파르르 떨고 있었다. 우연은 종욱의 빈 잔에 술을 따랐다. 사람과 사람 사이의 운명이란 게 참으로 알다가도 모를 일이었다. 종욱이 수도원생의 신분으로 절에 들어왔을 때 우연은 아무것도 모르는 그를 절생활에 적응할 수 있도록 도와준 장본인이었다. 그런데 운명의 힘은 두 사람의 위치를 뒤바꾸어놓았다. 종욱은 큰스님의 권유로 수도원생 신분을 벗어나 사미계를 받고 진짜 중이 될까 말까를 고민하고 있었고 자신은 주변의 반대에도 불구하고 비구에서 대처승으로 자리를 옮겼다. 절에서 잠을 자던 사람이 절을 나와 대처승들의 거주지인 사하촌에서 살고 있는 거였다. 더군다나 돌아가는 상황이 상황인지라 절에 들어가지도 못하고 낡은 궤짝 위에 나무로 깎은 작은 불상 하나 올려놓고 앉아 있었다. 그것뿐만이 아니었다. 하루에도 몇 번씩 기존 대처승들의 회동에 참석해 큰절로 쳐들어갈 계획을 짜느라 바빴다. 그들이 사하촌의 집을 제공했기에 빠질 수도 없을뿐더러 큰절로 쳐들어가는 날엔 상징적인 의미로 선두에 서야만 했다. 수도원의 도반이었던 종욱과 우연은 이제는 서로 몽둥이를 쥔 채 싸워야 하는 적으로 변해 있었다. 우연은 그 사실이 안타까웠고 종욱도 그래서 깊은 밤 아무도 몰래 찾아온 거였다.

"어디 갔는가?"

"오늘은 친한 이웃집에 가서 자라고 보냈네."

술상을 봐주고 사라진 정옥의 안부에 대한 얘기였다.

"사랑이…… 자네로 하여금 큰 산을 넘게 만들었군."

"……여자가 그리웠던 거겠지."

"사람이 번식에나 몰두하는 짐승이 아닌 이상 그건 사랑이네."

"내 처지에 사랑은 무슨."

밖에서 누군가 이야기를 나누며 지나가는 소리가 들렸다. 우연은 자리에서 일어나 군용담요로 방문을 가렸다. 불빛은 새어나가지 않겠지만 소쩍새 울음소리는 간단하게 군용담요를 뚫고 들어왔다. 종욱은 두 사람이 밤새 마셔도 남을 만큼의 소주를 가지고 방문했다. 할말이 많다는 얘기였다. 우연이 주먹만한 나무부처 하나만 가지고 절을 나오면서부터 공교롭게도 비구와 대처승 간의 싸움은 본격적으로 시작되었다. 대처승들은 당연히 우연을 반겼고 사하촌에 정옥과 살 집까지 마련해주었다. 싸움이 그렇게 격화될 거라곤 전혀 예상하지 못한 우연으로선 당혹스러운 일이었다. 얼마 전까지 모시고 있던 큰스님에게 몽둥이를 들고 쳐들어가야 하는 상황이 사흘이 멀다 하고 벌어지고 말았기 때문이었다. 대립의 진통을 끝내고 화해와 협력의 무대로 가기로 한 서울에서의 양측 협약은 하루아침에 휴지가 돼버린 거였다. 우연으로선 난처하기 이를 데 없는 처지였다.

"그래서 절을 나가겠다고?"

"나가는 게 아닙니다."

우연이 큰스님을 찾아가 허락을 구하는 자리였다. 대처승이 되는 것에 대한. 마침 중앙종회에서 양측이 공존의 길을 걷기로 했다는 공문이 전국의 사찰로 내려온 직후였다. 비구는 정진에 전념하고 대처승은 절의 운영에만 관여하는 게 그 골자였다. 물론 일제 때에 비하면 대처승들의 기세가 꺾일 대로 꺾인 협약이었다.

"푸줏간 딸내미가 널 꼬드겼구나?"

"아닙니다!"

"아니라고? 그럼 중놈인 네가 계율을 어기고 꼬드겼어?"

"……그게 아니고."

"어찌됐든 난 허락 못한다. 넌 평생 중노릇해야 될 팔자야!"

"스님, 그 여자가 저 없으면 죽겠답니다. 사람은 살려야지요!"

"너 없어도 안 죽는다."

"지금 며칠째 밥도 안 먹고 앓아누웠다니까요!"

"그거 다 꾀병이야."

"스님!"

우연은 자리를 박차고 일어났다. 검은색 뿔테안경을 쓴 큰스님은 그런 우연에겐 눈길조차 주지 않고 책만 들여다보았다. 우연은 문고리를 잡은 채 소리쳤다.

"스님이 사랑을 알아요?"

그제야 스님은 책에서 눈을 떼고 씩씩거리며 문 앞에 서 있는 우연을 물끄러미 바라보았다. 동그란 안경테 때문인지 눈은 부엉이의 눈처럼 부리부리했다.

"그런 사랑은 버린 지 오래다."

"전 태어나 처음이라구요! 전쟁으로 부모형제며 고향, 친구들 다 잃은 제게 지금 있는 건 그 여자뿐이라구요!"

우연은 문짝이 떨어져나갈 정도로 문을 밀치고 나갔는데 댓돌에 벗어놓은 고무신은 자꾸만 그의 발을 거부했다. 마치 살아 있는 생명체이기라도 한 듯. 도망가는 신발을 쫓아 허둥대는 우연의 목덜미에 큰스님의 말이 날아와 철썩 달라붙었다.

"나가더라도 대처승은 되지 마라."

우연은 결국 고무신을 짝짝이로 신고 다시 소리쳤다.

"대처승이 돼서 스님 곁을 절대 안 떠날 겁니다!"

"얘들아, 저놈 가둬라!"

소쩍새는 밤을 꼬박 새우기로 작정을 한 것 같았다. 끈질기다 못해 처절한 울음이었다. 우연은 벽에 기댔던 등을 바로세우고 가부좌를 틀었다. 술잔을 비웠다. 그날 큰스님의 방에서 나오자마자 우연은 골방에 갇혔다. 안거에 들어간 스님처럼 골방에서 주먹밥을 먹고 요강에다 배설을 했다. 종욱이 그 수발을 맡아서 했다. 그러나 우연은 삼 일을 골방에서 지낸 뒤 깊은 밤 스스로 문을 뜯고 나왔다. 큰스님의 방 앞에서 세 번 절을 하고 곧장 푸줏간의 정옥에게로 달려갔다. 암컷이 날아오기를 기다리며 밤을 새워 우는 소쩍새의 세계가 아니라 그 기다림을 견디지 못한 수컷이 막무가내로 달려가는 인간의 세계였다.

"지난 오 년 동안 소쩍새 울음소리가 들리는 밤이면 나는 잠을 못 잤어. 머리 밀고 승복만 입은 거였지."

"중 이전에 사람인데 누군들 안 그렇겠소."

"욱 도자는 사미계를 받을 겁니까?"

"……고민중입니다. 제 귀라고 소쩍새 울음이 들리지 않겠습니까."

종욱은 긴 한숨을 풀어놓았다. 그 한숨에 맞춰 소쩍새가 답변을 했다.

"저 소쩍새는 오늘밤을 새울 모양입니다."

"며칠을 울어야 짝이 나타날까요?"

"아마 산 하나에 한 마리의 수컷 소쩍새가 있을 겁니다. 암컷 소쩍새는 어느 나뭇가지에 앉아 이산 저산에서 우는, 수컷 소쩍새들의 노래에 귀를 기울일 테고. 그러다 마음에 드는 노래를 찾아 날아가겠지요. 암컷이 찾아오지 않는 수컷은 봄날이 다 갈 때까지 울겠지요."

"사실…… 저도 마음에 담고 있는 여자가 있습니다."

종욱이 소쩍새처럼 울었다.

"그래요? 누굽니까?"

"그래서 고민중입니다."

"욱 도자도 나처럼 옷 갈아입으시죠?"

"이 싸움은 대체 언제 끝이 날까요……"

주전자에 따른 소주 됫병이 거의 동났다. 종욱의 긴 한숨이 등잔불을 흔들었다. 등잔불은 위태롭게 허리를 꺾다가 간신히 되살아났다. 우연은 손바닥을 오므려 등잔불을 감쌌다. 잠시 멈췄던 소쩍새 울음소리가 다시 피어났다. 궤짝 위의 나무부처는 눈, 코, 입, 귀가 모두 뭉그러져 아무것도 없는 것처럼 보이는 밤이었다. 우연은 눈을 비비고 다시 보았지만 사람 모양의 뭉툭한 덩어리만 자리하고 있을 뿐이었다. 놀란 우연은 머리를 숙인 채 졸고 있는 듯한 종욱의 어깨를 두드린 뒤 불상을 가리켰다. 종욱은 취한 눈으로 불상 대신 우연을 노려보다가 혀로 입술을 닦고 입을 열었다.

"니가 우리 은실일 건드렸다며?"

"……욱 도자?"

"개새끼!"

종욱의 주먹이 우연의 얼굴로 날아왔고 개다리소반이 엎질러졌다. 소반 위에 놓였던 나물 그릇들이 와르르 쏟아졌다.

"니 말대로 사람이 아니라 넌 짐승새끼야!"

종욱은 녹은 소금자루처럼 방바닥으로 스르르 쓰러졌다. 모로 쓰러진 종욱이 마지막 말을 힘겹게 꺼내놓았고 우연은 그 말을 두 손으로 받아 삼켜야만 했다.

"씨발놈. 그 착한 은실이를…… 넌 인간이 아냐…… 짐승새끼도 못 돼……"

소쩍새가 구슬프게 울었다. 우연은 개다리소반을 바로 세우고 쏟아진 반찬을 그릇에 담았다. 걸레로 방바닥을 닦은 뒤 술상 앞에 앉았다. 종욱은 코를 골며 잠들었다. 우연은 잠든 종욱의 얼굴을 보며 술잔을 비웠다. 이목구비가 지워진 나무부처를 바라보며 다시 술잔을 비웠다. 석유를 빨아올려 불꽃을 피우는 등잔을 보며 술잔을 털었다. 그러나 명치 근처에 돌덩이처럼 얹혀 있는 종욱의 말은 좀처럼 내려가지 않았다.

"스님, 저한테…… 왜 이러세요."

조개골에서 가지처럼 뻗어나간 골짜기에 자리한 외딴 굴피집은 대낮인데도 방안이 컴컴했다. 이불로 알몸을 가린 은실은 울음을 멈추지 않았다. 쓰러진 자루에서 흘러나온 보리쌀이 방바닥에 별처럼 널려 있었다. 전쟁통에 가족을 모두 잃고 홀로 사는 은실이었다. 처지를 가엾게 여긴 큰스님이 우연에게 보리쌀을 갖다주라고 해서 방문했다가 벌어진 일이었다. 왜 그런 일이 벌어졌는지 우연으로서도 납득하기 힘들었다. 보릿자루를 메고 방으로 들어선 뒤 허리를 구부린 은실의 엉덩이를 본 순간 순식간에 상황이 뒤바뀐 것이었다. 우연은 은실을 껴안았고 그다음은 겁탈의 정해진 수순으로 빠르게 진행되었다. 그동안 절간에서 공부한 그 무엇도 떠오르지 않았다. 사타구니 한가운데서 빳빳하게 곧추선 물건 앞에서는 아무 소용이 없었다. 그 뼈저린 사실에 우연은 눈물을 흘리면서도 은실의 몸으로 악착같이 파고들었다. 마치 두억시니처럼.

"전부터 은실씨를 좋아했습니다."

"스님이잖아요!"

"은실씨와 결혼하겠습니다."

"비구잖아요?"

"대처승이 되겠습니다."

"그게 부처님을 모시는 스님이 할 말이에요?"

"……승복을 벗겠습니다."

"지금 그게 문제가 아니잖아요? 왜 순서를 뒤집었냐는 말이에요!"

"……제가 그것밖에 안 되는 놈인가봅니다."

소쩍새 울음에 맞춰 우연은 술잔을 비웠다. 취기는 어디론가 달아난 지 오래였다. 대신 한잔 한잔 술을 넘길 때마다 예리한 칼날이 속을 긁고 나가는 통증만이 또렷하게 피어났다. 우연은 그날 은실에게 말한 그 무엇도 실천에 옮기지 못했다. 변명만 무성할 뿐이었다. 깊은 밤 은실의 조개골 굴피집까지 몽유병자처럼 수차례 찾아갔지만 먼발치에서 바라보다 돌아온 게 전부였다. 가끔 일을 하러 큰절로 내려온 은실은 우연과 마주치면 아예 눈과 입을 닫은 것처럼 보였다. 왜 그녀에게 했던 말을 실행에 옮기지 못하는 거냐는 질문이 속에서 불쑥불쑥 튀어나올 때마다 우연은 법당으로 달려가 쓰러질 때까지 절을 했다. 그러나…… 갈증만 더 심해질 뿐이었다. 더 치욕스러운 건 한해 두해 시간이 흐르면서 갈증은 물론이고 그가 그 사실을 빠르게 잊어가고 있다는 거였다. 그랬었는데…… 종욱의 입에서 오대산을 떠난 은실의 이름이 튀어나오다니…… 소쩍, 소쩍, 소쩍…… 소쩍새가 우연의 가슴을 부리로 쪼고 있었다. 종욱은 세상에서 가장 슬픈 표정을 한 채 코를 골며 잠들어 있고.

"큰스님, 이 승복마저 벗어야 되겠습니다."

여전히 이목구비가 지워진 나무부처에게 우연은 말을 건넸다. 소쩍새가 대신 대답을 했다. 소쩍…… 소쩍……

"죄송합니다."

소쩍……

"아내한테 모든 걸 얘기하겠습니다."

소쩍……

"전쟁 탓도 아니고 다 제가 못나서 그렇습니다. 저는 중도 아니고, 인간도 아니고, 짐승보다도 못한 두억시닙니다."

소쩍……

우연은 종욱이 그랬던 것처럼 그 자리에서 옆으로 스르르 쓰러졌다. 터진 술자루처럼. 등잔불과 소쩍새의 울음소리만 남은 밤이었다.

"할말이 없다."

방구석에 앉아 있던 도식이 한숨을 쉬었다.

"불쌍한 우리 아버지."

도식 옆에 앉아 있던 옥자도 따라 한숨을 쉬었다. 긴 침묵이 흐른 뒤 옥자는 입바람으로 등잔불을 끄기 전에 도식에게 물었다.

"근데 우리가 사람들한테 어떨 때는 보이고 어떨 때는 안 보이는 모양이야. 왜 그럴까?"

피 묻은 도마

1

큰절 마당은 연등으로 물결치고 있었다. 초파일 저녁이었다. 연등에 불을 밝히기 위해 찾아온 사람들과 근동에서 초파일 절 구경을 온 사람들로 절 마당은 한창 북적거렸다. 땟물이 줄줄 흐르는 꼬맹이들은 무리를 지어 돌아다녔는데 주인이 잠시 자리를 비운 연등을 골라 초를 훔치려는 작정이었다. 아직 전기가 들어오지 않은 산골짜기 아이들에게 초는 대단히 매력적인 물건일뿐더러 큰길가에 집이 있어 전기가 들어온다고 하더라도 수시로 정전이 되는 터라 꼭 필요한 대체 조명이었다. 해마다 초파일은 아이들에게 있어 초 수집의 대목장이나 마찬가지였고 또 절밥을 공짜로 먹을 수 있는 날이기에 이십 리 길을 걸어서라도 놓치면 안 되는 날이었다. 담이 센 아이는 쌀 한 말들이 헝겊자루에 초를 불룩하게 채워 집으로 돌아가기도 했다. 물론 사람들이 모두 돌아가기를 기다렸다가 초를 훔치는 방법도 있었지만 그 시간까지 견딜 수 있느냐가 문제였다. 그건 집이 절에서 가까운 아이들이나 할 수 있는 방법이었다. 물론 오로지 절밥을 얻어먹고 초를 훔치기 위해서만 절을 찾아오는 것은 아니었다. 연등이 줄줄이 내걸린 초파일 풍경은 산골 아이들에게 있어 흔히 볼 수 없는 최고의 풍경이었다. 마치 마술의 세계 속으로 들어선 거나 다름없었다. 그 절정은 날이 어두워지면서 연등에 하나둘 불이 켜지면서부터였다. 그 풍경은 가히 환상적이었다.

"도망 안 갈 테니 여기서부턴 각자 움직이자."

"딴짓할 생각 마!"

"절 울타리 안에서 한 발짝도 벗어나지 않을 테니 너나 잘해."

"돌아다니다보면 우리가 무얼 할 수 있는지 알게 되겠지."

"왜 이 복잡한 시간 속을 떠도는지……"

도식과 옥자는 창과 칼을 든 채 부리부리한 눈으로 사방을 노려보는 사천왕 앞에서 헤어진 뒤 초파일의 인파 속으로 각자 들어갔다. 아직 풀리지 않은 의문점들을 마음속에 품은 채. 바람에 일렁거리는 연등의 꽃그늘이 사람들의 얼굴을 물들이는 오후였다.

도식은 연등에 매달려 있는 꼬리표에 적혀 있는 이름들을 건성으로 훑으며 걸었다. 탑은 변함이 없었지만 탑을 둘러싸고 있는 건물들의 모양새로 보아 도식이 초등학교 시절에 드나들었던 큰절의 풍경이었다. 결정적인 단서는 연등의 불이 전구가 아니라 초를 꽂게끔 되어 있는 것이고 대웅전 오른편에 우물처럼 둥그런 돌담으로 둘러싸인 연못이 있다는 사실이었다. 도식이 중학교에 다니던 어느 해부터 연등은 전구로 불을 밝혔고 팔뚝만한 열목어가 자라던, 깊은 우물 같은 연못은 무슨 까닭에서인지 자취를 감췄다. 깊은 연못이 있던 자리엔 밖에서 옮겨심은 커다란 무궁화나무가 여름이면 꽃을 피웠다.

도식은 사람들 사이를 이리저리 돌아나가 연못에 도착했다. 허리 높이까지 쌓아올린 돌담에 두 팔을 올려놓고 우물 속을 들여다보았다. 예상했던 대로 우물 속엔 열목어들이 맴을 돌고 있었다. 우물 속에 오대천과 연결된 숨은 동굴이 있지 않는 한 절 앞 금강연에서 잡아다가 넣은 열목어임에 틀림없었다. 초등학생 때 친구들과 함께 절에 놀러와 하염없이 들여다보던 그 우물, 그 열목어였다. 우물의 깊이는 십여 미터는 되었고 돌벽엔 푸른 이끼가 끼어 있어서 어느 순간 자신도 모르게 거꾸로 처박힐지도 모른다는 두려움이 들게 만드는 연못이었다. 사실 정확히 말해 연못이 아니라 우물이 맞았다. 우물에 열목어를 넣어 기르는 것이었다. 열목어가 없었다면 아무도 연못이라 부르지 않을 게 틀림없었다. 도식은 서늘한 기운이 올라오는 깊은 우물로 얼굴을 들이민 채 열목어들의 동정을 살폈다. 주변의 사람들과 함께.

"아저씨, 저 고기 이름이 뭐예요?"

옆에 있던 아이가 도식에게 물었다. 아이는 우물의 담장에 거의 몸을 걸어놓고 있었다.

"눈에 열이 많아서 열목어라고 해. 근데…… 니 눈엔 내가 보여?"

"……보이니까 물었죠. 아저씨는 내가 안 보여요?"

"보인다."

"그럼 열목어는 왜 눈에 열이 많아요?"

아이의 자세가 위태로웠다. 까딱하면 우물 속으로 머리부터 처박힐 것만 같았다. 도식은 손을 내밀어 아이의 발이 땅에 닿게끔 해준 뒤에야 대답을 준비했다.

"아마…… 무언가에 잔뜩 화가 난 게 아닐까."

"왜 화가 나요?"

"갇혀 있잖아."

"얘들은 갇혀 있지만 저 밖에 있는 열목어는 갇혀 있는 게 아니잖아요?"

도식은 아이의 물음에 대답을 해준 걸 슬슬 후회했다.

"……넓게 보면 다 갇혀 사는 거야. 사람도."

"그럼 지금 아저씨나 내 눈에도 열이 많아요?"

후회가 귀찮음으로 바뀌었다.

"많아!"

도식은 자리를 옮겼다. 아이의 옆에서 건너편으로. 우물 속에는 푸른 하늘이 담겨 있었다. 그 하늘을 흘러가는 구름도 보였다. 조금 초점을 달리하면 우물 바닥에 가라앉은 두레박과 바위 사이를 빠져나가는 열목어도 찾을 수 있었다. 초점을 중간쯤에 놓으니 이번엔 구름 속을 빠져나와 푸른 하늘에서 헤엄치는 열목어가 나타났다. 그리고 우물을, 하늘을, 구름을, 열목어를, 두레박을 들여다보는 도식의 얼굴이 일렁거렸다. 그 모든 것의 우물이 자꾸만 들어오라고 손을 내미는 것 같아 도식은 얼른 고개를 들었다. 맞은편, 우물의 담 위에 머리를 올려놓고 있던 아이는 곧 시소의 자세를 취한 뒤 깊은 우물 속의 열목어에 몰두했다. 왜 우물 옆을 떠나지 못하는 것인지 도식이 궁금해하고 있을 때 아이가 중얼거렸다.

"나도 눈에 열이 많아."

그 말과 함께 아이는 마치 무엇에 빨려들듯이 거꾸로 떨어졌다. 도식은 그 처음과 끝을 고스란히 볼 수밖에 없었다. 짧은 신음을 토해내며.

"괜찮아?"

우물 속의 열목어들은 안정을 찾은 듯 보였다. 물도 맑아졌다. 우물에 빠졌던 아이는 무사했다. 다만 두레박이 아니라 어른의 등에 업혀 긴 나무사다리를 타고 우물 밖으로 나왔다. 처지가 뒤바뀌어 이번에는 도식이 먼저 아이에게 뭔가를 물어보고 싶었지만 상황이 허락하지 않았다. 절에서는 임시로 그물을 가져와 우물을 덮었다. 도식은 여전히 우물곁을 떠나지 않았다. 그물은 우물 속으로 들어가려는 해, 하늘, 그리고 구름도 가리지 못했다. 우물의 담장 위에 올려놓은 두 팔에 무게중심을 둔 도식은 주변의 소음이 잠잠해지기를 기다렸다. 우물 속에는 긴 세월 속의 어떤 일들이 압축돼 들어 있는 것 같았다. 도식은 그 입구를 찾으려고 둥근 우물 속의 이곳저곳을 천천히 쏘다녔다. 마치 도수가 다른 안경들을 번갈아 벗었다가 쓰듯이.

"……아버지?"

절 마당을 가득 덮었던 연등과 사람 들은 순식간에 모두 어디론가 사라졌다. 도식은 우물 속으로 얼굴을 디밀고 다시 아버지를 불렀다. 두 발목이 밧줄에 묶여 우물에 거꾸로 매달려 있었지만 아버지가 틀림없었다. 얼굴에 피가 몰려 홍시처럼 변한 우연의 목소리가 우물 안에서 올라왔다.

"누구요?"

"아버지, 저 아버지 아들 도식이예요."

"난 결혼도 하지 않았고, 아들이 없소."

도식은 우물 속에서 올라온 말을 놓고 잠시 생각을 정리해야만 했다.

"성함이 강우연 아닙니까?"

"맞소. 나를 아시오?"

"……예."

"나는 잘 모르겠는데, 어떻게 날 아시오?"

"설명하려면 깁니다. 일단 우물에서 나오는 게 급선무인 거 같습니다."

"내버려두시오. 당신이, 관여할 일이 아니니까."

"그래도……"

피가 머리로 몰려서 그런지 우연의 호흡은 자주 끊겼다. 사람이 죽을지도 모른다는 생각에 도식이 서둘러 밧줄을 잡아당기려 할 때 저편에서 스님들이 하나둘 나타났다. 도식은 밧줄을 움켜잡았던 손을 놓고 뒤로 물러났다. 젊은 스님이 도식의 팔을 잡고 간단하게 자초지종을 설명해주었다. 스님들 세계에서 흔히 있는 징계의 한 방법이니 간여하지 말라고. 젊은 스님보다 한 자리 건너에서 도식을 바라보는, 이들의 우두머리 같은 스님의 눈빛이 매서워 도식은 슬그머니 시선을 돌렸다. 지난번에도 잠깐 본 스님이었다. 이윽고 둥근 뿔테안경을 쓴 그 스님이 우물을 들여다보며 입을 열었다.

"거기 있으니 어떠냐?"

"시원합니다."

"그래, 거꾸로 살 수 있겠어?"

"……예, 스님."

우물 속에서 올라오는 우연의 목소리는 메아리를 불러왔다. 예, 스님…… 스님…… 스님……

"니 스스로 우물 속에 들어간 거다. 앞으로 잘 살아라."

뿔테안경의 스님은 뒷짐을 진 채 요사채로 향했고 남아 있던 스님들이 담을 넘어 우물로 들어간 팽팽한 밧줄을 끌어당겼다. 도식은 우연의 두 발이 우물에서 올라오는 걸 바라보다가 등을 돌렸다. 등을 돌리자 다시 연등이 만국기처럼 나부끼는 세상이었다.

아, 그러고 보니 어린 시절에 나도 저 우물에 빠진 적이 있었다. 종욱은 무엇에 홀린 듯 우물에 빠졌던 아이를 찾아 주위를 두리번거렸다.

초파일의 절간은 야외에다 가마솥을 걸어놓고 밥을 짓고 있었다. 절간을 둘러보던 옥자는 얼떨결에 앞치마를 두르고 일손이 딸리는 부엌일을 돕게 되었다. 옥자가 맡은 일은 비빔밥을 담을 그릇을 마른행주로 닦는 거였다. 주고받는 얘기를 대충 들어보니 부엌일을 하는 사람들은 대부분 절 땅을 빌려 농사를 짓는 집의 아낙네들이었다. 절에 큰 행사가 있을 때마다 찾아와 일을 도와주는 모양이었다. 그녀들은 어떤 면에 있어서는 절 울타리 안에 사는 사람들보다 절 사정을 더 빠삭하게 아는 것 같았다. 옥자는 설거지를 한 그릇을 닦으며 그녀들이 주위를 살피며 소곤소곤 풀어놓는 산속 이야기에 귀를 기울였다. 혹시라도 들려올지 모를 누군가에 대한 이야기를 기다리며. 그러나 그녀들의 주된 이야기는 방산굴方山窟에 계시다는 큰스님에 대한 내용이 대부분이었다.

"인물 좋지, 똑똑하지. 씨를 받으려면 큰스님 씨를 받아야 돼."

"인물 좋고 똑똑하다는 건 다 아는 거지만 스님인데 어떻게 씨를 받아?"

"주무실 때 살짝 방으로 들어가면 되지. 스님도 사낸데 설마 물리치겠어, 안 그래?"

저녁공양 준비를 하던 아낙네들이 입을 막고 키득거렸다. 아예 배를 잡고 땅바닥에 주저앉는 아낙네도 있었다.

"그래도 명색이 큰스님인데 아무한테나 씨를 주겠어요?"

"큰스님은 사내 아닌가. 발가벗고 옆에 누웠는데 설마 내치겠어."

"그건 땡중이나 그렇지."

"큰스님도 눈이 있는데 우리 같은 촌년들이 눈에 차겠어요?"

"그건 걱정 안 해도 돼. 불만 끄면 안 보이잖아."

"아니면 절을 하는 거야. 다른 거 다 필요 없으니 씨만 갖게 해달라고."

공양 준비를 하는 뒷마당에 뜨거운 번철 위에 뿌린 들기름처럼 웃음이 자르르 번졌다. 초파일날 절 울타리 안에서 할 얘기는 아니었지만 옥자도 참지 못하고 킥킥거릴 수밖에 없었다. 그 모습을 본 한 아낙네가 말을 던졌다.

"어째 새댁이 더 좋아하네! 여기 사람이 아닌 거 같은데 어디서 왔수?"

"강릉에서 왔어요."

"어디서 많이 본 인상인데…… 우리가 하는 말 진짜로 듣지 말아요. 웃자고 하는 얘기니까."

"예? 우스갯소리라고요?"

"진짜야, 진짜! 그렇게라도 해야 나중에 똑똑하고 잘난 자식 덕 본다니까."

"씨만 좋으면 뭐해, 밭도 좋아야지!"

"큰스님은 워낙 씨가 좋은 분이라 밭은 돌밭이라도 문제가 안 됩니다!"

"그랬다가 씨가 다른 걸 서방이 알아채면 어쩔라고?"

"아니라고 딱 잡아떼면 되지. 그리고 지가 무슨 재주로 그걸 가리겠어요?"

"그럼 우리 내일부터 순번을 정할까? 겹치면 안 되잖아."

"성공하면 오대산 골짜기에 큰스님 자식들이 수두룩하겠네!"

다시 웃음이 자글자글 끓었다. 종욱이 뒷마당으로 들어온 건 그때였다. 아낙네들은 서둘러 손으로 입술의 웃음기를 닦아냈지만 그러지 못한 몇은 얼굴이 아예 시뻘겋게 변해버렸을 정도였다. 아무것도 모르는 종욱은 곧 저녁공양 시간이니 배식할 준비를 하라고 이른 뒤 주위를 둘러보다가 옥자를 찾아내곤 이내 옆으로 다가왔다. 사진으로만 종욱을 보았던 옥자는 두근거리는 가슴을 진정시키느라 행주를 잡은 손에 힘을 주었다. 종욱이, 아니 아버지가 살아생전에는 본 적이 없는 딸을 마침내 알아본 것인지도 모르기에.

"은실 보살님, 큰스님 거는 따로 챙겨주세요."

"……예."

옥자의 손에 들려 있던 그릇과 행주가 힘없이 바닥으로 떨어졌다.

종욱이 황급히 그릇을 줍다가 옥자의 얼굴을 돌아보았다. 종욱은 고개를 갸웃거렸다.

"미안합니다. 제가 아는 보살님과 너무 닮아서."

"그분이 누군데요?"

"아, 요 윗동네 조개골에 사는 예쁜 보살님이 있어요."

옥자는 주변을 살핀 뒤 작은 목소리로 물었다.

"스님이 여자를 좋아해도 돼요?"

"제가 머리 밀고 승복은 입었지만 스님은 아닙니다. 여기 오대산 수도원에 공부하러 온 사람입니다."

"그럼 공부는 안 하고 은실씨 생각만 하는 모양이네요."

"예?"

"농담이에요. 근데 제가 누군지 정말 모르겠어요?"

"……모르겠어요. 은실 보살님이랑 많이 닮았다는 것밖에. 저를 아세요?"

옥자는 비빔밥 네 그릇이 담긴 쟁반을 들고 역시 쟁반을 든 종욱을 따라갔다. 아버지가 아니라 또래를 만난 기분이 들었다. 아니 애인을 따라 5월의 연둣빛 숲으로 소풍가는 것만 같았다. 미래에서 온 딸을 알아보지 못하는 게 서운하지는 않았다. 종욱의 머릿속에 가득 들어차 있는 게 바로 엄마란 사실에 뿌듯하기까지 했다. 큰스님이 계신 방산굴로 가지 말고 그대로 계속 걸어서 엄마가 있는 곳으로 가고 싶다는 생각에 미치자 옥자는 걸음을 멈췄다. 빠른 속도로 눈에 눈물이 고였다. 앞서 가던 종욱이 발걸음 소리가 들리지 않자 그제야 뒤돌아섰다. 눈물을 흘리는 옥자를 보자 깜짝 놀란 얼굴로 변했다.

"왜 그래요?"

"……엄마가 생각나서요."

"엄마가 어디 편찮으세요?"

"아뇨. 엄마 고향이 오대산 조개골이거든요. 함께 왔으면 좋았을 텐데……"

"조개골이라고요?"

아직 청춘의 몸을 간직하고 있는 종욱을 엄마가 본다면 어떤 생각을 할까. 옥자는 들고 있는 쟁반 때문에 눈물도 닦지 못한 채 걸음을 뗐다. 죽어서야 비로소 아버지를 만나다니. 옥자의 눈물이 쟁반을 덮은 보자기 위로 방울방울 떨어졌다.

"나중에 한번 같이 오세요."

"……그럴 상황이 아니에요. 제가 이 세상 사람이 아니거든요."

"예?"

옥자는 그 기막힌 사실에 눈물을 흘리면서 웃었다.

도식과 옥자는 법당 뒤편의 언덕에 앉아 넓은 연못의 연꽃처럼 떠 있는 절 마당의 연등들을 내려다보았다. 날이 저물고 있었다. 곧 연등에 불이 들어올 시간이었다. 절을 찾아온 사람들은 저녁공양을 마치고 마지막으로 각자의 연등에 불을 밝힌 뒤 집으로 돌아갈 것이다. 화사한 옷을 차려입은 사람들은 끊임없이 절을 찾아오고 절에서 나가고 있었다.

"우리가 어느 해의 초파일에 와 있는 것 같아?"

도식이 한복에 앞치마를 두르고 있는 옥자에게 물었다.

"아주 오래전 초파일에. 태어나기도 전의 초파일."

"그럼 이게 뭐야? 꿈인가?"

"죽은 사람이 어떻게 꿈을 꿔?"

"그럼 옥자야, 죽은 사람은 무엇을 할 수 있고 무엇을 할 수 없을까?"

"모르겠어. 어떤 경우엔 내가 죽었다는 생각이 들지 않아. 태어나기 전 시간으로 돌아가 있는 것만 빼고."

"죽어 혼령으로 변한 우리가 돌아가신 내 아버지나 너의 아버지 꿈이나 기억 속에 들어간 건 아닐까?"

"혼령이 됐다면 서로 만질 수 없는 거 아냐? 그런데 살아 있는 것처럼 서로를, 심지어는 다른 사람들도 만지고 느낄 수 있잖아?"

"맞아! 그러고 보니 과거에 들어가 있을 땐 그렇고, 현재에선 아무도 우릴 몰라보고 있어."

"……죽은 게 맞구나."

"어떤 까닭인진 모르겠지만 우린 지금 우리 부모들이 살아온 시간 속을 돌아다니고 있어."

해는 서산을 넘어갔고 절 마당의 허공에 매달린 연등에 하나둘 불이 켜지고 있었다. 옥자가 도식의 어깨에 몸을 기댔다. 연등의 불빛은 멀고먼 과거와 현재를 연결하듯 피어났다. 도식은 옥자의 몸에서 전해지는 체온을 느꼈다. 그것은 분명 살아 있을 때 느꼈던 그 체온이었다. 도식의 손이 옥자의 치마를 헤치고 들어갔다. 옥자의 사타구니는 따스하고 촉촉했다. 죽은 자의 몸이라 상상하기 힘들었다. 도식의 사타구니도 덩달아 부풀었다. 섹스도 가능하단 말인가? 도식은 옥자의 눈을 바라보았다. 옥자의 눈도 같은 생각을 하고 있었다. 두 사람은 기대고 있던 소나무 뒤편으로 돌아갔고 도식은 서둘러 옥자의 치마 속으로 들어갔다. 범종소리가 생과 사를 통틀어 건너오듯 은은하게 퍼져나갔다.

"옛날 푸줏간에 줄줄이 걸려 있던 살코기들 같아."

"연등이?"

"어. 피가 뚝뚝 떨어지던."

"정육점 아들이 맞구나."

섹스는 그리 오래 걸리지 끝났다. 마치 한 달을 굶었다가 하는 섹스처럼. 죽은 뒤의 세계에 대해 도식은 아는 게 없었지만 섹스를 마친 뒤의 느낌은 똑같았다. 사정을 마친 뒤에 몰려오는 허무함이 그것이었다. 여자인 옥자는 그렇지 않은 것 같았다. 어떤 충만감에 달떠 있는 게 느껴졌다. 절 마당은 불을 밝힌 연등으로 자글자글 끓고 있었다. 세상에서 가장 큰 푸줏간에 와 있는 기분이었다. 도식은 옥자의 젖가슴을 주무르다가 한숨을 토해냈다.

"우린 언제까지 이렇게 떠돌아야 되는 걸까?"

"몰라. 어차피 우리가 선택할 수 있는 건 아주 작은 것들뿐인 것 같아. 어떤 기억이 부르면, 가고 싶지 않아도 그 자리에 달려가야 하는 거잖아. 가는 게 아니라 그 자리에 무조건 있는 거. 그 선택권이 우리에게 없는 거라면 그 안에서 즐겨야지. 지금처럼. 그게 내가 내린 결론이야."

"넌 어떻게 그리 단순하냐?"

"도식아, 우리도 내려가서 연등 걸자, 응?"

"죽은 사람이 왜 연등을 걸어? 미쳤냐!"

"우리만 죽은 게 아니라 여기 있는 다른 사람들도 다 죽은 거야. 이곳은 기억 속일 뿐이야. 니 말대로 저건 연등으로 보일 뿐이지 실은 다 죽은 고깃덩이일 거야."

옥자는 도식의 팔을 잡아끌었다. 두 사람은 대웅전 뒤편의 잔디로 뒤덮인 언덕을 미끄럼을 타듯 내려왔다. 절 마당으로 들어서자 연등은 두 사람의 머리 위에서 오색의 불빛을 뚝뚝 흘리고 있었다. 갓 도축한 짐승의 살점처럼.

"뭐라고 쓸까?"

연등에 매다는 쪽지에 도식과 옥자의 이름을 쓴 옥자가 축원 문구에 대해 물었다.

"니가 알아서 써."

옥자는 볼펜으로 머리를 톡톡 두드리다가 결정을 내린 듯 한지 위에 한 자 한 자 정성껏 써내려갔다. 도식은 완성된 글을 보고 그만 웃음을 터뜨렸다. 초에 불을 붙여 연등 속에 꽂은 옥자는 도식의 팔짱을 낀 채 행복한 표정을 지었다.

우리 부부 행복하게 해주세요.

도식은 옥자가 연등을 거는 틈을 이용해 사람들 속으로 슬금슬금 몸을 숨겼다. 까딱하면 죽어서도 옥자와 살림을 차려야 할지도 모른다는 생각이 들었기 때문이었다.

"강도식, 이 개자식아!"

옥자의 고함소리가 알록달록 빛을 발하는 연등들 위로 자객이 날린 칼처럼 날아왔지만 도식은 이미 사천왕문을 빠져나간 뒤였다.

2

새벽 세시.

방산굴의 스님은 잠자리에서 일어났다. 이불을 개고 문 옆에 놓인 세숫대야에 담긴 물로 간단하게 세수를 마쳤다. 옷을 갖춰입고 앉은뱅이책상 앞에 앉아 향을 반쯤 잘라 성냥으로 불을 붙였다. 향내가 은은하게 피어났다. 일전에 일본에 갔다 온 재가제자가 선물로 준 향이었다. 냄새가 독하지 않아 아직 남아 있는 잠을 쫓고 정신을 집중하는 데 유용하게 쓰였다. 스님은 책상 앞에서 허리를 곧추세우고 앉아 잠시 명상에 잠겼다. 바로 옆방에서 잠든 시봉 녀석이 코를 고는 소리가 창호지를 넘어왔다. 책상 위 왼편에는 간밤에 번역했던 『육조단경』과 『장자』, 오른편에는 만년필과 잉크, 그리고 원고지가 놓여 있었다. 심호흡으로 명상을 마친 스님은 원고지를 펼치고 만년필의 뚜껑을 열었다. 잉크 냄새가 퍼지자 기다렸다는 듯이 재채기가 몰려왔다. 거푸 세 번을 토해내자 옆방의 시봉 녀석이 깨어나는 기척이 들렸다. 만년필을 잡은 스님의 오른손이 원고지 위에서 빠르게 움직이기 시작했다.

"큰스님, 일찍 일어나셨네요?"

"너 이놈의 새끼, 계속 늦잠 자면 절에서 내쫓는다."

원고지에 글쓰는 걸 멈추지 않은 채 스님의 목소리만 시봉에게로 건너갔다.

"어제 하루종일 산나물 뜯느라 개고생했잖아요. 피곤했나봐요."

"입만 살아가지고. 니 방에 가서 빨리 숙제해. 오늘도 암기 못하면 죽을 줄 알아."

"아, 저는 정말 중노릇이 이렇게 힘들 줄 몰랐어요. 그냥 목탁이나 두드리면 될 거라 생각했는데."

"지금이라도 늦지 않았으니 짐 싸가지고 나가."

"제가 나가면 큰스님 뒤치다꺼린 누가 해요? 지난 일 년 사이에 시봉 그만두고 도망간 애가 네 명이라면서요."

"차나 끓여 와!"

"예. 근데 뭘 그리 열심히 쓰세요?"

"몰라도 된다."

"하긴. 아는 게 고통인 거 같아요."

원고지를 들고 한참을 들여다보던 스님은 맘에 들지 않는지 구겨서 휴지통에 버렸다. 새 원고지에 이번에는 그림을 그려놓고 이곳저곳에 무엇인가를 적어나갔다. 동그라미를 그렸다가 죽죽 가위표를 하고 길고 짧은 화살표를 그렸다. 어떻게 보면 주역의 팔괘가 변화하는 양상을 그린 것 같기도 하고 또 어떻게 보면 『손자병법』의 병법 같기도 했다. 휴지통에 파지가 꽤 들어가 쌓였을 때 시봉이 풍로에 끓인 물을 주전자에 담아가지고 들어왔다.

"이게 뭡니까?"

"니는 봐도 뭔지 모른다."

김이 솟는 차를 잔에 따라 올린 뒤 시봉은 스님이 건네준 종이를 펴서 이리저리 들여다보았다. 영어까지 곳곳에 적혀 있어서 고개를 갸웃거리던 시봉이 마침내 빙그레 웃었다.

"큰스님, 이거 토요일에 열리는 축구 작전계획이죠?"

"잘 짠 거 같아?"

"제 포지션은 안 보이는데요?"

"우연이 넌 내가 내준 숙제를 제대로 하지 않았으니 후보다."

"큰스님?"

3

빨간 립스틱을 바른 옥자는 윗입술과 아랫입술을 가볍게 몇 번 부딪쳐주었다. 그때마다 뽁, 뽁, 뽁, 소리가 경쾌하게 피어났다. 소설책만한 거울이 옥자의 전신을 한꺼번에 보여주기란 무리였다. 할 수 없이 손에 든 거울을 이리저리 옮겨 머리스타일과 화장, 그리고 알몸을 점검하다가 한숨을 포옥 내뱉었다. 다른 곳은 나무랄 데가 없는데 결정적인 흠이 씨름선수 같은 큰 체구였다. 도식의 자그마한 체구와 비교하면 더 그랬다. 하지만 어쩔 수 없는 노릇이었다. 받아들여야만 했다. 옥자는 거울을 벽에 걸어놓고 비키니장에서 꺼내 방바닥에 펼쳐놓은 옷을 훑다가 제일 먼저 빨간 팬티를 집었다. 맘 크게 먹고 비싸게 주고 장만한, 속이 훤히 들여다보이는 실크 팬티는 갓난아기가 입어도 될 만큼 작고 앙증맞았다. 과연 그게 몸에 맞을까 걱정을 하며 오른쪽 발을 먼저, 뒤이어 왼쪽 발을 넣고 허벅지로 조심스럽게 끌어올렸다. 오, 전에 느껴본 적이 없는 환상적인 촉감이었다. 옥자는 팬티를 허리까지 완전히 끌어올렸다. 오, 정말이지 가릴 데만 간신히 가려주는, 신축성이 대단히 뛰어나고 야한 팬티였다. 팬티를 입은 앞태와 뒤태를 확인한 옥자는 조금 자신감이 붙었다. 과연 비싼 팬티는 달랐다. 스스로 보아도 큰 체구는 온데간데없이 사라진 듯하고 요염한 팬티만 도드라져 보일 정도였다.

"도와줄 수 있어?"

"재밌겠다!"

옷가게 직원인 봉숙은 여자가 봐도 가슴이 두근거릴 정도로 미모가 뛰어났다. 연애 차례를 기다리는 남자들이 줄을 서 있을 정도니 옥자로선 부럽기 그지없는 친구였다. 새로 만난 남자와 잠을 자고 나면 찾아와 잠자리에 대해서 세세하게 설명을 해줬는데 얘기만 듣는데도 팬티가 축축하게 젖을 정도였다. 주변 친구들이 그런 봉숙에 대해 헤프다고 욕을 하지만 옥자는 부럽기만 했다. 옥자는 어렵게 용기를 내서 봉숙에게 도식에 대한 자신의 계획을 꼼꼼하게 설명했다. 얘기만 했는데도 얼굴이 달아올라 화끈거렸다.

"옥자 니가 어떻게 그런 생각을 다 했어?"

"봉숙아, 나…… 미쳤나봐."

"근데 말이야. 니 아직 처녀잖아? 진짜 그렇게 할 수 있겠어?"

"……응."

"개가 그렇게 맘에 들어?"

"……응."

"좋아! 그럼 지금부터 세부적인 작전계획을 짜자. 걔 이름이 뭐라고? 도식이? 무위도식?"

"강, 도, 식."

"오케이! 일하는 곳은 정글 디스코텍. 거기서 하는 일은 웨이터."

"가능할까?"

"웨이터 꼬시는 일은 식은 죽 먹기야! 근데…… 정말 잠까지 잘 수 있어?"

"무섭긴 한데 그래야만 날 안 떠날 거야."

"야, 내가 더 무섭다!"

거사일은 토요일 밤으로 정했다. 일단 도식의 시선을 분산시키기 위해 인원을 한 명 추가했다. 간호보조원을 하는 친구 영순. 토요일 밤 셋이서 자정 가까운 시간에 디스코텍으로 간다. 그곳에서 술 마시고(술값은 당연히 옥자가 낸다) 춤추며 놀다가 디스코텍이 문을 닫을 때쯤 미모의 봉숙이 도식에게 접근한다. 영업 끝나면 밖에서 한잔하자고. 다른 약속이 있다 하더라도 봉숙의 한 미모에 반한 도식은 요청에 응할 것이다. 포장마차에서 술을 마신다(여기서의 술값도 옥자가 내는데 설정상 봉숙이 계산하는 게 맞으므로 미리 옥자가 봉숙에게 돈을 건네준다). 도식의 비위를 맞춰주며 되도록 술을 많이 마시게 한다. 포장마차까지는 봉숙이 도식을 유혹하는 것으로 하고 옥자와 영순은 빨리 사라져줬으면 더 나을, 분위기 파악 못하는 친구로 설정한다. 그리고 이왕 이렇게 발동이 걸렸으니 가까운 데 있는 미용사 친구네 방에 가서 한잔 더 마시는 걸로 의견을 모은다(마침 일요일 날 사장이 친척 결혼식에 가므로 미용실이 하루 문을 닫는다. 옥자의 방은 미용실에 딸려 있다). 그곳에서 술을 마시다 때가 되었다고 느껴질 때 영순이 먼저 화장실에 가는 척 사라지고 뒤이어 봉숙도 슬쩍 자취를 감춘다. 이제 남은 일은 단 하나다.

"취한 도식이를 옥자 니가 어떻게든 따먹는 것."

"싫다고 하면?"

"취했기 때문에 그럴 확률은 희박하지만 혹시라도 그럴 기미가 보이면 니가 먼저 옷을 벗고 알몸을 보여줘. 그럼 아무리 니가 마음에 들지 않더라도 사내놈은 넘어오게 돼 있어."

"봉숙아, 섹스하는 게 어렵지는 않겠지?"

"남자가 거의 알아서 할 거야. 대신 오늘부터 여성지 뒷부분에 실린 섹스 관련 부분을 꼼꼼하게 읽어봐. 도움이 될 거야."

"응."

"야, 그런데 걔가 한번 하고 도망가면 어떡할 건데? 너만 손해잖아?"

"그건…… 내가 알아서 할게."

숨가쁘고 조마조마한 시간이 흘러가고 마침내 옥자는 도식과 단둘이 남게 되었다. 가슴이 두근거리고 침이 꼴깍꼴깍 넘어가는 순간이었다. 도식의 취한 눈이 옥자를 봉숙으로 착각하고 있다는 게 조금 기분 상했지만 그건 애당초 각오한 일이었다. 옥자는 방이 덥다는 듯 손바닥으로 부채질을 하다가 웃옷을 하나 벗었다. 빈 잔을 쥔 채 천천히 고개를 끄덕이던 도식의 시선이 이윽고 옥자의 가슴골에 고정됐다. 옥자는 빈 술병을 치우는 척 고개를 숙여 가슴골을 더 확실하게 보여주었다. 미용실을 찾아오는 단골 아줌마의 얘기에 의하면, 남자들은 여자들이 슬쩍슬쩍 보여주는 가슴골에 환장한다고 했다. 여성지에도 비슷한 얘기가 있었다. 옷을 입은 상태에서 여자가 남자에게 섹스어필을 할 수 있는 부위가 바로 자세가 바뀔 때마다 보일 듯 말 듯 아른거리는 가슴골이라고. 아니나다를까. 취한 도식의 시선은 옥자의 가슴골에 매달려 떨어질 줄을 몰랐다. 옥자는 기다렸다. 침 넘어가는 소리를 헛기침에 실어보내며 기다렸다. 도식의 숨소리가 점점 가빠지는 걸 들으며.

"봉숙씨!"

그렇게 도식은 봉숙이 아닌 옥자를 처음 안았다.

일요일 오후가 저물 무렵 도식은 허탈한 표정으로 옥자의 방, 이불 속에서 알몸으로 기어나왔다. 도식이 잠시 잠든 사이 옥자는 도식의 팬티와 양말을 향이 좋은 세숫비누로 빨아 헤어드라이기로 말려서 내밀었다. 도식은 약간 감동한 표정으로 팬티를 입고 양말을 신었으나 이내 허탈한 표정으로 복귀했다. 새벽에 한 번, 잠에서 깨어난 오전에 한 번, 고량주에 탕수육을 먹고 또 한 번, 모두 세 번을 했으니 지치고 허탈할 만했다. 옥자는 옷을 모두 입은 도식이 방에서 나가려고 할 때 붙잡고 싶은 충동을 간신히 억눌렀다. 매달리는 듯한 인상을 주면 안 된다고 연애교본에 적혀 있었다. 연애교본의 저자는, 다시 오게 만들려면 붙잡지 말아야 한다고 완곡하게 타일렀다. 남자의 심리는 그런 것이라고.

"……간다."

"응. 잘 가."

빨간 팬티와 브래지어만 착용한 옥자는 자리에서 일어나지도 않은 채 미소지은 얼굴로 대답을 했다. 당연히 도식의 얼굴에 의아함이 쓱 지나갔다. 잠시 머뭇거리던 도식의 시선이 옥자의 팬티와 브래지어를 훑었다. 망설임이 짧게 머물다가 사라지고 도식은 문의 손잡이를 잡은 채 입을 열었다.

"잘 있어."

"응."

문이 열리고 도식은 문턱에 걸터앉아 미용실에 벗어놓은 신발을 신었다. 옥자는 그런 도식의 뒷모습을 꼼짝 않고 바라보기만 했다. 도식이 돌아봐주기를 소원하며. 옥자의 옆에 깔려 있는 담요에는 붉은 동백 한 송이가 피어 있었는데 도식이 손을 들어 인사를 하자 순식간에 그의 눈 속으로 빨려들어갔다.

"어떻게 됐어?"

저녁 늦게 옷가게에서 퇴근을 한 봉숙은 쉬고 있던 영순과 함께 득달같이 미용실로 찾아왔다. 당연히 궁금해죽겠다는 표정이었다. 옥자는 동백이 피어 있는 담요를 먼저 보여주었다. 꺄아! 하는 탄성이 둘의 입에서 동시에 터져나왔다. 옥자는 중간 중간 봉숙과 영순의 질문에 답을 해가며 도식과 있었던 일들을 자세하게 모두 털어놓았다. 봉숙이 사온 맥주를 마시며. 봉숙은 그렇다 해도 영순은 옥자의 섹스에 대한 세세한 이야기에 얼굴이 벌겋게 변한 채 어쩔 줄을 몰라 했다.

"그렇게 잘해?"

"애가 섹슬 처음 해봐서 그런 거야."

봉숙이 냉정하게 평가했다. 옥자는 고개를 끄덕인 뒤 입을 다물었다. 셋이 다 함께 급하게 맥주를 비웠다. 봉숙이 옥자의 무릎을 쳤다.

"또 어떻게 했는데?"

"이게 다야."

"그럼 좀 전에 했던 얘기 차근차근 다시 해봐."

"어떤 거?"

"이상한 자세로 한 거."

세 사람은 자정이 넘을 때까지 깔깔거리며 얼굴을 붉히며 옥자의 첫 섹스에 대해, 봉숙이 차버린 애인들에 대해, 영순을 꼬드기려 애쓰는 능글맞은 의사에 대해 이야기를 나눴다. 배꼽이 빠져라 웃었고 방바닥에서 떼굴떼굴 구르다 맥주를 쏟았다. 민망해서 얼굴을 못 드는 옥자의 등을 봉숙과 영순이 북을 두드리듯 때렸다. 그러나 옥자는 몰랐다. 훗날 영순과 봉숙이 차례로 도식을 찾아가리라는 것을. 영순과 봉숙이 차례로 도식과 잠자리를 갖거나 갖기 직전까지 가서 옥자의 마음을 아프게 하리라는 것을.

옥자는 트림을 길게 한 뒤 심각한 얼굴로 봉숙과 영순에게 물었다.

"다시 올까?"

"……글쎄."

"올 거야! 니 마지막 작전이 대단히 좋았어. 남자는 매달리면 도망가는 종족이야. 삼 일 안에 분명 온다!"

봉숙이 옥자의 등을 두드려주었다.

"만약 안 찾아오면?"

"일단 삼 일만 기다려봐. 그 안에 안 오면 다른 작전을 써야지."

"나, 도식이랑 꼭 결혼해야 돼."

"왜?"

"……평생 한 남자하고만 자기로 맹세했거든."

"언제 그 맹셀 했는데?"

"낮에 도식이랑 그거 하면서."

"맙소사!"

봉숙과 영순이 입을 벌린 채 옥자의 얼굴을 들여다보았다. 옥자는 진지했다.

"사실…… 나 지금 가임기야. 임신이 되었으면 좋겠어."

"옥자야!"

세상 어떤 기다림보다 옥자가 기다린 삼 일만큼 길고 지루하고 피 말리는 삼 일은 없었다. 첫날. 미용실이 쉬는 날이었지만 한 걸음도 밖으로 나갈 수가 없었다. 도식이 디스코텍에서 일하고 있는 시간임에도 불구하고. 잠을 잘 때도 옥자는 방의 불을 끄지 않았다. 깊이 잠들지도 못했다. 얕은 잠에 들었다가 누군가 이면도로로 지나가는 발소리만 들려도 벌떡 일어나 귀를 기울였다. 그렇게 멍하니 앉아 있다가 자신도 모르게 푹 쓰러졌다. 침냄새가 배어 있는 베개에 얼굴을 묻고 부처님, 예수님, 공자님을 순서 없이 부르다가 그분들이 헛갈릴 것 같아 부처님으로 통일했지만 도식은 창문 밖에서 옥자를 부르지 않았다. 사진으로밖에 본 적이 없는, 스님이 될 뻔했다가 엄마를 만나 사랑을 선택한 아빠 때문에 고른 부처님이었는데도 불구하고. 하지만 옥자의 진정한 고통은 겨우 시작일 뿐이었다. 이불을 뒤집어쓰고 엎드려 있던 옥자는 시계를 본 것도 아닌데 도식이 일을 하는 디스코텍 영업이 끝나는 시간에 맞춰 귀신같이 벌떡 일어났다. 큰 덩치를 감당하는 발을 쿵쿵거리며 세면대로 가 세수를 하고 양치질을 다시 했다. 방으로 돌아와 싸구려 립스틱을 바르고 상 앞에 앉아 눈을 부릅뜨고 노트에 옮겨적은 사랑의 시편들을 읽었다. "미라보 다리 아래 센 강이 흐르고 우리의 사랑도 흐른다…… 세월은 가고 오는 것…… 한탄할 그 무엇이 무서워서 우리는 떠나는 것일까…… 나는 한 여자를 사랑했네 물푸레나무 한 잎같이 쬐그만 여자……" 그러나 허사였다.

창밖이 훤해오는데도 도식은 나타나지 않았고 옥자는 낮달처럼 변해가는 형광등을 뒤통수에 짊어진 채 잠이 들고 말았다. 둘째 날. 옥자는 사장 여자한테 늦잠을 자느라 영업 준비를 제대로 하지 못한 지청구를 오전 내내 듣고 일을 시작했다. 졸음이 지난겨울의 폭설처럼 쏟아지는 오후였다. 하마처럼 벌어지는 입을 손바닥으로 감추느라 옥자는 수시로 거울에서 등을 돌려야만 했다. 그 와중에도 혹시나 머리를 손질하려는 척 도식이 미용실로 방문하지나 않을까 하는 기대에 창밖을 기웃거렸다. 손님이 없으면 소파에 앉기 무섭게 끄덕끄덕 졸다가 사장의 잔소리를 들었다. 하루가 어떻게 흘러갔는지 모를 정도였고 영업이 끝나자마자 방으로 들어가 세상모르게 잠이 들고 말았다. 불을 켜놓은 채. 그 잠의 끝자락에서야 꿈속으로 도식이 찾아와 창문을 두드렸는데 불행하게도 옥자는 꿈속에서도 잠을 자는 상황이었다. 일어나야 되는데, 나 여기 있다고 대답해야 하는데, 왜 잠에서 깨어나지 못하는 걸까, 전전긍긍하다가 깨어난 게 끝이었다. 옷을 걸쳐입고 부랴부랴 미용실 밖으로 뛰어나갔지만 도식의 그림자도 찾을 수 없었다. 셋째 날이 되자 옥자의 마음속에서 마침내 불안이 싹을 틔운 채 자리를 잡았다. 그 불안은 미용실에 걸린 둥근 시계의 가장 작은 바늘이 한 칸씩 이동할 때마다 키를 쑥쑥 늘려나갔는데 첫번째 정점은 오후 세시에 찾아왔다. 가위를 잡으면 손님의 귀를 자를 듯 떨렸고 이발기를 들면 남자 손님의 머리를 밤송이로 만들 것처럼 손이 부들거렸다. 도식이 찾아오지 않을 거라는 불안. 그 싹. 급속하게 덩치를 불려가는 그 싹. 옥자는 주인여자가 잠시 자리를 비우자 전신이 비치는 거울 앞에 서서 거울 속의 한 여자를 훔쳐보았다. 그 여자는 영화에서 본, 킹콩의 손바닥에 앉아 있는 작고 아리따운 여자가 아니라 바로 그 킹콩이었다. 눈을 비비고 봐도 마찬가지였다. 다시 비벼도 그대로였다. 거울 속의 킹콩을 바라보는 옥자의 두 눈에 고였던 눈물이 방울이 되어 머리카락이 널려 있는 미용실 바닥으로 뚝뚝 떨어졌다. 낙숫물처럼.

불을 끄고 문을 걸어잠근 채 옥자는 소주를 마셨다. 불을 켜지 않아도 창밖의 외등이 새벽의 잔과 술병을 비춰주었다. 눈물, 콧물이 골고루 섞인 술이었다. 옥자가 강릉 경포 앞바다에서 외로이 파도를 맞고 있는 십리바위처럼 웅크리고 앉아 며칠간의 짧았던 꿈을 침통한 얼굴로 들여다보고 있을 때 무엇인가가 벽에 쿵 부딪히는 소리가 들렸다. 곧이어 누군가 쇠창살 사이로 손가락을 넣어 작은 유리창을 톡톡 두드렸다. 옥자는 숨을 멈췄다. 심장이 멎어버릴 것만 같았다. 다시 손가락 그림자가 유리창을 톡, 톡, 톡, 두드렸다. 그리고 침묵이 이어졌다. 옥자는 온 힘을 다해 방바닥에서 엉덩이를 떼지 않으려고 애를 썼다. 울음이 터져나오려는 입은 아예 손바닥으로 막아버렸다.

"하아…… 옥자야, 자냐?"

4

저물 무렵 송아지만한 셰퍼드 두 마리와 함께 푸줏간 뒷마당에 들어선 강포수는 짐꾼들이 메고 온 멧돼지를 내려놓을 자리를 알려주었다. 닷새 만의 귀환이었다. 수염이 덥수룩하고 머리카락이 뒤엉킨 강포수는 장작가리 옆에 꽂아두었던 도끼를 머리 위로 치켜올리더니 곧바로 멧돼지의 뒷다리와 몸통 사이를 내리쳤다. 단 한 번의 도끼질에 멧돼지의 뒷다리가 잘려나갔다. 셰퍼드들이 그 광경을 지켜보더니 송곳니를 드러내며 사납게 짖었다. 그는 짐꾼들에게 눈짓으로 잘려나간 다리를 가리켰다. 짐꾼들은 고맙다는 말과 함께 다리 하나를 들고 푸줏간 뒷마당을 빠져나갔다. 정옥은 부엌문에 기대어 아무 말 없이 그 과정을 지켜보았다.

"술하고 연장 좀 가져와."

강포수는 정옥을 돌아보지도 않고 말했다. 작은 마루에 기대놓은 엽총의 총구는 서까래의 빈 제비집을 향하고 있었다. 정옥은 부엌으로 들어가 막걸리가 담긴 주전자와 김치부터 먼저 내왔다. 그릇 가득 막걸리를 따라놓은 강포수는 마시지 않고 다시 정옥을 불렀다.

"개들 밥부터 먼저 챙겨줘."

"개밥은 당신이 챙겨요! 난 바쁘니."

"맨날 놀면서 바쁘긴 뭐가 바빠!"

"놀긴 누가 놀아요!"

강은 따라놓은 막걸리에 입도 대지 않고 정옥을 따라 부엌으로 들어가 여물통을 찾았다. 정옥은 아궁이 앞에 앉아 부지깽이로 불이 타는 아궁이만 쑤석거렸다. 무엇인가에 잔뜩 토라져 있다는 표시였다. 사흘 일정으로 산에 갔는데 닷새 만에 돌아온 거에 대한 불만이 틀림없었다. 강은 개에게 밥을 갖다주고 돌아와 막걸리를 비웠다. 뒷마당의 멧돼지는 오백 근은 넘을 것 같았다. 쓸개를 따로 챙겨뒀다가 정옥의 반지라도 하나 사리라 마음먹었다. 강은 막걸리 두 사발을 연이어 비웠다. 멧돼지 손질은 손이 많이 가서 서둘러야만 했다.

"멧돼지님, 불 들어갑니다!"

"가지가지 하네요!"

널평상 위에 올려놓은 멧돼지의 털을 그슬리려고 불붙은 짚단을 들고 있는 강포수의 등에 대고 정옥이 빈정거렸다. 부엌문에 기댄 채. 강은 마치 스님의 다비식을 하듯 경건하게 예를 갖췄다. 정옥은 그 모습을 팔짱을 끼고 바라보다가 한마디 더 거들었다.

"우연 스님, 중 옷 벗고 머리 기른 지 한참 됐어요!"

"꼭 승복 입고 머릴 밀어야만 중인가 뭐."

"총 둘러메고 셰퍼드 끌고 다니며 살생하는 게 중은 아니죠."

"그건 그래."

강포수, 우연은 불이 붙은 짚단으로 다리가 한 짝 없는 멧돼지의 털을 그슬렸다. 연기와 함께 노린내가 와락 피어났다. 쿨럭쿨럭 기침을 뱉어내면서도 우연은 재빠른 손놀림으로 털에 불을 붙였다. 사람의 머리에 불을 붙여도 똑같은 냄새가 날 것이다. 세상의 모든 털은, 털뿐만 아니라 고기에 불이 붙으면 노린내를 풍긴다. 노린내, 비린내, 향내, 썩는 내, 타는 내…… 중에서 어떤 냄새를 맡으며 살아야 행복한 것일까. 우연은 그 모든 냄새를 차례로 맡아가며 사는 것만 같았다. 지금이 노린내의 시절이라면 다음은 어떤 냄새가 기다리고 있을지 알 수 없었다. 아무 냄새가 없는 세상으로 가기 전까지 얼마나 많은 냄새를 통과해야 된단 말인가. 우연은 다 타버린 짚단을 버리고 새 짚단에 불을 붙였다. 멧돼지의 머리와 목, 등, 배, 사타구니, 허벅지, 짧은 꼬리, 발목으로 불은 차례차례 건너갔다. 뜨거운 불이 지나간 자리의 맨살은 마치 정옥의 허벅지처럼 환한 것 같아서 얼굴이 화끈 달아올랐다. 칼로 잔털까지 밀어버리면 정옥의 젖가슴처럼 뽀얘질 게 틀림없었다. 우연은 주렁주렁 매달린 멧돼지의 젖을 그슬리며 슬쩍 정옥을 훔쳐보았다. 불붙은 짚단을 내던지고 달려가 끌어안고 싶은 마음이 굴뚝같았다. 양동이로 뜨거운 물을 퍼 마당으로 나르던 정옥은 그의 속내를 읽기라도 한 듯 눈을 부라렸다. 꿈도 꾸지 말라는 듯. 멋쩍은 미소를 지우고 우연은 꽁지만 남은 짚단은 버리고 돼지를 뒤집었다. 개들이 사납게 짖었다.

"산에서 잠잘 때 줄곧 당신 생각만 했어."

"죽은 돼지가 웃을 만한 얘기네요."

"진짜야. 돼지는 안 잡히지, 당신은 보고 싶지. 미치겠더라고!"

"죽은 돼지가 하품을 하네요."

"그러다 깜박 잠들었는데 꿈에 당신이 나타난 거야. 글쎄 당신이 엄청나게 큰 멧돼질 안고 있는 거야. 이 멧돼진 당신이 잡아준 거나 다름없어. 신기하지 않아?"

뒷마당에 앉아 그릇을 씻던 정옥이 우연을 올려다보았다. 정옥의 표정이 진지해졌다.

"……그 꿈은 태몽 같네요."

"……태몽?"

"애가…… 들어선 거 같아요."

"진짜?"

불붙은 짚단을 내던진 우연은 무릎을 꿇고 정옥을 껴안았다. 쪼그려앉아 있던 정옥이 엉덩방아를 찧으며 우연의 품에 안겼다. 노린내가 진동하는 푸줏간 뒷마당이 자못 훈훈해졌다. 한쪽 다리가 잘려나간 널평상 위의 멧돼지는 털이 그슬린 채 모로 누워 있고 그 옆에서는 모닥불이 가느다란 연기를 피워올렸다. 멧돼지와 모닥불 사이에서 우연과 정옥은 부둥켜안은 팔을 풀지 않았고 마당 귀퉁이의 셰퍼드들도 신이 난 듯 짖어댔다. 우연은 정옥을 껴안고서 평상 뒤편에 깔아놓은 멍석으로 자리를 옮겼다. 정옥의 저고리가 풀어헤쳐졌다. 우연의 얼굴이 그 젖가슴에 파묻혔다.

"누가 보는 것 같아요."

"어느 할 일 없는 놈이 남의 집 뒷마당을 엿봐."

"저기 살구나무 아래 누가 있는 것 같다니까요. 개들도 그쪽을 보고 짖잖아요."

"보라고 그래."

우연의 거친 손이 정옥의 치맛단을 허리까지 말아올렸다. 모닥불빛이 희디흰 허벅지를 비춰주었다. 우연은 서둘러 바지를 내리고 정옥의 몸안으로 들어가려고 애를 썼다. 정옥의 젖을 두 손으로 움켜잡은 채. 평상 위의 털 하나 없는 돼지머리는 눈 뜨고 입을 슬며시 벌린 채 뒤엉켜 돌아가는 두 사람을 내려다보았다. 털이 그슬린 돼지에게서 내려오는 노린내와 우연의 몸에서 와락 풍기는 땀냄새에 정옥은 온몸의 힘이 스르르 빠져나가는 것만 같았다. 사타구니께서 꿈틀거리던 우연의 물건이 마침내 입구를 찾아 안으로 들어오려 할 때 정옥은 보았다. 살구나무 그늘 너머에서 어른거리는 수상한 그림자를. 정옥은 몸 위에 올라타고 있는 우연을 옆으로 밀쳐냈다. 발목에 걸려 있는 속곳은 올리고 배꼽 근처까지 말려올라간 치마를 황급히 내렸다. 우연은 덜렁거리는 물건을 꺼내놓은 채 멍석에 누워 더운 한숨을 내뱉었다.

"진짜 누가 보고 있는 것 같다니까요. 가서 확인해봐요."

"누가 있다고 그래!"

뒷마당 귀퉁이의 살구나무 그늘은 어두웠는데 그 뒤편은 사람 키만 한 옥수수가 자라는 밭이었다. 우연은 살구나무 아래에 가서 헛기침을 했으나 들꿩 한 마리 푸닥거리며 날아가지 않았다. 개만 요란하게 짖어댈 뿐이었다. 달아올랐던 몸이 제풀에 가라앉자 우연은 부엌에서 남포등을 들고 나오는 정옥에게 한마디 던졌다.

"애 가졌으니 앞으론 힘든 일 하지 마."

"서방이 돈을 많이 벌어와야 힘든 일 안 하죠."

"이렇게 큰 돼지 한 마리 잡아왔잖아!"

"손에서 노린내와 피비린내만 안 나면 소원이 없겠어요."

"그렇다고 다시 중이 될 순 없잖아."

"그렇다는 얘깁니다!"

털을 모두 제거하고 뜨거운 물로 때까지 밀어내자 멧돼지는 집돼지처럼 살이 뽀얘졌다. 우연의 몸은 다시 땀으로 흥건해졌다. 마루에 앉아 정옥이 말아준 담배 한 대를 맛있게 피우며 땀을 식힌 우연은 다시 칼을 잡았다. 숫돌에 잘 간 예리한 칼날로 머리와 다리를 자르고 몸통만 남은 멧돼지의 배를 갈라나갔다. 내장이 터지지 않게 하려면 칼날의 끝에까지 몸의 신경이 전달되어야만 했다. 우연은 돼지의 가슴뼈를 손도끼로 자른 뒤 식도부터 시작해서 한꺼번에 내장을 들어내려고 두 손을, 물컹거리는 개구리 알을 퍼내듯 뱃속으로 들이밀었다. 손으로 건너오는 서늘한 감촉은 매번 섬뜩했다. 마치 자신의 배를 가르고 그 안에 두 손을 집어넣어 내장을 만지는 기분이었다. 죽은 지 얼마 안 된 돼지의 내장은 아직 온기와 꿈틀거림이 남아 있어 그 섬뜩함이 배나 더했던 적도 있었다. 손목이 잘려나갈지도 모른다는 두려움마저 들 정도였다. 정옥이 준비한 함지에 내장을 옮겨놓은 우연은 남포등을 가까이 가져와 중요한 부위를 찾았다. 간과 콩팥, 그리고 쓸개를. 그중에서도 가장 중요한 것은 쓸개였다. 쓸개가 칼끝에 찔려 터지지 않도록 윗부분을 공들여 잘라냈다.

"그건 왜 가져가요?"

"어, 비싸게 사겠다는 사람이 있어서."

"간 썰어요?"

"애도 들어섰는데 축하주로 한잔해야지."

"핑계도 참 잘 갖다붙이네요."

소주 안주로 깨소금에 생간을 찍어먹으며 우연은 정옥의 저고리 속으로 손을 디밀어 탱탱한 젖무덤을 주물럭거렸다. 정옥도 싫지 않은 듯 우연에게 몸을 기댔다. 어둠이 더 짙어진 살구나무 그늘을 바라보며. 개들은 더이상 짖지 않고 턱을 다리 위에 올려놓은 채 정옥과 우연의 애정행각을 물끄러미 바라보고 있었다. 우연은 정옥의 따스한 배를 여러 차례 쓰다듬고 쪽마루에서 일어났다. 창자를 씻고 종류별로 나누는 일은 정옥의 몫이었고 우연은 고기를 부위별로 잘라서 매달아야 했다.

"당신은 날 만나지 않았으면 좋은 스님이 됐을 텐데……"

돼지의 창자 안에 남아 있는 내용물을 씻던 정옥이 칼을 잡고 갈비를 자르는 우연의 등에 대고 안타까운 듯 한숨을 쉬었다. 우연은 잠시 칼질을 멈췄다가 이내 다시 이어갔다.

"난 좋은 중이 될 자질이 없는 사람이야."

"내가 결혼하자고 졸라서 옷 벗은 거나 마찬가지잖아요."

"당신이 아니더라도 언젠가는 벗었을 거야. 난 강포수가 된 지금이 좋아."

"훗날에…… 북에 있는 당신 부모님이 날 보면 얼마나 미워하겠어요."

"쓸데없는 소리! 그거 내가 손질할 테니 들어가 밥이나 해. 배고파!"

정옥이 부엌으로 들어가고 우연은 해체된 돼지고기들이 널려 있는 평상 한쪽에 앉아 담배에 불을 붙였다. 꽁지만 남은 짚단을 발로 툭툭 차서 모닥불에 넣었다. 모닥불은 어둠 속으로 반짝거리는 불티들을 날려보냈다. 우연은 그 불티들이 날아가 사라지는 밤하늘로 향을 피우듯 담배 연기를 올려보냈다.

"큰스님…… 잘 계십니까?"

저 아래 큰절이 보이는 산자락에다 우연은 짐을 풀었다. 하룻밤을 보낼 장소로 그리 적당하지는 않았지만 손바닥만한 큰절이 보이는 터라 발걸음이 떨어지지 않았다. 참나무 줄기에 개들을 묶고 바위를 벽을 삼아 작은 움막을 만들었다. 마실 물을 푸기 위해 샘까지 갔다 와야 하는 불편함 정도는 충분히 감수할 수 있었다. 어둠이 깔리면서 피어난 큰절의 불빛은 반딧불만큼이나 아름다웠기에. 큰절에서 보낸 지난 세월이 반딧불만큼이나 서글펐다. 전쟁이 끝나자 무작정 찾아들어간 절이었다. 행자 시절, 사미 시절, 우물 속에 거꾸로 매달리는 것으로 마감한 짧았던 비구 시절, 그리고 대처승 시절…… 종욱과의 인연. 결국 우연이 선택할 수 있었던 것은 정옥의 손을 잡고 대처승들이 기거하는 사하촌을 떠나는 방법밖에 없었다. 이십 리 밖 월정거리에 정옥의 노모가 운영하는 푸줏간이 그의 새 주거지였다. 마치 푸줏간에 도착하기 위해 지난 모든 일들이 벌어졌던 것만 같았다. 우연은 큰 절의 소금꽃 같은 불빛을 바라보며 술을 들이켰다. 더덕을 고추장에 찍어 안주로 씹었다. 멧돼지를 쫓아 종일 산속을 헤매고 다닌 터라 졸음이 함박눈처럼 쏟아졌다. 푸줏간에 도착한 우연은 피 묻은 식칼을 손에 잡았다. 도마 위에 고기를 올려놓고 칼로 썰었다. 푸줏간 뒷마당에 매달아놓은 집돼지의 멱을 따고 피를 받았다. 단단한 박달나무 장대로 돼지의 주리를 틀어 마지막 남은 피 한 방울까지 받았다. 돼지를 잡는 게 일과가 된 것이다. 몸에 밴 향냄새는 돼지의 노린내와 피비린내에 빠르게 사라졌다. 정옥의 노모가 돌아가시자 곧바로 엽총을 잡았다. 전쟁통에 배운 거라곤 총 쏘는 게 전부였다. 셰퍼드 두 마리를 구입했다. 산에 가서 직접 멧돼지를 잡아 그 고기를 팔면 이문이 훨씬 많이 남는 것은 당연한 이치였다. 그렇게 강포수가 되었다. 우연은 바위에 기대 자꾸만 감기는 눈꺼풀을 치켜뜨고 튀밥처럼 반짝이는 큰 절의 불빛을 눈에 담았다. 스님은 아직 잠들지 않았을 것이다. 우연은 남은 술을 마저 마시고 옆에 세워놓은 엽총을 가져왔다. 잠들었던 셰퍼드가 머리를 들고 우연을 바라보았다. 개머리판을 오른쪽 어깨에 밀착시키고 총구의 방향을 돌렸다. 왼쪽 눈은 감고 오른쪽 눈을 떴다. 가늠쇠 위에 반딧불 같은, 소금꽃 같은, 튀밥 같은 불빛들이 아슬아슬하게 올라앉았다. 우연은 숨을 멈추고 방아쇠에 손가락을 걸었다. 방아쇠의 감촉이 온몸으로 찌릿하게 전해졌다. 하나…… 둘…… 셋…… 넷…… 다섯…… 우연의 오른쪽 눈에 고인 눈물이 불빛들을 하나둘 지워나가고 있었다. 셰퍼드는 다시 잠들었다.

"저녁 드세요."

피로 물든 널평상에 우연은 대야의 물을 뿌렸다. 용도가 각기 다른 칼을 씻었다. 도마를 씻었다. 옷을 모두 벗었다. 벌거벗은 몸에 바가지의 물을 머리부터 부었다. 부엌에서 나온 정옥이 비누로 거품을 내어 우연의 등을 문질러주었다. 가슴을, 엉덩이를, 사타구니를, 허벅지를, 종아리를…… 우연의 눈에 눈물이 고였다.

살구나무 그늘이 깊었다.

"눈물겹네."

살구나무 가지에 올라앉은 옥자가 중얼거렸다. 도식은 우연이 목욕하는 걸 바로 보지 못하고 눈을 돌렸다.

"니가 엄마 뱃속에 막 자리를 잡았을 때네. 기분이 어때?"

"……묘해."

"……우리 아기는 잘 크고 있을까? 아직 이름도 지어주지 못했는데."

"엄마가 대신 지어줬잖아. 도옥이라고."

"그럼 뭐해! 우린 이미 죽었는데……"

옥자의 울음 섞인 말 한마디에 살구나무의 잎들이 우수수 떨어졌다. 그 광경을 본 마당의 셰퍼드 두 마리가 송곳니를 드러낸 채 낮게 으르렁거렸다. 도식이 옥자의 등을 쓰다듬어주었다.

"우린 결혼해서는 안 되는 사이였나봐."

"왜?"

"저 인간이 느네 엄마한테 한 짓을 잊었어?"

도식은 목욕을 끝낸 우연이 발가벗은 채 방으로 들어가는 걸 가리키곤 나뭇가지에서 홀연히 사라졌다. 무릎에 얼굴을 파묻고 울던 옥자가 기척을 느끼고 고개를 들었다.

"또 어딜 도망가!"

손저울에 앉은 파리들

1

화장장은 몹시 추웠다.

드문드문 내리는 눈발은 은실의 눈엔 여전히 대관령에서 본 그 검은 눈발이었다. 죽어서도 불에 탈 차례를 기다려야 하는 게 화장장이었다. 은실은 관 앞에 앉아 화장장의 높은 굴뚝에서 빠져나와 곧장 하늘로 올라가지 못하고 검은 눈발에 눌려 주변으로 흩어지는, 머뭇거리는 것만 같은 연기를 눈으로 좇았다. 추위에 떨면서. 파랗게 질린 얼굴로. 종욱과 수도원에서 함께 공부를 했던 수도생들이 안으로 들어가자고 몇 번이나 청했지만 은실은 고개를 저었다. 화장장 마당에서 차례를 기다리는 종욱을 두고 따스한 곳으로 들어갈 수가 없었다. 죽은 종욱이 관 속에서 추위를 느끼지 못한다 하더라도. 은실은 관 앞에 앉아 종욱의 이름을 읽고 또 읽었다. 이 어이없는, 이해할 수 없는 죽음을 종욱이 제발 설명해주기를 기다리며. 그 설명을 듣지 않고서는 잠시라도 종욱의 곁을 떠날 수가 없었다. 그 설명을 해주지 않고 연기로 사라지면 안 되는 것이었다.

"이러다 병 걸려요. 뱃속의 아기에게도 안 좋고."

머리를 기른 우연이었다. 역한 술냄새가 풍겼다.

"……날 좀 내버려두세요."

"시신은 제가 지킬 테니 잠시만이라도 들어가 몸 좀 녹이고 나오세요."

"……당신이 죽인 거야."

은실은 입을 악물었다. 종욱의 관 위로 검은 눈이 쌓이고 있었다. 이름을 지우지 못하도록 손바닥으로 그 눈을 쓸었다.

"……미안해요."

우연은 허적허적 휴게실로 걸어갔다. 은실은 우연의 등에 대고 소리쳤다.

"당신이 여길 왜 와요!"

당신 생각을 하다 새벽 세시경에 잠이 들어 아침예불에 참석하지 못했습니다. 오전 공부를 시작하기 전에 그 일로 큰스님으로부터 꾸지람을 들었습니다. 점심공양 후 빨래하고 목욕을 했습니다. 세시부터 일꾼들과 함께 김장밭 김매기를 했지요. 쉬는 시간에 일꾼들과 막걸리를 마셨는데 그만 취기가 돌아 밭둑 고로쇠나무 아래에서 잠들고 말았습니다. 원생들이며 일꾼들이 일부러 깨우지 않았던 겁니다. 잠에서 깨어나 일하고 있는 사람들을 보니 창피하기 그지없었지만 정말 달콤한 잠이었습니다. 낮잠 속으로 찾아온 꿈에 당신을 만났습니다. 꽃밭에서 당신과 얼싸안고 뒹구는 행복한 꿈이었습니다. 아마 그래서 더 깨어나기 싫었던 것인지도 모릅니다. 꿈에서, 잠에서 깨어나니 허망하기 이를 데 없었지만…… 이 모든 게 다 당신을 만나지 못해서 벌어진 일입니다. 마음 같아선 한달음에 산을 뛰쳐나가 버스를 타고 당신이 있는 강릉으로 달려가고 싶지만 그럴 수 없는 현실이 안타깝기만 합니다.

저녁으로 먹은 보리밥 때문에 배가 들끓더니 결국 또 설사가 시작되는 것 같습니다. 하얀 이밥을 먹어본 지가 언제인지 모르겠습니다. 이래서 절생활을 견디기 어려운 모양입니다. 예전에는 이 절도 논밭이 많은 부자 절이었는데 해방 후 불어닥친 토지개혁의 여파로 지금은 가난하기 이를 데 없습니다. 죽과 감자, 보리밥이 전부이니…… 더군다나 당신도 아시다시피 전쟁통에 절이 모두 불타버린 바람에 지금의 모습은 초라하기 이를 데 없지 않습니까. 하여튼 다시 찾아온 설사로 인해 이 편지를 쓰는 동안에도 두 번이나 해우소를 갔다 왔습니다. 언제 멎을 것인지 알 수가 없네요.

서울 갔던 원생 네 명이 돌아왔습니다. 원생들 보는 게 부끄러워 못 오겠다는 당신. 그들이 넷이나 자리를 비웠던 동안에 왔더라면 오죽 좋았겠습니까. 창 너머 둥근 달을 바라보며 사무실 마루방에 자리를 펴고 누웠습니다. 괘종시계는 두시를 알리는데 잠이 오지 않습니다. 이제는 지나간 일들을 생각하지 않기로 했습니다. 북에 두고 온 고향 생각에 꿈속에서 애타는 내가 싫어집니다.

당신 생각에 잠이 오지 않습니다. 당신과 함께 저 달빛을 밟으며 걸으면 얼마나 좋을까요. 달은 계속 우리를 따라올 테고. 다 부질없는 상상인 줄을 알지만 오늘밤 꿈에서도 버스를 타고 대관령 아흔아홉 굽이를 넘어 당신을 찾아가는 꿈을 꾸겠습니다.

종욱의 몸이 담긴 관이 불 아궁이 속으로 들어갔다. 은실은 울음을 참았다. 스님이면서 원생인 정법이 목탁을 두드리며 염불을 해주었다. 작은 유리창 너머에서 종욱은 불타고 있었다. 사나운 불길 속에 파묻혀 있어 그 안에서 정말 종욱이 타고 있는지 의심이 들었다. 대기실에 가서 기다리라는 수골 직원의 말에 아랑곳하지 않고 은실은 나무의자에 앉아 불꽃이 이글거리는 아궁이에서 눈을 떼지 않았다. 송풍기가 왕왕거리며 돌아가자 다른 아무런 소리도 들리지 않았다. 저세상으로 떠나는 종욱의 마지막 울음소리라도 듣고 싶었지만 허사였다. 수도원 원생들의 팔에 거의 끌려나가다시피 해서 불 아궁이를 떠났다.

"불쌍한 우리 엄마!"

옥자는 눈물을 글썽이며 도식의 가슴에 얼굴을 묻었다. 도식은 화로 위에 켜진 핏빛 같은 붉은 등만 줄곧 바라보았다.

"아직 결혼식도 안 올렸는데……"

붉은 등이 꺼져야 화장이 끝나는 모양이었다. 도식은 작은 유리창 안의 지옥불 같은 불꽃이 얼마나 뜨거울까, 온도로 따지면 몇 도나 될까를 생각했다. 옥자의 등을 두드려주며.

"뱃속에 나도 들어 있잖아!"

옥자의 눈물이 도식의 옷을 적셨다. 얼마나 불타야 눈물이 마르고 연민도 증발하고 결국에는 몸마저 사라지는지 궁금했다. 화로에 불을 때는 수골 직원에게 물어보고 싶었지만 불행히도 그의 눈엔 도식과 옥자가 보이지 않는 모양이었다. 도식은 이해할 수 없었다. 어떤 때는 다른 이의 눈에 보이고 어떤 때는 보이지 않는 것에 대해. 도식과 옥자가 떠도는 세계의 문법이 알고 싶었지만 알려주는 이는 없었다.

"옥자야, 사람 몸이 한줌 재로 변하는 데 얼마나 걸릴까?"

"……지금 그게 궁금할 때야?"

"우리도 조만간 저 안으로 들어갈 확률이 높잖아."

"나는 싫어!"

"뜨거운 불에 타는 건 나도 싫어."

옥자와 도식은 나무의자에 앉아 작은 유리창 너머에서 타오르는 불꽃을 바라보았다. 옥자에게는 태어나기도 전에 돌아가신 아버지였고 도식에게는 태어나기도 전에 돌아가신 장인이었다. 종욱을 태우며 타오르는 불의 시점에서 보면 도식과 옥자는 미래에서 온 딸과 사위였다. 과거와 현재, 그리고 미래가 마구 뒤엉킨 채 타오르고 있는 것 같은 화장장이었다. 밖에는 성긴 눈발이 날렸는데 그 눈송이는 은실의 눈에 비친 그대로 검은 눈발이었다. 뜨거운 불이 피어나는 화장장을 둘러싼 사위가 한없이 검게 가라앉고 있었다.

"도식아, 우리는 어떻게 될까?"

"땅에 묻히거나 불에 타거나 둘 중에 하나겠지."

"함께 묻혔으면 좋겠다."

"함께?"

"같은 날 같은 시간에 죽었으니 당연히 함께 묻혀야지. 부부잖아."

도식은 옥자의 말에 몰래 한숨을 쉬고 검은 눈발이 게으르게 내리는 창밖으로 시선을 돌렸다. 슬슬 화장장을 도망치고 싶은 마음이 싹을 내밀고 있었다. 옥자의 중얼거림이 검은 눈밭을 서성거리는 도식의 발목을 잡았다.

"그런데…… 왜 우리만 이렇게 떠도는 것일까?"

오늘 아침도 예불과 공양 종소릴 못 듣고 늦잠을 자고 말았습니다. 잠귀신이 붙은 모양입니다. 늦게 잠든 탓도 있지만 잠자리에 들면 찾아오는 빈대 때문에 잠을 설치기 일쑤입니다. 공부 끝내고 옷 한 벌 세탁하는 것으로 오전이 허무하게 지나갔습니다.

점심공양을 마치고 우연 도자와 동쪽 암자가 있는 골짜기로 올라가 잣을 땄습니다. 제가 어릴 때부터 나무 하나는 잘 올라갑니다. 높은 잣나무 꼭대기에 올라가 작대기로 가지 끝의 잣을 떨어뜨리면 밑에 있던 우연 도자가 줍는 것이지요. 한번은 우연 도자의 민머리에 잣송이가 떨어져 나무 꼭대기에서, 나무 아래서, 동시에 한참을 웃었지요. 잣나무는 밑에서 보면 줄기가 한아름이나 되지만 막상 꼭대기에 오르면 사람 팔뚝만큼 가늘어집니다. 이 얘기를 왜 하냐면 나무에 올라가면서도 제 마음은 온통 은실씨 생각뿐이었는데 다 올라가니 그 생각이 온데간데없이 사라지더란 말입니다. 바람도 불었고 줄기도 가늘고 그러니 떨어지면 죽겠구나, 이런 생각이 덜컥 든 것이지요. 떨어지지 않으려고 한 손으론 가느다란 줄기를 꽉 끌어안고 작대기를 잡은 다른 손으론 잣을 땄습니다. 그렇게 잣을 따다가 문득 떠올린 게 바로 아, 내가 은실씨 생각을 나무 꼭대기에선 하지 않고 있구나, 그거였습니다. 나무 아래에서는 온통 은실씨 생각으로 마음이 들끓었는데……
아, 인간이란 게 참으로 간사한 존재구나. 몹시 부끄러웠습니다.

우리는 개울가에 불을 피워놓고 잣을 구워먹었습니다. 잣의 맛보다 마치 원시시대로 돌아간 듯한 기분이 들어 좋았습니다. 그러면서 혹여 당신이 찾아오지 않을까 은근히 기다리기도 했습니다. 잣나무 꼭대기는 까맣게 잊어버리고.

저녁공양은 옥수수를 쪄서 먹었습니다. 공양 후 수도생들이 모여 앉아 식량 문제를 해결하기 위한 방안을 논의했는데 두 패로 나눠서 영동지역의 사찰을 돌기로 정했습니다. 그런데 얘기 끝에 주지 스님이 지난번 식량 문제로 수도생들이 다 함께 당신이 보모로 일하는 강릉의 사찰에 갔다 온 후 정신 기강이 해이해졌다는 말씀을 하시더군요. 당신과 나의 관계를 눈치챈 것은 아닌가 하는 생각에 마음이 조금 찔렸습니다. 그리고 이어서 말씀하시길 앞으로 풍기단속을 더 강화하겠다고 선포하시더군요. 당신과 나 사이를 연결해주는 이런 편지 통신마저 끊어지는 게 아닌가 싶어 조마조마했었습니다.

내가 이곳 수도원을 떠나지 않는 한 우린 영영 헤어지게 될지도 모른다는 생각이 차오르자 가슴이 미어질 듯 안타깝습니다. 모든 것 다 뿌리치고 다시 서울로 돌아가고 싶은 마음도 들었지만 산으로 들어오면서 서울의 지인들에게 내가 남기고 온 거창한 말 때문에 그럴 수도 없네요. 수도원을 떠나더라도 일이 년은 서울에 돌아가기 거북한 처지가 되고 말았습니다. 당신과 헤어지느냐 아니면 이곳 수도원을 떠날 것이냐의 기로에 서 있는 심정입니다. 은실씨와 헤어지지 않으면서 하루 두 끼를 해결할 수 있는 곳을 찾을 수 있다면 얼마나 좋을까요. 하여튼 조만간 당신을 만나서 이 문제를 놓고 궁리를 해야 할 듯 싶습니다.

당신의 편지를 오늘밤 다섯 번이나 읽었습니다.

유리창 너머 불 아궁이 위의 빨간불은 좀처럼 파란불로 바뀌지 않았다.

은실은 대기실의 기다란 나무의자에 앉아 종욱의 수도원 동료가 가져다준 소주로 입술을 축였다. 수도원은 두 해 전에 문을 닫았고 모두를 새로운 길을 찾아나섰다. 사회로 되돌아간 사람, 머리를 밀고 중이 된 사람, 계속 중노릇을 하는 사람, 중에서 대처승으로 옷을 갈아입은 사람, 중도 아니면서 머리 밀고 승복을 입고 살다가 한 여자를 찾아온 사람. 마지막 사람이 바로 종욱이었다. 시인이었던 사람. 고향이 저 북쪽 함흥인 사람. 인생의 허무함을 이기지 못해 중이 되고 싶은 마음이 들었던 사람. 한 여자를 사랑하기 위해 모든 것을 훌훌 벗어버린 사람. 그러나 사랑하는 여자의 뱃속에 아기만 남긴 채 저세상으로 가버린 사람…… 은실은 입술만 축이던 물컵의 소주를 반쯤 삼켰다. 저편에서 그 모습을 지켜보던 우연이 은실과 시선이 마주치자 서둘러 고개를 숙였다. 은실의 붉은 눈이 한동안 우연의 덥수룩한 머리 위에서 독하게 머물다가 손에 쥐고 있는 물컵으로 떨어졌다. 은실은 소주를 마저 비웠다. 삼킨 소주를 토하지 않으려고 침을 끌어모아 식도로 넘기고 손바닥으로 가슴을 쓸어내렸다. 화장장에서 돌아가는 송풍기 소리가 여름날 그악스럽게 울어대는 매미 소리로 변해 천장에서 우수수 떨어졌다.

"우연 스님, 저 술 한잔만 더 주세요!"

은실은 고개를 숙인 채 술을 마시는 우연에게 소리쳤다. 우연이 천천히 고개를 들었다. 그의 얼굴은 붉게 변해 있었다. 그가 안주와 소주병을 들고 은실에게로 다가왔다.

"가득…… 부어주세요."

술을 따르는 우연의 손이 흔들렸다.

"이런 술도 다 받아보네요."

은실은 물컵의 술을 단번에 모두 마셨다.

"……남편은 화장로에 들어가 불타고 있는데 아내는 그 옆에서 낮술이나 마시고."

우연이 은실 앞으로 수저와 육개장이 담긴 그릇을 밀었다. 은실은 그릇을 있던 자리로 돌려보냈다.

"차라리…… 모른 척하고 오시지 말지 그랬어요."

저편에 앉아 있는 종욱의 수도원 동료들이 은실의 높아진 목소리에 말을 멈추고 돌아보았다. 우연은 탁자 위의 육개장 그릇을 중간 정도에 밀어놓았다.

"……안주 좀 드세요."

"우연 스님, 제가 술 마시고 안주 먹으러 여길 왔겠어요?"

은실은 우연이 밀어놓은 육개장 그릇을 비질을 하듯 손으로 쓸어버렸다. 벌건 육개장이 대기실 바닥에 쏟아지고 빈 그릇은 소리를 지르며 굴러가 벽에 부딪쳤다.

"우연 스님, 지금 저 창밖에 내리고 있는 게 뭐죠?"

"……눈입니다."

"어떤 색이죠?"

"……하얀색입니다."

"제 눈엔 무슨 색으로 보이는지 알아요?"

"……"

"검은 눈으로 보여요. 검은, 눈……"

은실은 물컵마저 바닥에 떨어뜨리고 탁자에 얼굴을 파묻었다. 화로의 붉은 등은 여전히 붉은빛을 뿜어내고 있었다.

대관령을 넘어 큰절로 돌아와 이 편지를 씁니다. 지난 사흘 동안의 일들이 꿈만 같습니다. 물론 그 중심에 자리하고 있었던 건 당신이지요. 사실 이틀 일정이었는데 강릉 포교당에 계신 스님을 만나러 간다는 핑계를 대고 하루 먼저 나왔던 것입니다. 당신과의 오붓한 시간을 조금이라도 더 많이 갖기 위해서.

험한 고개를 넘느라 울렁거렸던 속도 달랠 겸 강릉 차부 근처에 있는 경포다방에서 베토벤을 들으며 커피를 마셨습니다. 가을과 베토벤, 그리고 커피의 맛이 적절한 조화를 이루더군요. 그곳에서 날이 저물 때까지 앉아 있다가 밤거리로 나왔습니다. 그동안 몸이 너무 허해진 것 같아 사람들 눈을 피해 한적한 식당으로 들어가 고기국밥을 한 그릇 사먹었습니다. 중이 아닌데 머리를 밀고 승복을 입었으니 어쩔 수 없이 중의 규칙을 지켜야 한다는 게 여간 불편하지 않았습니다. 그러니 정작 진짜 중은 밖에 나오면 얼마나 행동이 부자연스럽겠습니까. 꼭 식당에 들어가 고기를 먹지 않는다 하더라도.

마침내 당신이 보육원 일을 마치자 우리는 남대천 둑길에서 만났습니다. 기울어가는 달빛이 우리의 길을 밝혀주었지요. 저는 당신에게, 당신도 대략 알고 있는, 지금 제가 처해 있는 상황에 대해 설명했습니다. 오 년 일정으로 들어온 수도원. 거의 스님이나 다름없는, 절에서의 생활. 스님이 될 것을 권하는 원장 스님. 남쪽 땅에서 의지가지 할 데 없는 나의 처지. 당신을 사랑하는 나의 마음. 그렇기에 모든 것을 고려해볼 때 내가 당신을 놓아주는 게 맞을 것 같다는 얘기까지 했습니다. 당신은 훌쩍였습니다. 정말 그 이유가 다냐고 제게 물었습니다. 다른 사람한테 무슨 얘기를 들은 건 아니냐고 추궁했습니다. 그것도 아니라면 이제 싫증이 난 거냐며 내 눈을 바라보았습니다. 나는 절대 아니라고 말했지요. 내 결정이 당신을 위한 것이라고 말해주었지만 당신은 고개를 저었습니다. 그럼 왜 상황이 그러한데 나를 좋아했냐고 말하며 당신은 눈물을 흘렸습니다. 나는 할말이 없었습니다. 가슴이 찢어지는 것만 같았습니다. 둑길에 주저앉아 눈물만 흘려야 했습니다. 당신도 내 옆에 앉아 울기만 했습니다. 남대천 물소리도 우리들의 흐느낌에 숨죽이며 바다로 가던 밤이었습니다. 달은 점점 대관령을 넘어가고 있었고…… 이윽고 흐느낌을 멈춘 당신이 차분한 목소리로 입을 열었습니다. 헤어지고 말고를 결정하기 전에 꼭 해야 할 말이 있다고. 그 이야기는 바로 오대산 골짜기에 살 때 우연이 당신에게 저지른 일이었습니다. 저는 그 이야기를 들으며 부들부들 떨었습니다. 당장 대관령을 뛰어올라가 우연을 죽이고 싶었습니다. 이야기를 모두 마친 당신은 담담하게 내게 말했습니다. 모든 것을 말했다. 나는 당신이 절을 떠나 내게로 오면 판잣집에 살더라도 당신을 받아들이겠다. 결정은 당신이 하라. 중이 되든지, 공부를 계속하든지, 고개를 넘어와 나랑 살든지……

당신은 돌아갔고 나는 포교당으로 허청허청 걸어가 베개에 얼굴을 묻고 울었습니다. 등에 울산바위가 올라앉은 것처럼 꼼짝하지 못한 채. 그러다 벌떡 일어나 당신이 계신 곳으로 달려갔지요. 달려가 문을 두드리고 당신의 이름을 부르고 신발도 신지 못한 채 뛰어나온 당신을 껴안았지요.

그것은 베토벤의 〈운명〉이 아니라 우리 두 사람의 시작을 알리는 '운명'이었습니다.

붉은 등이 꺼지고 푸른 등이 들어왔다.

불 아궁이의 불도 꺼졌다.

화장장 밖에선 흰 눈송이가 게으르게 내려와 땅 위에 쌓였다.

은실은 유골이 담긴 항아리를 가슴에 껴안았다.

뱃속에선 무언가가 자꾸만 꿈틀거리는 것 같아 손으로 쓰다듬었다.

따스했다.

2

"가자."

"싫어."

"가자고!"

"싫다니까!"

밖에 나가 급하게 줄담배를 피우고 온 도식이 다시 간청했지만 옥자는 꿈쩍도 하지 않았다. 허리를 굽혀야만 들어올 수 있는 좁은 자취방에 어떻게 들어왔는지 이해하기 힘든 커다란 바윗덩어리 같았다. 상황이 상황인 만큼 도식의 힘으론 결코 문밖으로 끌어낼 수 없었다. 옥자는 카세트라디오의 에프엠방송에서 흘러나오는 팝송을 듣고 있었고 도식은 열어놓은 문 앞에 앉아 소주를 마셨다. 올가미에 걸려도 제대로 걸렸다는 게 도식의 최종판단이었으므로 나오는 건 한숨이고 들어가는 건 쓴 소주였다.

옥자의 입에서 임신을 했다는 얘기가 처음 나왔을 때 도식은 그게 무엇을 의미하는지조차 몰라 한동안 옥자의 얼굴만 쳐다보았다. 그랬는데 오래지 않아 가슴속에서 뭔가 육중한 게 쿵 하고 떨어졌다. 무릎이 푹 꺾여 하마터면 주저앉을 뻔했다. 간신히 표정은 수습했는데 머릿속은 온통 헝클어진 철사다발로 변해 있어서 무슨 말을 먼저 꺼내야 될지 갈피를 잡을 수 없었다. 옥자를 끌고 가까운 포장마차로 가는데 발이 땅을 딛는 게 아니라 허공을 딛는 것만 같았다. 임신. 임신이라니. 거친 모래가 잔뜩 박혀 있는 듯한 그 낱말을 입속에서 굴리고 또 굴려보았지만 입천장만 벗겨질 뿐 뱉을 수도 삼킬 수도 없는 낯설기 그지없는 그 무엇이었다. 옥자의 입에서 뒷말이 나오고서야 겨우 정신을 차릴 수 있었다.

"낳아야겠지?"

"……낳는다고?"

도식의 목구멍을 넘어가던 소주가 코로 역류했다. 도식은 캑캑거렸다.

"그럼 안 낳아?"

"우린…… 부부도 아니잖아."

"결혼하면 되지."

"너랑, 나랑…… 결혼?"

"응!"

포장마차에서 나올 때까지 도식은 침묵을 유지한 채 급하게 술잔만 비웠다. 들뜬 옥자가 이것저것 시시콜콜 물어와도 다소 애매한 짧은 답변이 전부였다. 태어나 그렇게 긴 침묵을, 생각을 해본 게 처음이나 마찬가지였다. 그로부터 벌써 한 달이 되어가고 있었다. 그 한 달 동안 도식은 초등학교에서 시작해 고등학교에서 퇴학당하기 직전까지 한 공부보다 더 많은 공부를 했다. 임신과 출산이 아니라 임신과 중절 수술에 대해. 여러 사람들의 자문까지 받아가며. 의견은 분분했지만 결론은 하나였다.

병원을 찾아가…… 지우는 것. 그러나……

옥자는 완강히 반대했다. 아이를 낳기 전까진 산동네 자취방에서 한 발자국도 나가지 않겠다는 표정이었다. 도식은 어떻게 하면 옥자를 설득해 병원으로 데려갈 수 있을까 고민했다. 도식의 입장에서 지금 아이를 낳는다는 것은 발목에 족쇄를 채우는 거나 마찬가지였다. 즐거운 청춘 끝, 고달픈 인생 시작이었다. 자진해서 그 고해 속으로 걸어들어간다는 것은 도식의 사전에 없는 항목이었다. 그랬었는데 지금 그 문 앞에서 속을 태우는, 믿을 수 없는 처지가 돼버린 거였다. 일주일에 한 번 미용실이 쉬는 월요일 오후 옥자의 자취방에서 도식은 옥자를 설득하다가 지쳐 술을 마시고 옥자는 라디오를 들으며 미용실에서 가져온 임신 관련 책자를 뒤적거리고 있었다. 이번주를 넘기면 또 다음주로 넘어가야 하기 때문에 도식의 속은 바삭바삭 타들어갔다. 다음주면 임신 칠 주째가 되기 때문이었다.

"옥자야, 난 결혼 같은 거 안 하기로 작정한 사람이야."

"왜?"

"난 자유로운 영혼이 되고 싶어."

"난 할 거야."

"누구랑?"

"너랑."

"난 바람처럼 자유롭게 떠돌며 살 거라니까!"

"그렇게 해. 난 아이 낳아 살 테니까. 넌 바람처럼 살다가 가끔 피곤할 때 들어오면 돼."

"옥자야!"

꽃이 피기 시작하는 화창한 4월 오후 도식과 옥자는 전기밥솥으로 라면을 끓여 식은 밥과 함께 늦은 점심을 먹었다. 밥도 먹고 경포대 벚꽃 구경을 하자고 꼬드겨도 옥자는 응하지 않았다. 심지어 화장실 가는 것도 참고 있는 게 분명했다. 도식이 산부인과에 가서 아기를 지우자는 말을 꺼낸 뒤부터 벌어진 현상이었다. 라면국물을 숭늉 마시듯 모두 비운 뒤 도식은 긴 트림을 내뱉었다. 문설주에 기대 저 아래 강릉시가지 곳곳에 피어 있는 벚꽃과 목련을 내려다보며 담배를 피웠다. 트림과 한숨을 번갈아 뱉아놓으며.

"니는 내가 좋나?"

"어."

"나 같은 놈 어디가 좋은데?"

"착하잖아."

"내가?"

"어."

미칠 노릇이었다. 올가미의 쇠줄이 목을 파고드는 느낌이었다.

"그거 말고 또 좋은 게 뭐가 있는데?"

"그거…… 잘하잖아."

"그게 뭔데?"

"……둘이 껴안고 자는 거."

"다마 박은 거?"

옥자의 얼굴이 연분홍 벚꽃처럼 변했다. 도식은 기지바지로 가리고 있는 사타구니를 물끄러미 내려다보았다. 물건 속에서 세 개의 구슬이 옥자의 말 한마디에 꿈틀꿈틀 움직이기 시작했다. 도식은 눈을 질끈 감았다가 떴다.

"옥자야, 남자인 내가 봐도 나는 전망이 없는 인간이야. 고등학교 짤렸지. 언제 짤릴지 모르는 디스코텍 웨이터지. 맨날 술 처먹지. 아기 아버지가 될 자격이 없는 사람이야. 나 혼자 사는 것도 헉헉거리는데 누굴 돌보겠냐. 안 그래?"

"걱정하지 마. 내가 먹여 살릴게."

"옥자야, 결혼은 꿈이 아니라 현실이야!"

"뭐든 상관없어. 나한텐 너하고 뱃속의 아기만 있으면 돼."

"……너 혹시 여기다 박은 다마 때문에 고집하는 건 아니지?"

옥자가 들고 있던 임신육아에 관한 책을 도식의 얼굴로 던졌다. 도식은 머리를 숙였고 책은 마당으로 날아갔다. 마당 귀퉁이에 서 있는 나무에서 벚나무의 꽃잎이 뚝뚝 떨어지는 봄날이었다. 도식은 손목의 시계를 보았다. 젠장! 산부인과로 옥자를 데려갈 시간은 이미 지난 지 오래였다. 월요일 오후가 허망하게 지나가버린 거였다. 한숨처럼 벚꽃이 흩날렸다.

"오늘이 붕대 푸는 날이야."

"붕대?"

거의 보름 만에 옥자의 방으로 찾아온 도식은 사타구니를 가리키더니 바로 바지와 팬티를 동시에 내렸다. 잠을 자다 깨어난 옥자는 몽롱한 눈으로 도식의 물건을 친친 감싸고 있는 붕대를 보았다. 왜 물건을 붕대로 둘둘 말고 있는지 알 길이 없었지만 신기한 마음에 잠이 싹 달아났다. 도식의 물건은 마치 흰 망치 같았다.

"소독약 있지?"

옥자는 소독약과 솜을 준비했다.

"……다친 거야?"

"포경수술과 함께 다마 박은 거야."

"다마?"

"응. 이거 때문에 그동안 술 한 방울 못 마셨어."

"왜?"

도식은 조심스럽게 반창고를 떼고 붕대의 끝을 잡았다. 귀두만 남겨놓고 나머지는 모두 붕대에 감긴 도식의 물건을 옥자는 흥미진진한 눈으로 들여다보았다. 도식이 찾아오지 않은 지난 보름 동안의 불안과 초조는 봄날 눈 녹듯 사라졌다. 솔솔 풀리는 붕대처럼. 옥자는 참지 못하고 침을 꿀꺽 삼켰다. 도식은 일부러 붕대를 천천히 풀었다.

"이게 술 먹으면 곪을 수 있거든."

"……곪아?"

옥자는 물건에서 꼬물거리는 구더기떼를 보는 듯 인상을 찡그렸다.

"그건 아무것도 아니야. 야시시한 영화 보다가 이게 서면 거의 죽음이야."

"왜?"

"이게 커지면 꿰맨 데가 엄청 아프거든. 잘못하면 터질 수도 있어."

"자지가 터져?"

"어."

"터졌었어?"

옥자의 표정은 거의 울상이 되었다. 이제 붕대는 몇 겹 남아 있지 않았다.

"터질 뻔했어."

"다행이다!"

"터지면 아프기는 하지만 사실 터졌다가 아무는 게 더 좋다고 해."

"왜?"

"모양이 울퉁불퉁한 게 여자 거기에 들어가면 뿅 가나봐."

마침내 붕대가 모두 풀리고 도식의 물건이 모습을 드러냈다. 옥자와 도식은 고개를 잔뜩 숙인 채 그것을 한동안 들여다보았다. 구슬 세 개가 들어간 도식의 물건은 두 사람의 시선을 한몸에 받자 조금씩 커지고 있었다.

"어머머!"

"이상해?"

"…… 모르겠어. 아프지 않아?"

"괜찮아. 소독약 줘봐."

도식은 솜에 소독약을 묻혀 물건에 묻어 있는 피딱지를 꼼꼼하게 닦아나갔다. 좀 흉측하게 보이긴 해도 나름 뿌듯한 기분이 들었다. 꿰맨 자국은 남아 있지만 모두 아문 듯했다. 보름 동안 술을 참은 보람이 있었다. 보통 잠에서 깨어날 때 발기가 되는데 그때 겪었던 살을 찢는 듯한 아픔을 떠올리자 새삼 등에서 소름이 피어나고 물건이 저릿저릿해졌다. 함께 구슬을 박은 동료 웨이터는 중간에 두 번이나 터져 아직 소독을 하고 약을 바르는 상태였다. 도식은 마치 땅속에서 나온 고려청자를 돌보듯 새 솜에 소독약을 흠뻑 묻혀 공들여 물건을 닦았다. 붓질을 하듯 섬세하게. 마지막은 물에 적신 솜으로 마무리했다. 우뚝 선 도식의 물건은 뭐랄까…… 마치 가슴에 세 개의 탱탱한 젖이 달린 외계인 같았다. 옥자는 보름 만에 변신에 변신을 거듭한 도식의 물건을 들여다보다가 다시 침을 꼴깍 삼켰다. 얼굴에 홍조를 띤 채.

"옥자야, 한번 시험해볼까?"

"시험?"

"이거 말이야."

도식이 손가락으로 외계인을 가리켰다.

"……너무 울퉁불퉁해서 아프지 않을까?"

"미용실에서 이거 경험해본 아줌마들 얘기 들었다면서."

"듣긴 들었는데…… 조금 겁이 나."

"아주 천천히 할게."

"……응."

한숨처럼 벚꽃이 날리는 저물녘이었다. 옥자는 벽에 기댄 채 라디오를 듣고 이젠 산부인과에 가봤자 문 닫을 준비를 할 게 분명하므로 도식은 본격적으로 술잔을 잡았다가 놓기를 반복했다. 디스코텍에 출근할 준비고 뭐고 만사가 다 귀찮았다. 오후 내내 옥자를 자극시키지 않고 설득하려 했지만 결국 허사였다. 물려도 단단히 물렸다는 생각을 지울 수가 없었다. 김유신의 고뇌가 온몸에 사무치도록 떠오르는 저녁이었다. 도식은 옥자의 얄미운 옆모습을 노려보다가 눈에 몰린 힘을 풀었다. 아직은 참아야 했다.

"안주나 하나 만들어봐. 같이 술이나 마시자."

"나 술 마시면 안 돼."

"야, 아직은 괜찮아. 나도 그 정도는 알아!"

안주를 만들러 옥자가 부엌에 간 사이 도식은 옥자가 읽다가 덮어놓은 여성지를 펼쳤다. 맙소사! 임신을 했을 때 언제까지 섹스를 할 수 있는가, 임부에겐 어떤 체위가 좋은가에 대한 내용이었다. 도식은 여성지를 던져놓고 작은 마당 귀퉁이의 벚나무를 향해 한숨을 날려보냈다. 어떻게 옥자의 마음을 바꾼단 말인가. 애걸도, 읍소도 소용없으니…… 밤과 낮을 가리지 않고 모두들 경포대 꽃구경을 나가는 봄날인데 산동네 자취방에서 앞뒤가 꽉 막힌 옥자를 앉혀놓고 소주를 마시고 한숨이나 뱉어놓고 있으니 한심하기 그지없는 신세였다. 이 모든 게 그날 밤 단 몇 초 사이에 결정된 일이라니 도무지 믿기지가 않았다. 그 잠깐의 망설임이 불러온 참극 속에 갇혀 허우적거리고 있었다. 하지만 옥자는 싱글벙글 웃으며 김이 솔솔 피어나는 어묵탕을 끓여서 방으로 들여왔다.

"국물이 시원할 거야. 속 풀어."

"속만 풀면 뭐하냐. 마음이 안 풀리는데."

"그럼 마음도 풀어."

"니가 고집을 부리는데 풀리겠냐."

"내 생각은 절대 안 변해."

도식은 술로 한숨을 삼켰다. 속에서 화가 부글부글 끓어오르고 있었다. 언제 화산처럼 솟아오를지 알 수 없었다. 가급적 옥자를 설득해 함께 병원으로 가고 싶었는데 쉽지 않다는 걸 절감한 하루였다. 그렇다고 강제로 끌고 갈 수도 없는 노릇이었다. 옥자의 의지는 확고해 보였다. 서둘러 묘수를 찾아야만 했다. 얼큰한 어묵탕은 마음은 풀지 못할지언정 술안주로는 최고였다. 도식은 소주잔을 밀치고 아예 물컵에다가 술을 부어 옥자가 보란듯이 단숨에 꿀꺽꿀꺽 비웠다. 눈물이 비칠 정도로 연거푸 기침을 한 뒤에 옥자를 바라보았다. 옥자의 얼굴에 비로소 걱정과 근심의 빛이 살짝 비쳤다. 이때를 놓치면 안 되었다.

"옥자야, 나는 자신이 없어. 나는…… 나 혼자를 감당하는 것도 힘들어."

"……"

"옥자야, 난 널 사랑하지 않아."

"……그럼 왜 나랑 잤어?"

"너도 알다시피 처음 우리가 잘 때 상황이 좀 그랬었잖아. 정말 미안한데 옥자 니가 아니라 니 친구 봉숙인 줄 알고 잤다니까."

"……그럼 그다음부턴 왜 나랑 잤어?"

"그건…… 그러니까…… 뭐라 해야 되나. 습관이랄까……"

"습관이라고? 말을 꼭 그따위로 해야 속이 편하냐!"

옥자는 술잔 속의 술을 도식의 얼굴로 날렸다. 영화나 디스코텍에서 익숙하게 보던 장면이어서 도식은 잠시 멍하니 입을 벌린 채 대처법을 생각해야만 했다. 실제로 술 세례를 얼굴로 받아본 건 처음이었다. 당연히 기분도 별로였다.

"야, 니 혼자 낳든지 말든지 알아서 해! 오늘 이 시간부로 나는 절대 관여하지 않을 테니."

도식은 자리를 박차고 일어났다. 술기운에 몸이 휘청거려 신발에 발이 잘 들어가지 않았지만 용케 꿰차고 마당으로 나섰다. 열린 문 너머로 보니 옥자는 고릴라처럼 등을 구부리고 앉아 술잔에 술을 따르고 있었다. 그 방에 대고 도식은 소리쳤다.

"앞으론 절대 여기 안 온다! 안 온다고!"

그러거나 말거나 옥자는 술잔을 들어 천천히 입으로 가져갔다. 도식은 대문에 한 번 몸을 부딪히고 마당을 빠져나갔다.

"이제 넣어도 되겠지?"

"……응."

"아프면 참지 말고 바로 말해."

"어."

자그마한 젖이 세 개 달린 물건이 옥자의 몸속으로 들어갔다. 옥자는 신음을 삼켰고 도식은 침을 삼켰다.

"아파?"

"……괜찮아."

"느낌이 어때?"

"아직…… 잘 모르겠어."

무릎을 꿇은 자세의 도식은 옥자의 몸속을 반복해서 드나드는 세 개의 구슬을 내려다보았다. 신기했다. 볼수록 더. 옥자의 숨소리가 조금씩 거칠어지는 밤이었다.

"어?"

"왜?"

"생리중이야?"

"아니. 왜 그러는데?"

"피가 나와."

"피?"

도식은 옥자의 몸에서 나온 제 물건을 두 손으로 받치고 들여다보더니 장탄식을 했다.

"……터졌나봐."

옥자의 방에서 나온 도식은 산동네의 좁고 구불구불한 골목길을 비틀거리며 내려갔다. 다음주에는 반드시 옥자를 데리고 산부인과에 갈 거라고 다짐하며. 그러나 그때 도식은 예상하지 못했다. 버티고 버티던 옥자가 대관령을 넘어 도식의 엄마가 있는 삼거리 정육점으로 찾아가리라는 것은.

3

비 그친 여름의 골짜기는 초록의 세상이었다.

며칠 동안 퍼부었던 비가 거짓말처럼 그치고 햇살이 반가운 손님처럼 사방에 가득한 아침이었다. 빗물에 젖었던 잎들이 마르면서 골짜기엔 초록이 뿜어내는 향기가 가득했다. 사람들은 누가 먼저랄 것도 없이 코를 흥흥거리거나 심호흡을 하며 개울을 따라 이어진 길을 걸었다. 골짜기 끝에 자리한 상원사로 가는 길이었다. 처음엔 거의 동시에 큰절에서 출발했는데 걸으면서 점점 줄이 길어졌다. 도식은 옥자에게서 멀어지려고 일부러 걸음을 빨리해 수도원 원생들이 주를 이루는 선두권에 자리를 잡았다. 가운데엔 큰절 신도들이 삼삼오오 무리지어 걸었고 후미에는 방학을 맞아 수련회에 참가한 서울의 대학생들이 주를 이뤘다. 스님의 영결식에 참가하러 가는 게 아니었다면 훨씬 즐거운 산보가 되었을 텐데 날이 날인지라 주로 옆 사람과 소곤소곤 이야기를 주고받는 게 고작이었다. 웃음소리는 후미의 대학생들 사이에서 가끔 피어났는데 그것도 오래가진 않았다. 상원사까지는 얼추 이십여 리 길, 넉넉잡고 두 시간은 걸어야 했다. 도식은 고개를 들어 건너편 산자락에서 일제히 햇살을 튕겨내는 잣나무 숲을 오래 바라보았다. 그런데 왜 스님의 영결식으로 가는 사람들 속에 자신이 섞여 있는지 알 수 없었다.

"돌아가신 스님은 어떤 분이십니까?"

도식은 마침 옆에서 걸어가는 수도원 원생에게 물었다.

"금강산 유점사에서 오래 계시다가 오대산으로 왔고 엇그저께 상원사에서 입적하신 분이죠."

"그게 답니까?"

"답니다."

"돌아가실 때 한 말씀 안 남기셨답니까? 스님들은 보통 그러잖아요."

"나, 간다. 이랬답니다."

말을 마친 원생은 빠른 걸음으로 도식을 앞질렀다. 도식은 머리카락이 흑돼지 털처럼 자라난 원생의 뒤통수와 진흙이 묻은 승복의 바짓단에서 눈을 돌렸다. 젖은 흙길의 곳곳에 패어 있는 작은 웅덩이는 모처럼 파란 하늘과 초록을 담고 있었는데 마치 크고 작은 둥근 거울들을 보는 것 같았다. 도식은 웅덩이 옆에서 걸음을 멈추고 웅덩이에 얼굴이 비치는지 안 비치는지 들여다보았다. 그러나 웅덩이는 누군가 휘젓고 갔는지 흙탕물이 아직 가라앉지 않은 상태였다. 도식은 웅덩이 옆에 아예 쪼그려앉아 침을 뱉었다. 침을 뱉으면 흙탕물이 빨리 맑아진다는 어릴 적 기억을 떠올리며. 골짜기 끝에 자리한 절을 향해 걷는 사람들이 도식을 흘끗흘끗 바라보며 지나갔다. 입속의 침을 끌어모아 계속해서 침을 뱉었다. 작은 웅덩이가 조금씩 맑아지고 있었다. 도식은 이제 침을 삼켰다.

"뭘 보고 있어요?"

머리가 긴 여대생이 도식의 옆에 서서 물었다.

"……내가 어떤 얼굴을 하고 있나 궁금해서요."

"……어떤 얼굴을 하고 있어요?"

여대생도 도식의 옆에 쪼그리고 앉았다. 호기심 가득한 얼굴로. 사람들이 도식과 여대생, 그리고 웅덩이를 한 번씩 들여다보고 지나쳤다.

"살았을 때나 죽었을 때나 똑같네요. 다를 줄 알았는데."

"그게 무슨 소리예요?"

웅덩이에서 눈을 떼지 않은 채 도식은 중얼거렸다.

"사람이 죽으면 거울이나 이런 데에 얼굴이 안 비친다고 알고 있었거든요. 그런데…… 비치네요."

"……누가 죽었어요?"

웅덩이에 비친 여대생의 얼굴이 도식을 바라보았다. 도식은 잠깐 망설였다.

"설명하기가 좀 복잡해요. 그러니까…… 지금으로부터 한 이십여 년 뒤에 이미 제가 죽었거든요."

"……이십여 년 뒤에?"

웅덩이에 뜬 여대생 얼굴이 웅덩이에 뜬 도식과 눈을 맞췄다. 그 위로 소금쟁이 한 마리가 유유히 지나갔다. 도식은 천천히 고개를 끄덕였다.

"그럼 지금은 살아 있다는 얘기잖아요?"

"살아 있는 것처럼 보이는데 사실은 죽었어요. 그건 분명해요. 제 말을 믿기 어려울 겁니다. 저도 지금 제가 처해 있는 상황을 일목요연하게 정리하고 싶은데 그러지 못해 답답해하고 있거든요. 죽은 것은 분명한 사실이고 혼령인지 아닌지 분명하지 않은 제가 어떤 기억 속을 여행하고 있는 것 같거든요."

"기억 속을?"

"예. 근데 누구의 기억 속인지는 잘 모르겠어요. 왜 이 기억 속에 들어와 있는지도."

소금쟁이 한 마리는 웅덩이를 떠나지 않고 이리저리 잘도 쏘다녔다. 헤엄치는 게 아니라 마치 꿈과 현실의 경계를 사뿐사뿐 걷고 있는 것만 같았다. 두 사람의 대화와 시선은 관심 밖이라는 듯. 여대생이 생각을 정리한 듯 심호흡을 하고 입을 열었다.

"미친 건 아니죠?"

"차라리 미쳤으면 좋겠어요."

"제가 한번 꼬집어봐도 돼요?"

도식이 고개를 끄덕이자 여대생은 조심스럽게 손가락으로 도식의 팔뚝을 꼬집었다. 저 멀리서 옥자가 걸음을 멈춘 채 지켜보고 있다는 걸 도식은 알았다. 두 손가락으로 도식의 팔뚝을 잡은 여대생은 힘을 더 세게 주어 비틀었다.

"아!"

"일단 감각은 있고. 음, 다음은…… 상식 문제입니다. 지금 대통령 이름이 뭡니까?"

"이승만? 아, 박정희? 제가 그런 쪽은 좀 약합니다."

"알았어요. 아까 지금으로부터 이십여 년 뒤에 죽었다고 했는데 그럼 죽을 당시의 대통령은 누굽니까? 삼 초 드리겠습니다. 하나, 둘,"

"노태우!"

"노태우?"

"예. 노태우."

저편에 서서 이쪽을 노려보고 있던 옥자가 마침내 분을 이기지 못하고 빠른 걸음으로 씩씩대며 걸어오는 걸 도식은 보았다. 도식은 여대생에게 서둘러 인사를 하고 자리에서 일어났다. 죽어서도 바람을 피우냐고 바가지를 긁을 게 틀림없기에 아쉬웠지만 자리를 떠야 했다. 여대생은 도식과 저편의 옥자를 번갈아 바라봤다. 도식이 손가락으로 옥자를 가리켰다.

"저 여자가 바로 한날 한시에 같이 죽은 제 아냅니다."

"근데 왜 도망쳐요?"

"그럴 일이 있어요. 다음에 만나면 설명해드릴게요."

도식은 골짜기를 향해 뛰었다.

"아까 재가 뭐라 그랬어요?"

"……뭐, 이 얘기, 저 얘기."

"쟤 바람둥이예요."

"죽었다면서요?"

"죽어도 바람둥이는 바람둥이예요."

옥자와 긴 머리 여대생은 나뭇잎에 매달려 있던 빗방울이 불규칙적으로 뚝뚝 떨어지는 전나무 군락지를 걸었다. 상원사로 가는 사람들은 걷는 시간이 어느 정도 흐르자 선두와 후미의 간격이 점점 멀어졌다. 계곡의 길이 구불구불한 요인도 있지만 옥자가 걷는 후미에선 선두의 사람들이 아예 보이지 않았다. 앞서 도망친 도식 역시 마찬가지였다.

"진짜로 죽었어요?"

옥자는 고개를 끄덕였다.

"어쩌다가요?"

전나무 숲을 빠져나오자 다시 햇살이 쏟아졌다. 옥자의 볼로 흘러내리던 눈물도 천천히 말라갔다. 옥자는 창피한 듯 여대생에게 미소를 지어 보였다. 여대생이 옥자의 손을 잡아주었다. 따스한 체온이 옥자의 손으로 전해졌다. 옥자는 여대생이 자신의 처지를 진심으로 공감하고 있지만 현재의 상황에 대해서 어떻게 이해해야 할지 여전히 혼란스러워한다는 걸 느낄 수 있었다. 하긴 미친 사람 취급하지 않은 것만 해도 다행이었다.

"저도 답답해요. 이건 제가 살았을 때 들었던 저승 얘기랑 달라도 너무 달라요."

"어쨌든 옥자씨 얘기대로라면 우리가 어떤 인연이 있다는 얘기잖아요?"

옥자가 그동안 접하고 만났던 사람들에 대한 얘기를 두고 건넨 말이었다. 옥자도 그게 궁금했다. 아니 모든 게 궁금했다. 그러나 그게 다였다. 살아 있을 때의 기억은 생생한데 그 이후는 한마디로 뒤죽박죽이었고 더불어 안갯속이었다. 어떻게 여기에 왔는지, 왜 여기인지, 간밤 잠은 어디에서 잤는지 알 수 없었다. 죽음 이후 얼마의 시간이 지났는지도 마찬가지였다. 그냥 매 순간 순간의 조각들에 참여하는 것뿐이었다. 그 조각들도 어떨 때는 그저 바라볼 수만 있을 뿐이고 또 어떨 때는 이렇게 참여도 하는데 참여의 영역마저도 제멋대로인 것 같았다. 살아서보다 죽어서 더 머릿속이 복잡한 것 역시 알다가도 모를 일이었다. 옥자는 길옆 축대 아래서 평소보다 수십 배나 많은 물이 쿵쿵거리며 흘러가는 광경을 한참 구경하다가 긴 머리의 여대생에게 달려갔다.

"오대산엔 어떻게 왔어요?"

"큰스님이 놀러오라 해서 왔어요."

"큰스님하고 친해요?"

"조금."

"……제가 무섭지 않아요?"

"왜요?"

"죽은 사람이잖아요. 귀신? 혼령? 하여튼 뭐 그런 거잖아요."

긴 머리의 여대생이 걸음을 멈췄다. 옥자도 걸음을 멈췄다. 두 사람의 눈이 한동안 마주쳤는데 큰 덩치의 옥자가 먼저 눈을 돌렸다. 여대생의 당당한 눈빛에 밀려.

"잘 모르겠어요. 우리와 뭔가 다르긴 다른 것 같은데 좀 밋밋한 느낌이에요."

"긴 생머리처럼?"

"우와, 미용사라 다르긴 다르구나! 정확한 비유예요! 내가 아는 귀신, 하여튼 그 비슷한 거는 막 도술도 부리고 이러는데 옥자씨는 살아있는 사람과 다른 게 전혀 없잖아요."

"맞아요. 나도 처음엔 그런 생각을 했는데…… 요즘 생각하니 그건 살아 있는 사람들이 만들어낸 거 같아요. 좋지 않게 죽은 사람들은 그냥…… 그냥 안타까운 사람들인 거 같아요. 정리하지 못한 게 많으니까."

"우와, 철학자 같아요!"

옥자와 여대생은 다시 나타난 전나무 숲의 그늘 속으로 들어갔다. 각자의 생각에 잠긴 옥자와 여대생은 점점 거리가 벌어졌다. 전나무 숲에는 촘촘한 바늘 같은 햇살이 떨어지고 있었다. 그 햇살이 여대생의 긴 머리카락에서 어룽거리는 걸 옥자는 뒤에서 바라보고 있었는데 어느 순간 그 모습은 흔적도 없이 사라져버리고 여대생은 스님처럼 민머리로 모습을 바꿨다. 심지어는 옷도 어느새 승복으로 갈아입은 채였다. 깜짝 놀란 옥자는 아무 말도 못하고 땅속에 뿌리를 내린 나무처럼 서서 입만 벌린 채 여대생의 뒷모습에서 시선을 떼지 못했다. 달려가 가까이에서 확인하고 싶었지만 발이 떨어지지 않았다. 옥자는 그 자리에 주저앉았다.

"나무다리네요!"

어느새 뒤따라온 긴 머리의 여대생은 손수건으로 땀을 닦으며 나무다리 앞에 서 있는 도식에게 말을 건넸다. 도식은 그녀에게 나무다리 아래로 흘러가는 물을 가리켰다. 그동안 내린 비로 불어난 계곡물은 나무다리의 허술해 보이는 송판 바로 아래서 넘칠 듯 찰랑거렸다.

"한 폭의 그림이네요!"

"다리가 위험해 보이지 않아요?"

"저분들은 이미 건너갔잖아요."

여대생의 손가락이 물 건너편 사람들을 가리켰다. 도식은 나무동발 네 개와 떠내려가지 말라고 묶어놓은 밧줄에 의지한 채 물살을 견디고 있는 나무다리를 걱정스러운 눈으로 바라보았다. 같은 다리임에도 불구하고 도시 사람이 보는 다리와 시골 사람이 보는 다리는 다른 모양이었다. 물도 마찬가지였다. 언제 얼굴을 바꿔 날카로운 송곳니를 드러낼지 모르는 게 바로 수마였다.

"안 건너갈 거예요?"

이미 다리로 들어선 여대생이 고개를 돌리고서 물었다. 신발 아래에서 콸콸거리는 물은 아랑곳없다는 표정으로.

"……건널 겁니다."

"와, 출렁다리 같아요!"

"겁이 없는 성격입니까?"

"뭐라고요?"

다리 한가운데 들어서자 물소리 때문에 말이 잘 들리지 않았다. 도식은 소리를 질렀다.

"겁나지 않냐고요?"

"죽은 사람이 뭔 겁이 그렇게 많아요?"

"제가 원래 물 공포증이 있어요. 다리 흔들지 말고 빨리 건너가세요."

"겁쟁이네!"

흔들리는 다리 위에서 여대생은 길을 막고서 웃음을 터뜨렸다. 그녀의 긴 머리카락이 물이 흘러가는 방향으로 바람에 흩날렸는데 도식은 마치 물 밖으로 나온 물귀신을 보는 것만 같았다. 다리 아래서 물은 콸콸거리며 흘러가고 다리는 금방이라도 떠내려갈 듯 흔들거렸다. 도식은 후들거리는 다리를 진정시키려고 다리 위에 앉았는데 송판 사이로 보이는 물은 더 가까이 눈앞으로 확 달려들었다. 현기증이 온몸을 휘감더니 이윽고 다리가 사나운 물 위로 떠내려가는 환시현상마저 나타나 눈을 감아야 했다. 그러자 세상에 남은 것은 온통 넘실거리는 물소리뿐이었다. 바위에 부딪히고, 깨어지고, 소용돌이치고, 뒤집혀 부서지는…… 여대생의 손이 도식의 손을 잡아주기 전까지의 짧은 시간 동안 도식은 마치 하룻밤에 아홉 번 강을 건넜다는 이야기 속의 주인공이 된 기분이었다.

"미안해요. 미처 그 정도일 줄은 몰랐어요."

"……다시 건너갈 일이 걱정입니다."

도식은 불안해 보이는 나무다리와 그 아래에서 혀를 날름거리는 듯한 물, 그리고 물 건너편을 바라보았다. 이편과 저편이 왠지 한번 건너가면 다시 돌아오기 힘든 전혀 다른 세상인 것만 같았다. 불어난 물에 간당거리는 나무다리 하나가 양편을 이어주고 있다는 게 새삼 신기하기도 하고 동시에 어처구니없어 보이기도 했다.

"무슨 생각을 해요?"

"이쪽과 저쪽 중에 어느 쪽이 저승이고 이승일까요?"

"……둘 다!"

"둘 다?"

"아냐, 중간인가?"

긴 머리카락이 날리는 여대생이 손가락으로 물을 가리켰다. 물은 그렇다는 듯 콸콸 소리치며 흘러가고 있었다. 마치 보이지 않는 물속에서 바위를 굴리고 가듯이.

"저 물에 휩쓸리면 웬만한 사람은 물고기 밥이 될 테니까요."

말을 마친 여대생은 무슨 생각이 들었는지 다시 나무다리를 성큼성큼 건너갔다. 도식은 그녀의 뒷모습을 보며 마른손으로 얼굴을 씻었다. 흙탕물 속에서 솟아오른 수많은 물고기떼가 얼굴을 파먹는 듯한 느낌과 감촉을 지워야만 했다. 도식은 서둘러 다리를 떠났다.

길은 산자락과 계곡물이 만나는 곳에서 구불구불 이어졌다. 살아생전 큰절에서 상원사로 이어지는 이 길을 꽤 여러 차례 걸었었다. 나라에서 가장 오래됐다는 동종 구경을 핑계로 걸은 적도 있었고 화창한 가을날 단풍을 찾아온 여자아이들의 꽁무니를 쫓아간 적도 여러 번이었다. 산이 국립공원으로 지정되기 전엔 여름날이면 가느다란 싸리나무에 낚싯바늘을 매달아 돌낚시를 하려고 친구들과 뻔질나게 드나들었다. 대낮에는 물속 바위 밑에서 꼼짝 않고 지내는 꺽지를 낚기 위해서였다. 월정거리에 있다 산으로 들어오면 왠지 마음이 편안해졌다. 마치 스님이 된 것처럼. 놀다가 날이 어두워질 무렵 산에서 빠져나오다가 절간에서 흘러나오는 범종소리를 들을 때 갑자기 철이 든 것처럼 숙연해졌다. 다른 곳보다 일찍 어둠이 내리는 전나무 숲은 뒤를 따라오던 종소리마저 슬며시 종적을 감춰버리기에 저도 모르게 슬금슬금 겁이 나곤 했었다. 더군다나 숲길 중간쯤에 무서운 성황당이 있어서 그때부턴 너 나 할 것 없이 다람쥐처럼 뛸 수밖에 없었다. 꼴등이 되면 두려움은 배가 되기 때문에. 그 길을 지금은 죽은 자의 신분이 되어 걷고 있었다. 좀처럼 납득하기 어려운 죽은 자의 세계에 어리둥절해하며. 죽어서도 살아서 살았던 장소를 시간만 달리해서 떠도는 까닭도 알 듯 모를 듯 했다. 살아 있었을 때 전혀 일면식이 없는 사람들이니 이번 경우는 알 듯의 세계가 아니라 모를 듯의 세계인 것 같았다. 도식은 다리가 시야에서 사라지는 산모퉁이를 돌다 갑자기 떠오른 생각에 걸음을 멈췄다. 한동안 손으로 머리를 긁고 두드리다가 돌아서서 건너온 나무다리로 뛰어갔다. 그래, 바로 그곳이었다!

산속의 날씨는 변덕이 심했다. 다비식이 거의 끝나갈 무렵인데 비가 내리기 시작했다. 빗방울이 재 위에 뚝뚝 떨어지자 스님들이 서둘러 천막을 쳤다. 쪼그려앉은 스님들은 나뭇가지를 들고 잿더미를 꼼꼼하게 파헤쳐나갔다. 그들이 앉은걸음으로 지나간 자리에는 마치 백지에 자를 대고 줄을 그은 것처럼 잿더미에 빽빽하게 줄이 들어차 있었다. 그러면 다음 스님이 뒤를 이어 이번엔 세로로 다시 줄을 그어나갔는데 마치 재 위에 모눈을 그리는 것만 같았다. 옥자는 옆에 서 있는 긴 머리의 여대생에게 그 까닭을 물었다.

"사리를 찾는 거예요."

"사리?"

"고승이 돌아가시면 몸에서 나오는 구슬을 사리라 해요."

어디서, 누군가에게 들은 적이 있는 얘기였다.

"만약 안 나오면 어떡하죠?"

"좀…… 민망하겠죠? 하지만 뭐 어쩌겠어요. 이미 돌아가셨는데."

옥자는 건너편에 서 있는 도식을 가리켰다.

"쟤는 몸에 다마가 세 개나 있어요."

"예? 그게 무슨 소리죠?"

"몸속에 다마가 세 개 있다고요."

"……그걸 어떻게 알아요? 화장도 안 했는데."

"아는 방법이 있어요."

옥자는 웃음을 참지 못하고 입을 가린 채 뒤로 돌아섰다. 빗방울은 그 수가 점점 더 많아지고 알갱이도 굵어졌다. 하지만 다비식에 모여 있는 사람들은 그다지 동요하지 않았다. 잎이 넓은 나무 아래로 자리만 조금 이동한 채 천막 아래서 재를 헤쳐 사리를 찾는 스님들의 손을 주시하고 있었다. 스님들의 입에서 "사리다!" 하는 탄성이 터져나오길 초조하게 기다리며. 다른 것은 모르겠지만 그거야말로 부질없는 일처럼 여겨졌기에 옥자는 슬그머니 자리를 떴다. 좁고 답답한 모눈종이 안에 갇혀 있는 기분에서 벗어나려고. 저편 전나무 아래로 큰스님이 걸어가고 있었다. 옥자는 그곳으로 길을 정했다. 묻고 싶은 게 많았다.

"왜 날 졸졸 따라와?"

큰스님은 줄기에 큰 구멍이 뻥 뚫린 전나무 옆에서 걸음을 멈춘 채 옥자를 돌아보지도 않고 물었다. 저 양반은 뒤통수에도 눈이 달린 모양이었다. 나뭇잎들이 품에 안았다가 한데 뭉쳐 떨어뜨리는 빗방울은 거짓말을 조금 보탠다면 어렸을 때 가지고 놀았던 구슬만큼 컸다. 옥자는 침을 삼켰다. 무엇부터 물어야 할지 갑자기 막막해졌다.

"……스님, 여기가 대체 어디죠?"

"여기?"

옥자의 눈을 바라보는 큰스님의 얼굴에는, 요런 맹랑한 놈이 다 있나, 하는 표정이 흘러갔다. 옥자는 스님의 눈길을 피하지 않았다.

"몰라서 묻는 거야? 알면서 묻는 거야?"

"……몰라서요."

큰 덩치와 달리 애벌레처럼 기어들어가는 목소리가 옥자의 입에서 흘러나왔다.

"니 애비가 누구냐?"

"이종욱이라고 하는데 제가 태어나기 전에 돌아가셨습니다."

"……그래. 그럼 은실이가 니 어미겠구나."

"예."

나뭇잎에서 떨어진 빗방울이 스님의 반질반질한 머리 위에서 계속해서 깨어졌지만 스님은 꼼짝하지 않았다. 옥자는 손수건을 꺼내 건넸다.

"여기가 대체 어디냐고?"

"예."

"니 두 눈은 왜 달고 다니냐? 잘 봐라. 여기가 어딘지."

이제 빗방울은 나뭇잎을 거치지 않고 바로 뚝뚝 떨어졌다. 숲은 조금씩 어두워졌고 옥자는 그 숲을 두리번거렸다. 목탁 소리와 염불 소리가 도토리 키 재기를 하듯 자그맣게 들려왔다. 옥자는 얼굴을 하늘로 향한 채 두 눈을 감았다. 빗방울이 그녀의 얼굴을 때렸고 먼 데서 천둥소리가 산을 넘어오고 있었다. 옥자는 눈을 떴다. 스님은 같은 자리에 서 있었다. 옥자가 건네준 손수건으로 얼굴을 닦으며.

"이제 여기가 어딘지 알겠냐?"

고개를 끄덕였다, 옥자는.

"어디냐?"

"……세상 끝에 있는 정육점 같습니다. 고기에서 피가 철철 흘러내리는."

"여긴 절간인데 왜 그렇게 생각하냐?"

"그냥 제 눈엔 자꾸만 그렇게 보여요."

"그래? 그럼 정육점 구경 잘 하고 가라."

큰스님은 전나무 숲 사이로 뚫린 언덕길을 올라갔다. 옥자는 스님의 뒤통수에 대고 소리쳤다.

"스님, 제가 살았어요? 죽었어요?"

"그걸 내가 어떻게 아냐."

옥자는 스님의 모습이 사라질 때까지 그 자리에 서 있었다. 빗발은 거세지고 천둥소리는 점점 가까이 다가왔다. 옥자는 스님이 사라진 자리를 향해 소리쳤다.

"에이, 땡중아!"

나무다리가 감쪽같이 사라졌다. 도식은 다리가 있던 자리로 흘러가는 흙탕물 앞에 서서 물 건너편을 바라보았다. 다리를 지탱하던 나무동발도 보이지 않았고 다리와 연결돼 있던 끊어진 밧줄만 물살을 탄 채 너울거렸다. 다리가 불어난 물에 결국 떠내려간 것이었다. 도식은 비로소 자신이 왜 이 시간 속에 와 있는지 분명하게 알아챘다. 다비식이 끝나자마자 서둘러 남들보다 먼저 절에서 내려온 까닭도 거기에 있었다. 어린 시절 선생들과 어른들로부터 숱하게 들었던 바로 그 사건의 현장에 도착해 있다는 걸 눈치채자마자 가슴이 쿵쾅거리기 시작했다. 아니나다를까, 산모롱이를 돌아오는 대학생들의 목소리가 벌써 들려오고 있었다. 도식은 홀로 배수진을 치듯 물을 등지고 돌아서서 그들을 기다렸다. 긴 머리의 여대생도 그들 사이에 섞여 있었다.

"다리가 떠내려갔습니다."

"오전까지 멀쩡했던 다리가 갑자기 왜?"

"자세히는 모르겠지만 물살에 밀린 바위가 나무동발을 친 거 같습니다."

대학생들은 다리가 떠내려갔다는 사실에 불안을 느끼기보다 호기심을 더 보이는 것 같았다. 산골을 모르는 도시 사람들의 전형적인 반응이어서 도식의 불안은 점점 커져만 갔다. 그들은 조만간 스크럼을 짜고서 허리까지 차오르는 물을 건너가려고 할 것이다. 그중 한 명이 미끄러져 급류 속으로 빨려들어갈 것이다. 그 사람을 구하려고 다른 사람들이 차례로 뛰어들었다가 똑같이 급류에 휘말릴 것이다. 그리고…… 그리고 세월이 흘러 이 자리에 연화교蓮花橋란 콘크리트다리가 들어설 것이고 그 옆에는 당시 운명을 달리한 사람들을 기리기 위해 연화비가 세워질 것이다. 살아남은 사람들은 그 고통스런 기억으로 인해 오래 마음 아파할 것이다. 도식은 사라진 나무다리 앞으로 점점 더 많이 모이는 대학생들이 내리게 될 결정을 자신이 과연 막을 수 있을지 불안했다. 생각 같아선 긴 머리의 여대생에게 이 모든 미래의 일을 말해주고 싶었지만 머릿속만 더 복잡해질 뿐이었다. 긴 머리의 여대생이 도식의 복잡한 속내를 엿보기라도 했는지 다가와 물었다.

"어떻게 하는 게 좋겠어요?"

"시간이 걸리더라도 산길로 돌아가는 게 최선입니다. 아니면 상원사로 돌아가거나."

"산으로 돌아가면 날이 저물지도 모르잖아요?"

"그래도 그게 안전할 겁니다. 저 물을 건너는 건 아주 위험해요. 물살에 휩쓸리면 죽을 수도 있어요."

여대생은 의견이 분분하게 갈라져 있는 일행들에게 돌아가 도식의 얘기를 전했다. 의견만 분분하게 갈라져 있었지 그들의 표정은 여전히 호기심에서 떠나지 않고 있었다. 그리고 도식이 예상했던 대로 남학생들은 물이 깊지 않은 것 같으니 함께 스크럼을 짜고 건너자는 의견으로 기울고 있었다. 물론 다리가 있던 자리의 물이 깊은 것은 아니었다. 허리 정도까지 차오를 것 같았다. 그러나 물속 곳곳에 깊은 소가 숨어 있다는 사실을 그들은 모르고 있었다. 게다가 비로 물이 불어나 있어 유속이 대단히 빨랐다. 도식은 그들에게 다가가 그 사실을 알려주었으나 귀담아듣는 것 같지 않았다. 그들은 예정된 저녁 일정을 소화하려면 산길을 돌아갈 시간이 없다고 했다. 한 남학생은 자기가 시범을 보이겠다며 아예 물속으로 들어갔다. 그는 두 팔을 벌린 채 천천히 물을 건너가 건너편에서 손을 흔들었다. 그 모습을 본 여학생들이 손뼉과 환성으로 답변했다. 남학생은 다시 물을 건너왔다. 손뼉과 함성이 다시 피어났다. 그는 물속 사정이 생각했던 것보다 더 양호하다고 그들에게 설명했다. 남학생들 사이에 여학생들이 한 명씩 자리를 잡으면 아무 문제될 것이 없다고 방법까지 제시했다. 도식으로선 할말이 없었다. 어쩌면 그들이 그 사건 속의 그들이 아닐지도 모른다는 생각까지 들었다. 또 설사 그들이 그 사건 속의 그들이라 하더라도 미래에서 온 도식이 개입하여 사건을 막을 수는 없는 게 아니냐는 생각마저 들었다. 대학생들은 팔짱을 끼기 시작했고 긴 머리의 여대생이 도식에게 다가왔다.

"당신은 어떻게 할 거예요?"

"……아직 모르겠어요."

"그럼 다음에 또 봐요."

긴 머리의 여대생도 팔짱을 낀 대열에 합류했다. 마치 사람과 사람으로 연결된 긴 밧줄 같았다. 도식은 그들이 하나씩 물속으로 걸어들어가는 걸 바라보았다. 제발 아무 일도 벌어지지 않기를 간절히 바라며. 선두에 선 남학생은 물을 거의 건너갔고 끝에 선 남학생은 이제 막 물속으로 발을 디밀었다. 그들은 오직 물을 건너는 게 목적인 순례자들 같았다. 아니면 인간의 몸으로 만든 또다른 다리 같기도 했다. 그렇게 천천히 순례자처럼, 다리처럼 서로를 의지한 채 계곡을 건너가고 있었다. 그때였다. 긴 머리의 여대생이 물 가운데에서 고개를 돌려 도식을 바라보더니 끼었던 한쪽 팔짱을 풀고 손을 흔들었다. 도식도 손을 들어 어서 건너가라는 신호를 했다. 그때 그녀의 곁에 서 있던 남학생이 갑자기 중심을 잃고 물속으로 미끄러졌고 이내 떠내려가기 시작했다. 그 사람을 구하려고 다른 학생이 팔짱을 풀고 뛰어들었고 잡고 있던 손을 놓친 또다른 여학생이 미끄러져 넘어지더니 떠내려갔다. 그들은 그렇게 친구를, 선배를, 후배를 구하기 위해 차례차례 물속으로 뛰어들었다. 어쩔 줄 몰라하던 긴 머리의 여대생도 급류에 휩쓸려가는 여학생을 구하기 위해 서슴없이 쿵쾅거리는 물에 몸을 내맡겼다. 아비규환이었다. 도식도 물 옆을 따라서 뛰다가 그녀의 얼굴이 잠깐 물위에 떠오르자 물속으로 다이빙을 했다.

그녀를 구해야 한다는 의도였지만 죽음을 시험해볼 수 있는 기회이기도 했다. 설마 두 번 죽기야 하겠느냐고 여기며.

4

"제대로 얘길 한번 해보고 싶어."

"……우리가 제대로 얘길 한다고 뭐가 달라지겠냐."

"도식아, 넌 우리가 왜 이 이상한 세계를 떠돈다고 생각해?"

"그걸 알면 내가 미쳤다고 지금 피가 뚝뚝 떨어지는 저 고깃덩이들 아래 앉아 밤을 보내겠냐?"

"무슨 까닭이 있을 거야."

"개뿔! 그냥 이렇게 낙엽처럼 떠돌다가 흔적도 없이 사라지는 거야."

도식과 옥자의 얼굴에서 한동안 불빛만 어룽거렸다.

"……아깐 니가 정말 자랑스러웠어."

"……물에 들어가지 못하도록 더 강하게 말렸어야 했어."

"니가 구해준 여대생은 아마 나중에 스님이 될 거야?"

"그걸 어떻게 알아?"

"몰라. 아까 그렇게 보였어."

"이 사고 때문에?"

등피가 까맣게 그슬린 남포등이 밤의 푸줏간을 희미하게 밝혀주고 있었다. 쇠갈고리에 매달린 고깃덩어리들에선 핏물이 그치지 않고 떨어졌다. 옥자와 도식은 붉은 고깃덩어리를 바라보며 술을 마셨다. 갈고리에 걸려 있는 앞다리, 갈고리에 걸려 있는 갈비뼈, 갈고리에 걸려 있는 뒷다리…… 나무탁자 위에 놓인 남포등의 불빛은 그 고기들을 한층 더 섬뜩하게 보여주었다. 껍질을 벗긴 사람의 팔과 가슴, 허벅지라고 해도 믿을 것 같았다. 한 근 두 근씩 잘려나간 각각의 부위가 불빛을 받아 벌겋게 물들어 있었다. 그 잘려나간 부위에서 계속해서 핏물이 떨어지는 것은 이해할 수 없었지만.

"그건 네가 막을 수 없는 일이라는 걸 알잖아. 우린 죽은 사람들이야."

"죽는다는 게 뭐야? 이게 죽은 거야?"

"몰라. 나도 모르겠어. 답답해 미치겠어!"

"어떤 놈이 무슨 심보로 우리에게 이따위 짓을 하는 거야?"

"니 말대로 이러다 사라지겠지……"

"그건 살아 있는 사람도 결국 마찬가지야!"

"도식아, 여기가 천당일까, 지옥일까?"

"눈앞에서 살아 있는 사람들이 열 명이나 급류에 휩쓸려 죽어나가는 걸 보는 게 천당이겠냐?"

"그렇다고 지옥은 아닌 거 같아."

"그럼 어딘 거 같은데?"

옥자는 술잔을 들고 갈고리에 걸려 있는 돼지의 잘려나간 뱃살을 물끄러미 바라보았다. 젖꼭지들이 줄줄이 매달려 있는 걸로 보아 암퇘지인 모양이었다.

"뒤죽박죽인 어떤 시간 속에 들어와 있는 거 같아. 우리 두 집안의 기억 속에."

"나도 그쯤은 알아. 중요한 건 그게 아니라 그 속에서 우리가 뭘 할 수 있느냐는 거야. 뭘 할 수 있고 뭘 할 수 없느냐는 거야."

"그냥 보기만 하는 거."

"이미 죽었는데 봐서 뭘 어쩌라는 거야!"

"그래도 뭐가 있으니까 이렇게 있는 거겠지."

"목표가 없는 삶은 아무것도 아닌 거야. 우린 우리 의지와는 상관없이 그냥 어떤 곳에 툭 던져질 뿐이야."

"그래도 뭐가 있을 거야."

피가 밴 나무도마에는 칼자국이 촘촘하게 찍혀 있었다. 재질이 단단한 박달나무였다. 아버지가 결혼신물로 직접 만든 도마라고 했다. 하지만 엄마는 넓은 도마가 싫었다. 정확히 말해 피가 흐르는 고기를 도마 위에 놓고 칼질을 하는 게 싫었다. 손에서 비린내가 사라지지 않는 게 지긋지긋하다고 했다. 그럼에도 불구하고 칼도마 위에는 죽은 짐승의 고기가 올라가고 엄마는 삼겹살, 목살, 갈비, 갈매기살, 껍데기 들을 식칼로 썰어야만 했다. 그때마다 도마엔 칼자국이 찍히고 칼날은 조금씩 무뎌졌다. 엄마는 뭔가 안 좋은 일이라도 생기면 어린 도식을 앉혀놓고 푸념을 늘어놓았다. 하지만 도식은 어린아이라 엄마의 그 푸념들 속에 숨어 있는 진짜 내용들을 잘 알지 못했다. 아버지의 손에 목탁이 쥐였던 시절과 엽총과 칼이 쥐였던 시절을. 도식에게 아버지는 그냥 강포수일 뿐이었다. 마을 사람들도 그렇게 불렀고 도식은 강포수 아들이었다. 그도 아니면 푸줏간이나 고깃간 집 아들에서 식육점, 정육점 집 아들이었다.

어린 시절 도식이 정육점에서 가장 흥미있어한 것은 당연히 손저울이었다. 엄마는 저울로 고기를 달았지만 도식은 그 저울로 다른 것들을 달았다. 교과서와 가방에서부터 시작해 라디오, 장난감 자동차, 송곳, 등잔, 베개, 아버지의 유품인 접이식 면도기, 낫, 도끼, 망치 등등을. 대저울의 접시에 물건을 올려놓고 추를 움직여 양쪽이 수평이 되었을 때 추가 매달린 대의 위치에 새겨진 눈금을 읽으면 그게 바로 물건의 무게였다. 물건의 무게야 당연히 궁금했지만 그보다 먼저 비

스듬하던 대가 추의 위치를 조금씩 옮기면서 평형을 잡았을 때의 쾌감이 무엇보다 좋았다. 한 근, 두 근, 두 근 반, 세 근 반…… 그 떨림이 좋았던 것이다. 그러나 정육점 풍경도 그후 빠르게 변해갔다. 전기가 들어오면서부터. 지금의 풍경은 전기가 들어오기 전, 냉장고가 들어오기 전, 접시저울이 들어오기 전의 풍경이었다. 도식은 작은 대저울을 들고 접시에 소주잔을 올려놓고 추를 움직였다. 도식의 손에 매달린 저울은 이내 평형을 유지한 채 파르르 떨리는 느낌을 손가락에 전해주었다. 접시에 올라앉은, 소주잔에 담긴 소주도 파르르 떨고 있었다. 생각 같아선 현재 마음의 무게를 재어보고 싶었지만 세상에 그런 저울이 있을 것 같지는 않았다. 그때 파리 몇 마리가 날아와 소주가 놓인 접시에 올라앉자 미세하게 평형이 깨어졌다는 느낌이 들었다. 파리는 계속해서 저울로 날아와 앉았다. 접시 위에 파리를 유혹하는 뭐가 있다는 듯이. 저울대는 점점 기울어졌고 푸줏간의 어둠 속에 숨어 있던 파리떼가 모두 날아온 듯 접시는 이내 까맣게 변했다. 추의 위치도 점점 위로 올라갔다.

"이건 또 뭐야?"

"……파리들도 자기 무게가 궁금한가봐."

도식은 추의 위치를 조정했다. 대저울은 다시 평형을 찾았다. 접시 위에 놓인 소주잔과 소주의 무게를 빼면 파리의 무게였다. 도식이 소주잔으로 손을 내밀자 검고 작은 봉분 같았던 파리떼가 푸줏간의 어둠 속으로 스르르 사라졌다. 마치 푸줏간의 갈고리에 매달려 있는 돼지의 정령이기라도 한 것처럼. 도식은 그 파리떼가 덮고 있던 소주잔을 비웠다. 소주의 맛은 물처럼 밋밋했다.

"옥자야, 기억나?"

"뭐가?"

"대학생들의 시신을 수습했던 자리에서 우리가 어떻게 이곳으로 왔는지."

"……아니."

"그러니까…… 지금 우리는 살아가는, 아니지, 죽음을 사는 목표를 설정할 수 없고 이곳에서 저곳으로 가는 과정이 생략된 거나 마찬가지란 얘기야."

"그럼 지금 이 자리는 또 무엇을 보여주려는 자릴까?"

도식과 옥자는 고기들이 걸려 있는 건너편에 무릎 정도 높이로 만들어놓은 구들에 앉아 괴괴하기 이를 데 없는 밤의 푸줏간 풍경을 한동안 말없이 바라보았다. 술잔을 조금씩 비우며. 파리들은 모두 어디로 숨어버렸는지 알 수 없었다. 도식은 급류에 떠내려가던 대학생들이 다시 떠올라 급히 술잔을 비웠고 옥자는 도식이 가까스로 구해낸 긴 머리 여대생이 떠오르자 살짝 질투심이 피어났다. 어쩌면 도식이 그 여대생에게 마음이 있었을 거라는 생각이 들자 옥자도 술잔을 비웠다. 그러나 그다음은 살풍경이었다. 싸늘한 시신으로 변해 물가의 자갈밭에 누워 있는 대학생들과 그 옆에서 오열하는 긴 머리 여대생을 보았을 때 옥자는 온몸이 후들거리는 통에 자리에 서 있을 수 없었다. 삶과 죽음이 그렇게 가까이 있다는 사실이 믿기지 않았다. 삶과 죽음이 그토록 확연하게 구별된다는 사실에 깜짝 놀랐다. 삶과 죽음이 만나면 한쪽은 침묵하고 한쪽은 통곡을 불러온다는 사실도 처음인 것처럼 선연했다. 삶과 죽음 앞에서 어떤 사람들은 아예 기가 막혀 말도 못 꺼낸다는 점도 처음 알았다. 지금껏 옥자에게 다른 사람의 죽음은 그렇게 멀리 있었다. 그런데 그 죽음 속에 자신이 있었고 또다른 이들의 죽음을 자신이 죽고 나서야 비로소 볼 수 있었다. 옥자는 병에 반쯤 남아 있는 술을 물컵에 따라 벌컥벌컥 마셨다. 도식은 그런 옥자를 놀란 눈으로 바라보았으나 옥자는 조금의 술기운도 느끼지 못했다. 옥자는 새 술병의 뚜껑을 따서 같은 방법으로 마셨다. 그제야 도식은 옥자의 손에서 술병을 빼앗았다.

옥자는 죽음을 잘 살고 싶었다. 그 시간이 얼마나 될지 모르지만.

"도식아, 나한테 방금 좋은 계획이 떠올랐어."

"뭔데?"

"아까 니가 우린 목표를 설정할 수 없는 처지라고 했잖아."

도식이 고개를 끄덕였다.

"그래서 생각한 건데…… 이렇게 술을 마시다가 앞으로 정확히 한 시간 뒤에 이 자리에서 섹스를 하는 건 어때?"

"그게 뭔 소리야?"

"사소한 일이지만 목표를 정해놓고 시간을 건너가보잔 말이야. 어떻게 될지 궁금하지 않아?"

"……여기서?"

도식은 갈고리에 매달려 있는 시뻘건 고깃덩어리들을 가리켰고 옥자는 구들장을 가리키며 고개를 끄떡였다. 그래봤자 거기가 거기였지만.

"그냥 지금 하면 안 돼? 한 시간 뒤를 기다리다가 또 어디로 훌쩍 날아갈지도 모르잖아."

"안 돼! 우리 의지로 뭔갈 한번 해보고 싶어."

시간은 자정을 막 넘어서고 있었다. 옥자가 큰스님에게 말했던 것처럼 진짜로 세상 끝에 있는 푸줏간에 도착해 술을 마시고 있는 것 같았다. 죽은 돼지들이 갈고리에 부위별로 매달려 있는 곳. 샘이 솟듯, 멈추지 않고 그 고깃덩어리들에서 핏방울이 떨어지는 곳. 새까만 파리떼가 어둠 속 어딘가에 숨어서 다시 대저울에 어떤 무게를 달려고 기다리고 있는 곳. 피 묻은 도마에 촘촘히 찍혀 있는 칼자국이 또다른 고깃덩어리와 칼날을 기다리는 곳. 다양한 용도의 칼이 찬장 속에서 반짝이는 칼날을 숨긴 채 누워 있는 곳.

도식은 옥자에게 아버지 강우연이 옥자의 엄마 박은실을 겁탈한 일을 대신 사과했다. 옥자는 도식에게 아버지 이종욱이 강우연의 집에 쳐들어가 주먹질을 한 일을 대신 사과했다. 둘은 술잔을 부딪쳤다. 도식은 옥자에게 옥자 아버지의 불행한 죽음에 대해 위로를 건넸다. 옥자를 임신한 채 그 막막한 시간을 견딘 옥자 어머니의 처지에 대해서도. 옥자는 눈시울을 적셨다. 갈고리에 매달린 고깃덩어리들이 남포등 불빛 속에서 붉은 피를 눈물처럼 뚝뚝 흘렸다. 찬장 속의 칼날은 침묵을 지켰고 대저울은 눈금을 감췄다. 옥자는 도식에게 디스코텍에서 자신이 친구들과 함께 의도적으로 접근한 사실을 고백했다. 물론 도식을 좋아해서 시작한 일이었지만 방법은 옳지 않았다고 시인했다. 그 고백을 듣는 순간 도식은 욱했지만 간신히 마음을 진정시켰다. 도식은 옥자에게 아이를 지우자고 협박하고 도망친 일에 대해서 사과했다. 그 회유와 협박을 견뎌내고 아이를 낳은 일을 칭찬했다. 부모 없이 홀로 남아 있을 아이 얘기가 나오자 두 사람은 잠시 침묵했다. 술잔을 비웠다. 벽에 박아놓은 대못에 걸린 대저울의 추와 접시는 힘을 잃은 채 축 늘어져 있었다. 갈고리에 걸린 고깃덩어리들은 마치 인육인 것만 같아 두 사람은 가급적 그곳에서 눈을 돌렸다. 도식은 옥자에게 몇 가지 일을 더 얘기하려다가 입을 다물었다. 아무리 죽었다 하더라도 밝혀서는 안 될 일이 있다는 걸 비로소 알았다. 도식과 옥자는 벽에 걸린 낡은 시계를 동시에 올려다보았다. 태엽을 감는 시계였다. 도식의 엄마가 외상값을 갚지 않는 누군가의 집에서 외상값 대신 가져온 시계였다. 도식은 아버지가 비구에서 대처승으로 옷을 갈아입었다는 얘길 주변 사람들로부터 듣고 어린 시절, 잘 알지도 못하면서 많이 창피해했고 놀림을 받았다고 들려주었다. 옥자는 아버지가 사랑 때문에 수도원생활과 스님이 되는 걸 포기하고 엄마를 선택한 것에 대해서 그것이 어떤 결정인지를 생각한 적이 많았다고 얘기했다. 그리고 자신은 사랑을 선택한 그 결정이 좋은 결정이라 생각한다고 털어놓았다. 미처 알지 못했던 두 집안의 얽힘과 옥자와 도식의 만남에 대해 이야기하는데 그때껏 한 번도 울리지 않았던 괘종시계가 갑자기 울렸다. 두 사람은 깜짝 놀라 시계를 쳐다보았다. 시곗바늘은 한 시간 뒤를 약속한 정확히 그 시점에 종을 울렸다. 마치 알람처럼. 도식이 옥자에게 말했다.

"생각대로 되는 일도 있네."

"아직 몰라. 그 일까지 해봐야 돼."

두 사람은 남포등 불빛 속에서 키득거리며 웃었다. 도식이 옥자의 옷을 벗겼고 옥자가 도식의 옷을 모두 벗겼다. 그리고 두 사람은 껴안았다. 남포등이 두 사람의 벗은 몸과 갈고리에 매달린 고깃덩어리들을 공평하게 비춰주는 밤이었다. 옥자와 도식은 껴안은 채 구들장으로 천천히 쓰러졌고 고깃덩어리들은 피를 뚝뚝 떨어뜨렸다. 세상 끝에 자리한 푸줏간 풍경이었다.

숨어 있던 파리떼가 한 마리씩 모습을 드러내고.

푸주한의 돼지들

1

총에 맞은 멧돼지는 거친 호흡을 푸푸 토해내며 다가왔다. 입 밖으로 튀어나온 견치에서 핏물이 떨어졌다. 강포수는 뒷걸음질을 하다 멈췄다. 뒤는 바위절벽이었다. 엽총을 놓친 두 손은 무력하기만 했다. 건너편 계곡에서 개들이 사납게 짖고 있었지만 그뿐이었다. 올무에 걸린 개가 스스로 올무를 풀 순 없었다. 강포수이거나 아니면 멧돼지가 절벽 아래로 떨어질 상황이었다. 그도 아니면 둘이 함께 추락하거나. 절벽 끝에 선 강포수는 멧돼지의 눈을 바라보았다. 이상하게도 멧돼지의 눈은 노기로 가득차 있는 게 아니라 정체를 알 수 없는 어떤 슬픔이 고여 있는 것만 같았다. 강포수는 이번 싸움에서 자신이 졌다는 사실을 그 눈빛을 보고 비로소 알아차렸다. 멧돼지는 뒷다리로 연거푸 흙을 긁어내며 강포수에게 달려올 채비를 했다. 피할 곳은 없었다.

"포수 일 그만하면 안 돼요?"

"왜?"

"위험하잖아요."

"총도 있고 개도 있는데 뭐가 위험해."

"난 당신이 산에만 가면 불안해서 잠이 안 와요. 돼지는 다른 사람한테 사서 팔면 되잖아요."

"그럼 이문이 얼마 안 남잖아. 달리 할 일도 없고."

"산에 가서 멧돼지 안 잡아도 우리 세 식구 먹고살아요."

"힘있을 때 부지런히 벌어놔야 우리 도식이 나중에 대학도 보내지. 갔다 오리다."

"이번에는 며칠 걸려요?"

"사나흘은 잡아야지."

"어느 산으로 가는데요?"

"황병산."

그 사나흘의 나흘째 되는 날이었다. 사흘째 되는 날 멧돼지의 흔적을 찾았고 개들과 함께 꼬박 하루를 뒤쫓아가서 마침내 만난 것이었다. 보통의 경우에는 한나절만 쫓으면 엽총의 방아쇠를 당길 수 있었는데 이번 멧돼지는 예상외로 끈질겼다. 어느 선상에 들어와야 셰퍼드를 푸는데 놈이 아슬아슬하게 그 선을 벗어나는 것 같아 섣불리 목줄을 놓을 수가 없었다. 돼지를 쫓는 게 아니라 유인당하는 기분마저 들 정도였다. 그렇게 몇 개의 산을 넘고 계곡을 건너는 동안 하루가 지나버렸다. 지친 몸을 황병산 자락의 움막에 눕혔을 때 이번 사냥은 허탕이구나 하는 생각마저 들었다. 날이 밝기 무섭게 산에서 내려가는 게 맞는 것 같았다. 멧돼지를 잡고 못 잡고의 문제가 아니라 느낌이 좋지 않았다. 푸줏간을 떠나올 때 들었던 아내의 말도 왠지 계속 떠올랐다. 개들 역시 평소와 달리 힘이 없는 것처럼 보였다. 움막에서의 꿈자리는 더더욱 사나웠다. 교통사고로 죽은 종욱이 나타나 시무룩한 표정으로 바라보다가 사라지더니 뒤이어 큰스님이 나타나 호랑이처럼 사나운 얼굴로 산에서 내려가라고 호통을 쳤다. 그가 버팅기자 예전과 똑같이 큰절 깊은 우물에 거꾸로 매달기까지 했다. 어느 순간 발목을 묶은 밧줄이 뚝 잘리고 강포수는 비명과 함께 실제보다 훨씬 더 깊은 우물 속으로 떨어졌다. 아니 계속해서 떨어지기만 했다. 무한정 깊어지기만 하는 바닥을 향해. 그러다 꿈에서 깨어났다. 온몸이 땀으로 척척하게 젖은 채. 움막 밖은 새벽이었다.

강포수는 고민에 빠졌다. 포수로 지낸 그동안의 경험으로 볼 때 이런 경우라면 미련 없이 짐을 꾸려 산을 내려가는 게 맞았다. 새벽에 피우는 첫 담배의 맛도 독했다. 꿈에서 만난 종욱을 떠올렸다. 한 시절 절간에서 함께 보낸 인연이 아름답고 기구했다. 그가 그렇게 일찍 세상을 뜨리라곤 상상조차 하지 않았다. 그보다 먼저 조개골에 살던 은실이 그와 부부가 되리라는 것도 예상하지 못했다. 은실과의 그 일은 또 뭐란 말인가. 단지 욕정이었던가. 아니면 조금만치라도 사랑의 감정이 담겨 있었던가…… 강포수는 희붐하게 변해가는 하늘로 연기를 올려보냈다. 그것은 욕정이었다. 월정거리에 애인인 정옥이 버젓이 있는데도 불구하고 저지른 추잡한 욕정이었다. 비구에서 대처승으로, 대처승에서 비구로 건너가는 게 수월한 시절이기에 벌어진 일이었다는 말은 치졸한 변명이었다. 비구든 대처승이든 민간인이든 상관없이 그가 사랑 없이 한 여자를 강제로 안았다는 데서 비극이 싹을 틔운 거였다. 날이 점점 밝아오고 있었는데 강포수는 결국 주루목의 소주병을 꺼내 남은 소주를 빈속에 모두 마셨다. 큰스님이 보고 싶었다. 그러나 뵐 면목이 없었다. 이십 리 거리에 큰스님이 계시는 절이 있었지만 먼길을 돌아서 다녔다. 엽총을 들고 셰퍼드 두 마리를 끌고 다니는 모습을 보여줄 수는 없었다. 그럼에도 불구하고 큰스님이 보고 싶은 날이 있었다. 갈 수 없으니 술독을 끌어안은 채 간신히 하루하루를 건너갔다. 찾아간다고 뭐가 달라지겠는가, 라는 생각이 들 때까지. 날은 점점 밝아졌다. 강포수는 비틀거리며 짐을 꾸렸다. 산을 내려갈 작정이었다. 모든 채비를 마쳤을 때 마치 기다렸다는 듯이 건너편 산자락에서 멧돼지가 꽥— 울었고 거의 동시에 개들이 사납게 짖기 시작했다.

"절벽 끝에 선 기분이 어떤가?"
"……좋진 않아."
"지금까지 모두 몇 마릴 쏴 죽였지?"
"무얼 말인가? 멧돼질?"
"그래."
"……헤아려본 적이 없어서."
"뻔뻔하군. 하지만 다 끝났어. 오늘은 강포수 제삿날이니까."
"내가 너의 계략에 말려든 건가?"
"아니. 강포수의 운명일 뿐이야. 난 그저 조연이고. 다소 비극적인 건 당신의 아들이 지켜보는 가운데 절벽 아래로 떨어져야 한다는 거지."

"내 아들?"

이제 세 살이 된 아이가 산속에 있을 까닭이 없다는 걸 알면서도 강포수는 사방을 둘러보았다. 정옥이 아이를 업고 찾아올 리도 없었다. 멀리서 개 짖는 소리만 들려올 뿐 사람의 소리며 모습은 보이지 않았다.

"아무리 찾아봐도 당신 눈엔 보이지 않아."

"……그게 무슨 소리야?"

"얘기하자면 골치 아파. 자, 이제 준비됐겠지?"

멧돼지의 입 주변은 피로 물들어 있었다. 아무리 빗맞았다지만 총알을 맞고 저렇게 오래 버틸 수 있다는 게 믿기지 않았다. 강포수는 달려들 자세를 취하고 있는 멧돼지의 여전히 슬퍼 보이는 눈을 바라보았다. 아들이 지켜보고 있다는 얘기는 대체 뭐란 말인가. 가만……지금 내가 사람의 말을 할 줄 아는 멧돼지랑 얘길 한 거란 말이지. 강포수는 절벽 아래에서 올라오는 서늘한 바람을 등에 업은 채 멧돼지의 동정을 살폈다. 지금까지 본 멧돼지 중에서 가장 덩치가 큰 멧돼지였다. 마치 멧돼지들의 왕 같았다. 강포수는 멧돼지가 흘리는 피냄새를 맡고 몰려든 쇠파리떼를 훑고 조심스럽게 입을 열었다.

"어떻게 사람 말을 하는 거지?"

"당신이 우리 말을 알아듣는 거야."

"……내가? 어떻게?"

"때가 되었으니까."

멧돼지는 뒷다리로 번갈아 흙을 뒤로 차내면서 달려들 태세를 취했다.

강포수는 무엇에 홀린 사람처럼 개를 끌고 멧돼지의 뒤를 쫓았다. 생각해보니 스무 살이 넘으면서부터 살아온 날들 대부분이 무엇에 홀려서 끌려다닌 것처럼 느껴졌다. 전쟁이 그랬고 북쪽의 고향으로 돌아가지 못한 채 세상을 전전한 것이 그랬다. 무작정 절을 찾아온 것이 그랬고 정옥을 만나 비구에서 대처승으로 옷을 갈아입은 것도 그랬다. 절을 지키는 처지에서 절을 빼앗으려고 쳐들어간 것도 마찬가지였다. 결국 큰스님과 등을 져야만 했고 종욱과도 적이 되었다. 마치 거대한 꿈속에서 헤어나지 못한 채 허우적거리기만 했던 것 같았다. 그리고 지금, 엽총을 든 채 멧돼지를 쫓아 개들과 함께 산비탈을 뛰어가고 있었다. 집으로 돌아가려는 생각을 내팽개친 채. 산비탈에서 계곡으로 내려온 강포수는 마침내 잡고 있던 목줄을 셰퍼드의 목사리와 분리했다. 셰퍼드는 사냥 훈련이 잘된 개들이었다. 이제 멧돼지를 잡는 건 시간문제였다. 개들은 골짜기 안쪽으로 도망치는 멧돼지를 쫓아 달리기 시작했다. 골짜기가 개 짖는 소리로 쩌렁쩌렁 울렸다. 개들은 아마 골짜기가 끝나는 지점께서 따라잡을 테고 거기서 한바탕 접전을 벌인 뒤 골짜기 아래로 멧돼지를 몰 것이다. 강포수는 개 짖는 소리에 귀를 기울이며 지난겨울 폭설에 넘어간 소나무에 기대 숨을 고르고 땀을 닦았다. 언제라도 잡을 수 있게 적당한 위치에 엽총을 기대놓은 채. 멧돼지가 골짜기를 내리닫으면 넘어간 소나무를 엄폐물 삼아 조준과 사격을 할 생각이었다. 그럴 일은 없겠지만 만약 총알이 빗나가도 아름드리 소나무는 다음 동작을 준비할 수 있는 든든한 방패가 되어줄 것이다. 간밤의 어지러운 꿈은 다 개꿈일 뿐이었다.

개들의 소리가 달라졌다. 싸움이 붙었다는 신호였다. 강포수는 엽총을 잡고 골짜기를 주시했다. 소나무와 참나무가 자라는 산비탈과 달리 골짜기는 활엽수가 많아 가시거리가 멀지 않았다. 언제 어느 순간에 멧돼지가 튀어나올지 알 수 없기에 극도의 긴장이 요구되었다. 멧돼지는 생각보다 대단히 빠른 짐승이었다. 한번 속력을 내면 웬만한 개보다 빨리 달리기에 그 힘과 돌파력이 만만치 않았다. 방아쇠를 당길 한 번의 기회를 놓치면 바로 엽총을 든 포수의 코앞에 도달해 주둥이와 날카로운 견치로 들이박고 사라질 터였다. 강포수는 소나무에 엽총을 올려놓고 총구의 방향을 찔레나무 덤불 아래로 고정시켰다. 개들의 짖는 소리가 바뀌었다. 일차 접전이 끝나고 멧돼지가 도망을 친다는 신호였다. 가슴이 쿵쾅거렸다. 개머리판을 어깨에 밀착시키고 방아쇠에 손가락을 걸었다. 이 기다림은 사냥의 가장 짜릿한 순간 중의 하나였다. 목탁을 두드리고 경을 외고 참선에 들었던 시간을 그나마 잊어버릴 수 있는 순간이기도 했다. 두두두두— 숲에서 멧돼지의 발소리가 북소리처럼 피어났다. 강포수는 숨을 멈췄다. 총구의 방향에서 멧돼지가 너무 벗어나지 않기를 바라며 시선을 가늠자와 가늠쇠에 일직선으로 고정시켰다.

예상했던 대로 멧돼지는 찔레 덤불 아래서 그 위용을 드러냈다. 강포수는 숨을 쉬지 않은 채 카운트를 시작했다.

하나, 둘, 셋……

"누가 절벽 아래로 떨어질지 아직 모르는 거 아냐? 니 상태도 그리 좋아 보이진 않는데."

"……강포수, 나 욱 도자요. 이종욱."

"……욱 도자?"

입에서 피를 흘리는 멧돼지가 천천히 고개를 끄덕였다. 쇠파리떼는 멧돼지의 입 주변에서 윙윙거리며 아우성을 쳤다. 강포수는 멧돼지의 눈에서 종욱을 찾아내려고 했지만 쉽지 않았다. 종욱이 눈이 저렇게 슬펐던가……

"만약 당신이 이종욱이라면 죽어 멧돼지가 되었단 얘기요?"

"아, 그렇게 오해할 수 있겠군요. 그건 아니고 잠시 이 멧돼지의 몸을 빌린 겁니다."

"……날더러 그 얘길 믿으라는 겁니까?"

"믿어야지요. 강포수는 지금 총도 없이 절벽 끝에 서 있지 않습니까?"

"……지금 이 상황이 멧돼지의 계획이오, 아니면 욱 도자의 계획이오?"

"멧돼지도 아니고 나도 아니오."

절벽 아래에서 올라온 바람이 강포수의 옷자락을 잡아당겼다. 다리가 후들거렸다. 그 바람에 끌려가지 않으려고 강포수는 상체를 앞으로 숙였다. 살아 있을 당시 성품으로 볼 때 종욱의 말은 사실일 것이다. 그럼 누구의 계획일까. 나는 그 계획에서 벗어날 수 없단 얘긴가. 아닐 것이다. 살아 있다는 게 무엇인가. 무엇인가를 선택할 수 있고 원하지 않는 것에 대해 저항할 수 있는 게 인간이 아니던가. 강포수는 눈을 부릅뜨고 네 개의 다리로 육중한 몸을 지탱한 채 피를 흘리는 멧돼지를 살폈다. 절벽 끝으로 강포수를 몰고 온 실체는, 그러니까 멧돼지도 아니고 종욱도 아니었다. 말을 하는 멧돼지와 종욱은 환영일 뿐이었다. 그렇기에 지금 강포수는 총알에 빗맞아 피를 흘리는 단순하고 아둔한, 세상의 그 흔한 멧돼지들 중 하나와 싸우는 것이었다. 그것이 바로 이승의 논리였다. 강포수는 멧돼지와 대치하고 있는 주변 지형을 다시 재빠르게 살폈다. 화가 난 멧돼지는 분명 잠시 후면 달려와 머리로 들이박으려고 할 것이다. 그것만 피한다면 상황은 역전이 될 수 있었다. 피하기만 하면 멧돼지는 달려온 탄력으로 강포수 대신 절벽 아래로 떨어질 게 틀림없었다. 박히거나 뒤엉키면 위험한 국면으로 들어서는 것이고.

"예나 지금이나 머리 굴리는 건 여전합니다."

속내를 읽었다는 종욱의 말이었다.

"저 인간은 포수 자격이 없어. 지난번엔 새끼를 밴 돼지에게도 총을 쐈어."

멧돼지의 말이었다.

피해야 한다. 피해야 한다. 피해야 한다. 기회는 단 한 번뿐이다. 강포수는 왼편으로 두 걸음 자리를 옮겼다. 그쪽은 절벽 끝과 더 가까운 위치였다. 더 강한 배수진을 치겠다는 의도였다. 예상대로 멧돼지의 머리도 강포수를 따라 오른쪽으로 이동했다. 이제부턴 기다려야 했다. 멧돼지가 일직선으로 달려들기를.

"잘 가게, 도반. 곧 다시 만날 거야."

엄청난 크기의 멧돼지가 달려왔다.

총성이 울렸다.

머리를 겨냥한 총알은 빗나갔다. 멧돼지의 주둥이 옆을 스친 것 같왔다. 이상한 것은 멧돼지가 마치 작정했던 것처럼 곧장 강포수를 향해 달려오고 있다는 점이었다. 그건 보통의 경우와 달라도 한참 달랐다. 다시 총알을 장전하기도 전에 넘어진 소나무를 타넘어 주둥이로 엽총을 날려버렸고 튕겨나간 엽총은 바위에 부딪혀 두 동강이 났다. 멧돼지는 산비탈에서 달음박질을 멈추고 돌아섰는데 그게 두번째로 이상한 점이었다. 보통은 그냥 도망을 가는 게 대부분이었다. 그런데 돌아서기만 한 게 아니라 강포수를 향해 달려들었다. 총이 없는 강포수는 무력했다. 할 수 있는 건 나무에 올라가거나 도망치는 게 다였다. 강포수는 후자를 택했다. 골짜기 쪽으로 달아나면 개들을 만날 수 있기 때문이었다. 주루목마저 버린 채 강포수는 소나무를 넘어 달리기 시작했다. 멧돼지의 견치가 허벅지나 종아리에 걸리면 끝장이었다. 멧돼지도 쫓아왔다. 강포수는 나무들 사이로 지그재그로 달렸다. 그때마다 멧돼지도 급하게 방향을 바꾸느라 나무에 쿵쿵 부딪히는 소리가 들렸다. 멧돼지는 방향 전환을 잘 못한다는 얘기가 사실이었다. 그 덕분에 거리를 조금 벌릴 수 있었는데 이상한 것은 개들이 짖는 소리만 들리지 나타나지 않는 거였다. 불길한 예감이 피어올랐다. 개들마저 달려오지 못할 어떤 일이 벌어졌다면 성난 멧돼지가 뒤쫓아오는 산속은 고립무원이나 마찬가지였다. 강포수는 개들의 이름을 소리쳐 불렀다. 그러나 개들은 짖기만 할 뿐 달려오지 못하고 있다는 사실만 알았다. 일단은 개들이 있는 곳을 향해 뛰었다. 멧돼지는 점점 가까이 다가오고 있었고.

셰퍼드 두 마리는 올무에 걸려 있었다.

개의 다리를 빡빡하게 옥죄고 있는 올무를 풀기도 전에 멧돼지는 전속력으로 강포수에게로 달려오고 있었기에 어쩔 수 없이 피해야만 하는 상황이었다. 강포수는 자식 같았던 개를 포기하고 도주를 선택했다. 멧돼지는 올무에 걸린 개들은 거들떠보지도 않고 오로지 강포수만 뒤쫓았다.

아니, 한곳으로 몰았다.

천천히, 아주 천천히, 절벽 위에서 절벽 아래로 추락하는 것만 같았다.

멧돼지는, 아니 종욱은 저 위에서 강포수를 내려다보고 있었다.

절벽 아래의 애추에 떨어져도 하나도 아프지 않을 것 같았다.

저 위에서 한 사람이 자신을 내려다보고 있었는데, 강포수는 단박에 알아챘다. 그가 장성한 자신의 아들 도식이라는 것을.

한편 이해할 수 없었다. 멧돼지가 달려드는 거의 동시에 오른쪽으로 슬라이딩을 했는데 어떻게 방향을 바꿀 수 있었는지.

아내 정옥이 보고 싶었다.

큰스님도.

절벽의 바닥은 멀고멀었다.

강포수는 절벽 위를 향해 소리쳤다.

"스님-?"

2

월요일.

2월인데 벌써 사흘째 폭설이 내리고 있다. 여기 강릉 사람들은 적설량의 차이는 있지만 거의 매년 벌어지는 일이라고 한다. 어떤 사람은 2월에 폭설이 내리지 않으면 오히려 초조해진다고까지 했다. 이 폭설이 지나가야만 비로소 봄이 온다고 했다. 산동네 꼭대기에 있는 집에서 방문을 열면 눈 덮인 강릉 일대가 한눈에 내려다보인다. 아침나절 아내가 보육원으로 출근한 뒤 한차례 눈을 치웠는데 치운 만큼의 눈이 더 내렸다. 점심을 먹고 다시 넉가래를 들고 나가 비탈진 골목의 눈을 치워야 할 것 같다. 그러고도 눈이 그치지 않는다면 아내가 퇴근하기 전에 또 눈을 칠 생각이다. 눈은 대단히 미끄럽다. 아내가 비탈길을 올라오다 넘어지지 않도록 연탄도 함께 가져가 뿌려야겠다. 내가 아직 일자리를 잡지 못한 것이 아내에게 죄스럽기만 하다. 아내는 아무 걱정 말고 시나 열심히 쓰라고 하지만 그도 여의치 않다. 오대산을 떠나 강릉에 정착한 지 벌써 한 계절이 지나가고 있지만 마음에 드는 시를 아직 한 편도 건지지 못했다. 조급해한다고 되는 일은 아니지만 종일 아이들을 돌보느라 고생하고 돌아오는 아내를 볼 때마다 미안스럽기 그지없다. 아내가 벌어온 돈으로 방세를 내고 보리쌀과 반찬을 사는 게 작금의 현실이다. 내가 쓰는 시는 그에 비하면 턱없이 적은 돈을 벌어들인다. 물론 돈을 벌기 위해 시를 쓰는 것은 아니지만 최소한 아내의 몸을 덥혀줄 따스한 옷 한 벌 사줄 정도는 되어야 하지 않는가.

눈이 무섭게 내린다. 지붕이 눈의 무게를 이기지 못하고 무너지지 않을까 걱정이다. 골목의 눈을 치기 전에 지붕에 덮인 눈부터 쳐야겠다. 지붕이 무너지면 단칸방에 세들어 사는 우리 두 사람은 오갈 데가 없어진다. 빨리 눈이 그치고 눈이 녹아 봄이 왔으면 좋겠다. 지금은 겨울이라 그런지 막노동 자리도 거의 없다. 봄이 와야 하다못해 막노동이라도 할 수 있을 것이다. 그것마저 안 되면 염치 불고하고 큰스님에게 일자리를 부탁해볼 생각이다. 아마 절에서 나간 걸 두고 노발대발하실 것이다. 하지만 어쩌겠는가. 종아리를 맞는 한이 있더라도 일자리를 구해 아내의 부담을 덜어야 한다. 시야 그 틈틈이 쓰면 된다. 이렇게 하루종일 앉은뱅이책상 앞에 앉아 있다고 해서 시가 줄줄 나오는 건 아닐 것이다. 시쓰기와 밥벌이. 참 지난한 문제임에 틀림없다. 벌써 점심때다. 시 한 편 못 쓰고 일기나 끼적이다가 오전이 다 가버렸다. 식은 밥 한술 뜬 뒤 연탄불 갈고 눈을 치러 나가야겠다.

화요일.

전쟁으로 부모를 잃고 고아가 된 아기들과 아이들이 낮잠을 자는 시간이다. 창밖에는 눈싸움을 하던 아이들의 졸음덩어리 같은 눈송이가 며칠째 쌓인 눈 위로 쉬지 않고 내려앉는다. 눈은 어른 허벅지 높이만큼 내린 상태다. 그 사이로 뚫어놓은 길을 사람이 걸어가면 마치 흰 눈의 바다 위에 상체만 둥둥 떠다니는 것 같았다. 눈이 많이 오면 풍년이 든다는데…… 그이한테도 올해 시 풍년이 들었으면 좋겠다.

그이는 자신이 일자리를 잡지 못하고 있는 것에 대해 많이 미안해하고 있다. 왜 그게 미안한 일인가. 그이는 시인이지 않은가. 시인은 시만 쓰면 된다. 그이는 내 아픔을 이해하고 감싸준 유일한 사람이다. 날 위해 스님이 되려던 계획까지 포기한 사람이다. 그런데 지금 잠시 일자리를 찾지 못하는 게 무어 대수란 말인가. 모두가 가난하고 어려운 시절이다. 우리만 가난한 게 아니다. 아직은 아이가 없기 때문에 내가 번 돈으로 두 사람이 충분히 살아갈 수가 있다. 결혼식을 올리지는 못했지만 우리는 평생을 약속한 부부이지 않은가. 오대산과 강릉을 오고간 그 수많은 편지 속에서 우리는 행복했었다. 그리고 그이는 어느 날 대관령을 넘어 내게로 달려왔다. 아직 자라지 않은 짧은 머리와 승복을 입은 채로. 함께 살 방을 구하러 강릉의 곳곳을 돌아다닐 때 나는 진정으로 기뻤다. 전쟁 이후 가족 없이 혼자 살았던 내게 비로소 가족이 생긴 거였다. 그이는 내게 있어 아버지이자 오빠이고 동생이나 다름없었다. 강릉이 한눈에 내려다보이는 축대 위 우리들의 단칸방이 나는 좋다. 등잔불을 켜놓고 이불을 뒤집어쓴 채 조곤조곤 나누는 이야기들이 하루의 피로를 말끔하게 씻어주었다. 그이는 시를 읽어주고 나는 보육원의 아이들에 대해 이야기했다. 그러다 졸리면 두 손을 잡고 잠들었다. 여기서 무엇을 더 바라겠는가.

눈송이 송이 송이가 아기들과 아이들에겐 포근한 잠이 되고 그이에겐 따스한 시가 되었으면 좋겠다. 나에겐 이렇게 일기를 쓰는 시간이 되고. 아, 오늘 저녁은 국수를 사 가야겠다. 뜨거운 멸치국물에 삶은 국수를 넣고 그 위에 지단을 얹어 훌훌 마시면 온 세상이 다 훈훈할 것이다.

수요일.

마침내 눈이 그쳤다. 그동안의 적설량이 어마어마하다. 마당에 쌓인 눈은 내 허리까지 차오를 정도다. 온 동네가 눈을 치우느라 야단법석이다. 가뜩이나 좁고 구불구불한 산동네 골목길에 폭설까지 내렸으니 길을 가다 맞은편에서 오는 사람을 만나면 한 사람은 아예 눈 속으로 들어가야 할 정도다. 다행히 날씨가 따뜻해 눈 녹는 속도가 한겨울보다 빠르지만 워낙 많은 양이 내렸기에 녹기만을 기다릴 수 없다. 문제는 눈을 쳐낼 곳이 마땅찮다는 점이다. 남자들은 지게나 삼태기로 눈을 나르고 여자들과 아이들은 함지나 양동이로 마당과 골목의 눈을 퍼서 축대 밑이나 공터로 옮겼다. 얌체 같은 이들은 제 집 마당의 눈을 골목으로 퍼넘겨 아예 길을 막아버린 경우도 있었다. 또 골목의 눈을 누가 쳐야 하는가를 놓고 실랑이가 벌어지기도 했다.

아침에 아내를 산동네 아래까지 데려다주고 오전 내내 눈을 쳤더니 온몸이 천근만근이 되었다. 점심을 먹고 잠깐 눈을 붙인다는 게 피곤해서인지 그만 낮잠을 두 시간이나 자버렸다. 감기가 오려는지 등짝에 얼음판이 붙은 것처럼 으슬으슬 춥다. 이불을 머리까지 덮어쓰고 책상 앞에 앉아 지난겨울에 썼던 시들을 꺼내 다시 읽었다. 한심했다. 내가 어떻게 시인이 된 것인지 모르겠다. 울화가 치밀어 아내가 아침에 주고 간 돈으로 동네 구멍가게에 가 소주를 사왔다. 취하지 않고서는 견딜 수가 없었다. 하지만 급하게 소주 한 병을 모두 비우고 나니 감정은 더 주체하기 힘든 곳으로 추락하기 시작했다. 남쪽으로 내려와 오직 시 하나만 믿고 외로운 삶을 지탱해왔는데 그 시가 나를 버리려 한다는 회의에서 벗어나기 힘들었다. 그동안 쓴 모든 시를 불태워버리고 차라리 리어카를 끌고 거리에 나가 군고구마를 파는 게 더 나을 것 같다. 나 자신도 감동시키지 못하는 시가 누구의 아픈 마음을 위로할 수 있단 말인가. 더욱이 내 시를 철석같이 믿고 있는 아내를 속이고 있다는 생각마저 들자 더이상 견디기 힘들었다. 결국 앉은뱅이책상 위에 올려놓았던 시를 던져버리곤 밖으로 나가 삽을 들고 온

몸이 땀에 젖을 때까지 눈을 치고 나서야 다소나마 진정이 되었다.

어제 아내가 끓여준 국수는 정말이지 맛이 있었다. 고향에서 먹던 바로 그 맛이었다. 국수를 먹다 갑자기 고향 생각이 나서 잠시 울컥했다. 아내가 왜 그러냐고 물었는데 고향 얘길 하는 게 그래서 너무 맛있어 눈물이 났다고 둘러댔다. 다 안다는 듯 빙그레 웃어주는 아내의 모습이 어여뻤다. 아내를 실망시키지 말아야 할 텐데…… 내게서 도망치려 하는 시를 다시 모셔와야 할 텐데…… 또하나. 시는 시이고, 눈이 녹으면 빨리 일자리를 찾아야 한다. 일을 하지 않고 종일 집에만 있으니 무력함만 더해가고 있다. 아, 벌써 시간이 이렇게 되었다. 아내를 마중나가야겠다.

목요일.

퇴근을 하고 눈길을 걸어 집으로 돌아갈 때 그이가 산동네로 올라가는 골목길 입구에 마중을 나와주면 그날의 피로가 한꺼번에 풀리는 것 같다. 우리는 손을 잡고 빙판으로 변한 계단을 올라간다. 그이의 손에서 따스한 체온이 건너올 때 나는 행복하다. 가난하면 어떤가. 우리 두 사람의 체온이 이렇게 따스한데. 구불구불한 골목길로 흘러나오는 아이들의 웃음소리와 울음소리, 때로는 부부가 싸우는 소리, 기침소리, 군침을 삼키게 하는 음식 냄새, 코가 매캐한 연탄가스까지 어느 것 하나 정겹지 않은 게 없다. 그 소리들과 냄새가 어우러진 골목길에 쌓인 눈 위에 우리 두 사람의 그림자를 길게도 만들고 짧게도 만드는 가로등의 개수를 세다보면 어느덧 산꼭대기 우리들만의 방이다. 마지막 가로등 아래서 그이는 내 이마에 송알송알 맺힌 땀을 닦아주고 나 역시 손수건으로 그이의 이마와 목의 땀을 훔쳐준다. 어떤 날은 그 가로등 아래서 입맞춤도 하고.

하지만 어제의 행복은 오래가지 않았다. 그이는 평소보다 두 배나 많은 술을 마셨다. 어느 정도 술에 취했을 때 결코 그런 의미의 말이 아니었는데 그이는 내 말을 그런 의미로 해석했다. 물론 오해를 할 만한 말이었지만 우린 사랑하는 부부가 아닌가. 왜 내 말을 그렇게 해석했는지 납득하기 어려웠다.

"당신이 집에서 살림을 해주니 정말 좋아요."

"……나더러 지금 평생 아내 등골이나 파먹으란 얘기야?"

"왜 그래요?"

"집구석에 처박혀 평생 살림이나 하란 얘기잖아!"

"그런 말이 아니잖아요?"

함께 살면서 처음 겪는 부부싸움이었다. 말과 말은 점점 틀어졌고 그 틀어진 말에서 새로운 불씨가 돋아났다. 꼬리를 물고, 다시 그 말의 꼬리를 물고, 또다시 그 말의 꼬리를 물고…… 우리 두 사람도 다른 사람들과 다를 게 하나 없었다. 상대의 약점을 건드렸고 오래전 섭섭했던 일을 꺼내놓고 조목조목 따졌다. 마치 온 산 이곳저곳에 동시다발적으로 산불이 난 것만 같았다. 그리고 자학의 시간이 돌아왔다. 취해 비틀거리다가 이 웅덩이, 저 웅덩이 속으로 속절없이 엎어졌다. 흙탕물을 뒤집어쓴 채 일어나 다시 다음 웅덩이를 찾느라 두리번거렸다. 안아줘도 담요에 눕혀도 아무 소용이 없었다. 그이의 마음속에는 결코 꺼지지 않을 것 같은 화마가 도사리고 있는 듯했다. 두서없는 탄식들이 횡설수설 오가다가 마침내 화마가 송두리째 입 밖으로 쏟아졌다.

"근데 말이야. 당신 혹시 강우연이를 좋아했던 건 아냐?"

"아악!"

온몸이 불길에 휩싸인 듯 뜨거웠다. 뜨거운 게 아니라 타는 것 같았다. 비명과 함께 내 입은 닫혔고 부르르 떨던 내 몸은 방을 뛰쳐나갔다. 어떻게 비탈지고 눈 덮인 산동네 골목길을 내려와 보육원의 문을 두드렸는지 기억나지 않았다. 물론 그이는 나를 쫓아오지 않았다.

토요일.

무섭다. 내 안에 그런 악마가 도사리고 있었다니……

술에서 깨어난 어제 아침 나는 집을 나왔다. 골목길을 허청허청 내려오다가 세 번이나 눈에 미끄러져 넘어졌다. 막상 집을 나와 산동네를 내려왔지만 갈 곳이 없었다. 거리 곳곳에 집채만한 눈더미가 쌓여 있었고 바닥은 눈석임물로 질척거렸다. 제설작업을 하느라 바쁜 사람들을 지나쳐 남대천 다리로 가는 길로 들어섰다. 마음이…… 아팠다. 눈길을 한 걸음, 한 걸음 걸을 때마다. 남대천 다리 위에 서서 설산으로 변한 대관령을 오래 바라보았다.

내가 가증스럽다. 아무리 술에 취했고 내 얼굴에 달린 입이라고 해도 그런 말을 아내에게 내뱉을 수 있단 말인가. 내가 진정 시인인지 의심스러울 정도다.

남대천 다리를 건너 중앙시장으로 들어갔다. 폭설과 제설작업 때문에 시장은 한산했다. 시장통을 몇 차례나 왔다갔다하다가 포목점들이 끝나는 곳에서 오른쪽 길로 들어섰다. 사람들은 눈 얘기밖에 하지 않는 것 같았다. 어느 집 돼지우리가 무너져 돼지들이 떼죽음을 당한 이야기. 대관령에서 눈길에 차가 산 아래로 미끄러졌는데 눈 덕분에 차도 사람도 다친 데가 하나도 없었다는 이야기. 때마침 며칠 집을 비웠다가 돌아오니 그동안 내린 눈으로 집이 반이나 파묻혀 있더라는 이야기. 한밤중에 취객이 술을 마시고 돌아가다 눈에 홀려 그만 눈밭을 밤새 헤맨 뒤 눈을 이불 삼아 잠든 이야기. 그의 식구들이 아침에 찾아나섰는데 마을 입구 눈으로 덮인 논에는 다람쥐처럼 뱅뱅 맴을 돈 발자국이 찍혀 있고 그 눈 속에 누워 있는 취객의 표정은 비록 명을 달리했지만 그렇게 편안해 보일 수가 없었다고 한다. 폭설과 관련된 한 권의 장편소설이 나와도 될 만한 이야기들이 시내 곳곳에서 피어나고 있었다. 나는 포교당 뒤편에 붙어 있는 보육원 담장에 도착해 담너머로 안을 들여다보았다. 아내는…… 보이지 않았다. 걸음은 더이상 앞으로 가지 못하고 머뭇거리기만 했다.

혹시…… 내 속에 정말 아내를 의심하는 마음이 숨어 있는 것은 아닐까? 그 치졸한 마음이……

보육원 마당에서 나는 무릎을 꿇고 앉아 아내를 기다렸다. 퇴근시간이 되자 직원들이 하나둘 나왔다. 아내는 나오지 않았다. 눈 녹은 물이 바지와 내복, 무릎을 서서히 얼려가고 있었다. 보모 한 분이 밖으로 나와 그러지 말고 안으로 들어오라고 청했지만 나는 일어서지 않았다. 여전히 아내의 모습은 보이지 않았다. 날이 재빠르게 저물고 있었다. 다리에서부터 온몸으로 추위가 번져갔다. 보육원에서 백열등 불빛이 하나둘 피어났다. 아이들 노는 소리가 점점 잦아들었다. 뜨거운 보리차를 사기컵에 담아 나온 보모가 아내의 전언을 전해주었다. 자신은 결코 나가지 않을 거라고. 그러니 빨리 집으로 돌아가라고. 보모는 보리차를 내 앞에 놓고 안으로 들어갔다. 보리차에서 올라오는 김도 빠르게 식어가는 2월의 저녁이었다.

내 마음속에 똬리를 틀고 있는 그 생각을 나는 아내가 보는 앞에서 얼려 죽일 작정이었다.

토요일.

다행히도 그이는 괜찮다. 저러다 말겠지 생각했는데 그게 아니었다. 마침 어제저녁 포교원 원장 스님의 부름이 있어 동료 보모에게 잘 살펴봐달라는 부탁을 하고 시내에 나갔다 온 사이에 그이는 결국 쓰러졌다고 한다.

고집불통에 앞뒤가 꽉 막힌 사람!

병원 응급실에 누워 있는 그이를 끌어안고 우는 것 외엔 아무것도 할 수 없었다. 비시시 웃는 그이의 뺨을 때려주고 싶었지만 안아주는 것이 더 좋았다. 우리는 다시 손을 잡고 병원을 나왔다. 눈더미 위에서 반짝이는 가로등 불빛을 하나, 둘, 셋, 넷…… 지나 시내를 빠져나왔고 남대천 다리를 건넜다. 군고구마를 사서 하나씩 들고 뜨거운 입김을 후후 뱉어내며 산동네 골목길을 올라갔다. 굵어지는 달이 제일 먼저 달빛을 뿌려주는 우리들의 단칸방 앞에 도착해 마침내 안도의 한숨을 쉬었다. 마침내 다시 일상이 시작되었다. 그이는 꺼진 연탄불을 피우느라 마당을 돌아다녔고 나는 석유곤로로 밥을 하고 찌개를 끓였다. 우리 두 사람을 위한 단란한 저녁상이 차려졌고 공기구멍을 최대한 열어놓은 까닭에 방구들은 금방 따스하게 달아올랐다.

아이들이 낮잠을 자는 시간, 톱밥난로 옆에서 이 일기를 쓴다. 점심을 먹고 차를 마실 때 동료 보모가 이번 싸움의 전말을 듣고 이렇게 말했다. 아무리 부부 사이라 하더라도 해야 될 말과 하지 말아야 될 말이 있다고. 정말 그런 걸까. 그래야 하는 걸까…… 지금껏 나는 그렇게 생각하지 않았다. 사랑하는 부부라면 감추는 게 없어야 한다고 여겼다. 거짓말을 해서는 안 된다고 생각했다. 그래서 솔직하게 그이에게 나 대신 살림을 해주는 게 좋다고 말했던 것이다. 그리고 살림은(몇 가지 되지도 않지만) 내가 시켜서 한 게 아니라 그이가 자발적으로 시작한 거였다. 그런데 내 말이 그이의 자존심을 건드린 거라니. 잘 모르겠다. 앞으로도 이런 일이 다시 생기지 않으리란 보장이 없다. 그걸 방지하려면 어떤 말을 하기 전에 이 말이 상대방의 자존심을 건드릴 것인지 아닌지를 고민한 뒤에 얘기해야 된다는 얘기다. 그게 대체 뭐란 말인가! 그럼 그이가 했던 말도 그동안 숨겨두었던 말이라는 얘긴데 내 말이 계기가 돼 불쑥 튀어나왔단 말인가. 그동안 마음속으로는 내가 강우연을 사랑했던 것일지도 모른다는 의심을 계속 품은 채 끙끙 앓고 있었다는 얘기다. 세상에나!

오늘 저녁은 닭 한 마리를 사서 푹 고아 먹어야겠다.

일요일.

시가 내 방문을 두드렸다. 어제와 오늘에 걸쳐 무려 열 편의 시를 썼다. 쓴 게 아니라 누군가의 목소리를 받아적었다는 게 맞다. 이번 일로 내 안에 뭉쳐 있던 무엇인가가 터진 느낌이다. 내일 이 시편들을 가지고 서울로 가야겠다. 나를 시인으로 추천해준 선생님께 시를 보여드리고 발표할 수 있는 지면도 알아볼 예정이다. 아무래도 친정이 되는 문예지에 발표하는 게 나을 것 같다. 그동안 못 본 문우들도 만나려면 한 일주일은 소요될 것 같다. 저녁에 아내가 퇴근하면 먼저 시부터 읽어주고 일정을 의논해야겠다.

아내가 나 없는 일주일을 무서워하지 않을까 걱정이다.

"아버지…… 서울에 가지 마세요."

방에는 나 혼자밖에 없는데 낯선 여자의 목소리가 들린다. 방문을 열어봤지만 사람은 없고 치다 남은 눈뿐이다. 아버지라니? 그 일로 몸이 허해져서 환청을 들은 걸까. 다시 시가 오시는 느낌이 들어 만년필을 들고 앉은뱅이책상 앞에 앉아 원고지를 펼쳤다.

"부탁이에요. 눈이 모두 녹거든 가세요. 그때 가셔도 늦지 않잖아요."

낯선 목소리를 받아적은 뒤 다시 읽어보았다. 누군가가 내 마음을 들여다보고 있는 것만 같았다. 나는 주변을 둘러보는 대신 나를 훑어보았다. 산에서 나온 지 한 계절이 지났지만 여전히 승복을 입고 있었다. 머리만 조금 자란 상태였다. 승복을 벗고 일반들이 입는 옷으로 갈아입지 않은 것은 큰스님에 대한 미안함 때문이다. 아내도 내 마음을 아는 터라 그동안 아무 말도 하지 않았다. 주변의 따가운 시선에도 아랑곳하지 않았다. 이번에 서울에 올라가 내 시 열 편을 특집으로 싣는 일만 성사되면 옷을 갈아입어야겠다. 이제 승복을 벗을 때가 된 것이다.

"제발 가지 마세요. 길이 미끄러워 위험해요."

내 귀에 한 여자가 매달려 있는 모양이다. 어쩌면 이번에 쓴 시는 그 여자가 불러준 것만 같다. 자세히 들으니 꼭 아내의 목소리 같기도 하다. 저녁에 아내가 오면 의견을 물어봐야겠다. 서울로 갈지 말지를. 아내가 가지 말라면 가지 않겠다.

"딱 한 번만 제 얘길 들어주세요!"

당신은 누구십니까? 어떻게 내 마음을 읽고 계십니까? 나는 원고지 위에다 검은색 잉크가 들어간 만년필로 이렇게 물었다.

"믿지 않겠지만, 나는…… 당신의 딸입니다. 지금 당신 아내의 뱃속에 잉태돼 있는. 그러니 서울에 가지 마세요. 위험해요."

지금 그 얘길 나더러 믿으란 얘긴가요? 그리고 내 아내가 임신을 했다고요? 나도 모르는 사실을 당신이 어떻게 압니까?

"나를 아버지 없는 딸로 자라지 않게 해주세요."

이게 마지막 말이었다.

3

오대천의 단풍이 시뻘겋게 물든 새벽이었다.

상향등을 켠 군용지프 한 대가 자갈을 튕겨내며 큰절에서 상원사로 이어진 비포장 길을 빠르게 올라가고 있었다. 지프는 거의 통통 튀면서 달리는 것 같았다. 가까이 다가가 보니 운전병은 군복을 입었고 옆과 뒤에 탄 사내들은 사복 차림인데 눈매가 여간 매서운 게 아니었다. 머리를 길렀고 옷도 사복이지만 그들은 군인임에 틀림없었다. 저들이 대체 무슨 일로 아직 해도 뜨지 않는 새벽에 상원사로 올라가고 있는지 도식은 알 길이 없었다. 도식도 거의 새처럼 지프와 같은 속도로 날아가고(?) 있었는데 가슴은 영문도 모른 채 쿵쾅거렸다. 앞자리의 사내가 점퍼 지퍼를 내리고 안쪽으로 오른손을 디밀더니 곧 권총을 끄집어냈다. 사내는 권총에 실탄을 장전했다. 뒷자리의 사내는 지프가 사정없이 튀는데도 손잡이를 잡은 채 졸고 있었다. 1980년 가을, 계엄령의 새벽이었다.

지프는 상원사로 가기 위한 마지막 다리를 통과하더니 더 속력을 내기 시작했다. 그곳부터는 길옆으로 전나무가 우거진 어두운 숲이었다. 지프 불빛에 전나무 숲의 키 작은 단풍나무들이 화들짝 놀라며 잠에서 깨어나고 있었다. 그 언덕길을 하이에나처럼 단숨에 올라간 지프는 주차장에 서지 않고 곧바로 왼쪽 상원사 쪽으로 방향을 틀었다. 불빛이 크게 한 번 흔들렸다. 엔진 소리도 급경사를 만나더니 한층 더 사나워졌다. 배기통에서 검은 연기가 푹푹 쏟아져나오더니 요란한 브레이크 소리와 함께 절 앞 돌계단 아래에 급하게 멈췄다. 손에 권총을 든 두 사내가 총을 잡지 않은 손으로 습관인 듯 옷을 톡톡 털면서 내렸다. 그들은 천천히 돌계단을 올라갔다.

종무소 안.

"여기 주지 어디 자빠져 있냐?"

"……누구세요?"

권총을 보고 당황한 스님이 말을 채 끝내기도 전에 권총을 쥔 손이 스님의 얼굴을 가격했다. 뒤이어 검은 단화의 뾰족한 주둥이가 바닥에 쓰러진 스님의 옆구리를 향해 한동안 무차별적으로 날아왔다. 스님의 얼굴은 이내 피투성이로 변했다. 사내는 바닥에 쓰러진 스님에게 권총의 총구를 까딱거리며 일어나라는 신호를 보냈다. 겁에 질린

스님은 벌떡 일어났다.

"주지 놈 있는 데로 안내해라."

권총의 말은 한겨울의 쇠붙이처럼 단단하고 싸늘했다. 총구에 떠밀려 비틀거리며 종무소에서 나온 스님은 신발도 신지 못한 채 벌벌 떨고만 있었다. 마당에 모여 있던 스님들도 권총의 총구가 말없이 한 바퀴 돌자 두려움에 사로잡힌 채 침묵을 지켰다. 린치를 당한 스님은 비척비척 청량선원淸凉嬋院과 법당, 영산전靈山殿 앞을 지나 나뭇가지를 엮어 만든 문을 열고 또다른 마당으로 들어섰다. 그 뒤를 권총이 따랐고 다시 그 얼마 뒤에서 스님들이 따라왔다. 또 한 명의 권총을 든 사내는 맨 뒤에서 전체를 주시하며 걸음을 옮겼다. 도식은 그 스님들 사이에 있는 아버지 강포수를 보았다. 그러나 아버지는 엽총을 들고 셰퍼드를 데리고 있는 게 아니라 머리를 밀고 승복을 입은 채여서 도무지 영문을 알 수 없었다. 아버지는 이보다 훨씬 오래전에 절에서 떠났기 때문이었다. 하지만 지금은 그게 급한 게 아니었다. 린치를 당한 스님이 불이 켜진 방문 앞에서 걸음을 멈췄다.

"불러."

권총이 총구로 스님의 뒤통수를 밀며 나직하게 말했다. 그러나 린치를 당한 스님이 입을 열기도 전에 주지 스님의 방문이 덜컥 열렸다.

"누구요?"

주지 스님은 열린 방문 너머에서 한 마리 학처럼 앉아 있었다. 권총은 잠깐 망설이다가 총구를 땅으로 내렸다. 방에서 흘러나온 불빛이 마루와 댓돌, 마당에서 세 번 몸을 꺾고 있었다. 권총은 침 삼키는 소리를 헛기침으로 감추고 권총을 잡은 손에 힘을 주었다.

"보안대에서 나왔소. 조사할 게 있으니 함께 가야겠소."

"뭘 조사한다는 거요?"

"간첩과 내통했다는 신고가 들어왔소."

"간첩?"

주위가 술렁거렸다.

"난 그런 적이 없소."

"그건 조사해보면 알 거고. 어이, 연행해."

땅으로 향했던 권총의 총구가 천천히 주지 스님에게로 올라갔다. 뒤편에 있던 사내가 앞으로 나와 신발도 벗지 않은 채 주지 스님의 방으로 들어갔다. 그는 총구로 앉아 있는 주지 스님의 뒷머리를 툭툭 두드리며 일어날 것을 종용했다.

"간첩과 내통했다니……"

"말도 안 돼……"

그 말을 들은 사내가 총구를 백팔십 도 돌렸다. 모두들 일제히 입을 다물었다. 사람들 눈에 보이지 않는 도식도, 도식의 아버지 강포수도. 멀리 동대산 능선의 하늘이 푸르게 변해가고 있었다. 그들은 그렇게 기습적으로 나타나 지프에 상원사 주지 스님을 태우고 사라졌다. 무엇에 홀린 듯 멍하니 서 있는 절 사람들을 새벽의 미명 속에 남겨둔 채. 도식은 아버지 강포수에게 물었다.

"아버지, 이게 무슨 일이에요?"

"……계엄군들이 뭔 일을 모의하는 모양이다."

"뭔 일을?"

"……글쎄다. 지난봄 광주에서 벌어진 일이 떠오르는구나."

"광주요?"

새벽의 어둠을 뚫고 지프 두 대가 큰절 사천왕문 옆 주차장에 멈췄다. 검은 그림자들이 하나둘 내리더니 한데 모였다. 그림자들은 모두 손에 권총을 쥐고 있었다. 잠깐 무엇인가를 논의를 한 그들은 밤의 절 간구조가 익숙한 듯 재빠르게 흩어졌다. 사천왕문의 어둠 속에 숨어 있던 옥자와 옥자의 아버지 종욱은 그때야 겨우 숨을 돌렸다.

"총을 든 걸 보니 군인들 같은데……"

"아버진 어떻게 여기 있어요?"

"……가끔 온다. 그나저나 오늘 뭔가 큰일이 벌어지려는 모양이다."

"저도 그런 예감이 들어요. 우리가 이 새벽에 여기 있는 걸 보면."

"따라가보자."

종욱이 먼저 사천왕문의 어둠을 빠져나갔다. 옥자는 선뜻 걸음을 떼지 못하고 종욱의 뒷모습만 바라보았다. 마음이 짠했다. 이렇게 알 수 없는 세상을 함께 떠돌고 있다니…… 반갑고, 쓸쓸했다.

"아버지?"

"……응?"

종욱이 걸음을 멈추고 뒤돌아봤다.

"날 만나서 반가워요?"

"……그래. 행복하다."

"저도 행복해요."

정적에 잠겼던 새벽의 절이 소란스러워졌다. 곳곳에서 고성과 비명소리가 피어났다. 불이 켜지고 누군가 뛰쳐나오는 소리도 들렸다. 종욱과 옥자는 서둘러 방산굴 쪽으로 뛰어갔다. 아버지와의 살가운 대화를 뒤로 미룬 채.

"야, 이 중놈의 새끼들아, 빨리빨리 안 걸어!"

검은 사내1이 권총을 든 채 소리쳤다.

"씨발놈들이 밤새 딸딸일 쳤나, 오입질을 했나, 걷는 꼬라지 좀 봐라!"

검은 사내2의 단화가 스님의 엉덩이를 가격했다. 스님은 앞으로 꼬꾸라졌다. 그 위로 발길질이 쏟아졌다.

"안 일어나지. 총알맛 좀 볼래?"

검은 사내3이 쓰러진 스님의 입에 권총의 총구를 들이댔다.

옥자와 옥자의 아버지가 방산굴에 도착하기도 전에 이미 상황은 종료되어 있었다. 주지 스님, 총무 스님, 재무 스님이 검은 사내가 겨누고 있는 권총에 등 떠밀려 줄줄이 끌려나왔다. 옥자의 아버지가 검은 사내에게 달려들었지만 그는 그저 허상일 뿐이었다. 지나가는 그림자나 바람이었다. 그냥 검은 사내를 통과할 뿐 아무것도 할 수 없었다. 옥자의 눈에만 아버지가 보일 뿐이지 다른 사람들은 두 사람을 보지도 못했다. 옥자는 달려가 아버지를 잡았다. 여러 차례 검은 사내들을 향해 돌진을 시도한 아버지는 숨만 헉헉거렸다. 두 사람이 할 수 있는 일은 오직 검은 사내들이 꼭두새벽에 스님들을 권총으로 위협해 끌고 가는 그 야만의 장면을 눈 부릅뜨고 바라보는 것뿐이었다. 맞서서 싸우지는 못하지만 결코 잊지는 않겠다는 표정을 한 채. 비록 세상을 떠도는 그 무엇에 불과하지만.

"왜 저들이 스님들을 잡아가는 거죠?"

"요즘 권력을 잡은 군인새끼들한테 무엇인갈 단단히 밉보인 모양이야."

"그래도 그렇지. 어떻게 군인들이 민간인에게 총을 겨눌 수 있어요?"

"아마 보안대 놈들일 거야. 저런 짓을 할 놈들은 보안대밖에 없어."

스님들을 한 명씩 태운 지프 세 대가 요란한 소리를 내며 큰절을 빠져나갔다. 그 뒤꽁무니를 바라보는 사람들은 창졸간에 벌어진 일에 모두 넋이 나간 얼굴이었다. 지프 소리가 사라지자 그때야 누군가 흐느끼기 시작했고 그 울음은 빠르게 번져나갔다. 아직 시꺼먼 새벽하늘을 향해 어느 스님이 하늘이 찢어져라 고함을 내질렀다.

"큰스님은 안 끌려간 것 같아요."

"다행히 여기 안 계신 모양이다."

"아버지, 큰스님이 걱정돼서 여기 오신 거예요?"

"……그래."

"아버진 오래전에 절에서 떠났잖아요?"

"이곳은 내 영혼의 고향이다."

"엄마가 알면 섭섭해할 거예요."

"엄마는 내 마음의 고향이고."

옥자는 아버지를 껴안았다. 따스했다.

"아버지, 제가 저 사람들을 따라갔다 올게요. 어디로 끌고 가는지, 무슨 짓을 하는지 알아야 하잖아요."

"갈 수 있겠냐?"

"갈 수 있을 것 같아요. 아버지는 절을 지키세요."

옥자는 사천왕문의 어둠 속으로 사라졌다.

지프는 어둠을 뚫고 영동고속도로를 달렸다. 원주 태장동 천일공사에 도착했을 때는 아침해가 훤하게 떠 있었다. 높은 담장 위에 원형철조망까지 둘러쳐져 밖에서는 쉽게 안을 볼 수 없었다. 뒤편은 군부대고 주변엔 높은 건물이 들어설 수 없는 군사지역이었다. 더군다나 원주천이 앞쪽으로 휘돌아가고 있어 외부인이 접근하기도 쉽지 않았다. 정문에 천일공사라는 간판이 붙어 있지만 사실은 보안대 대공분실이었다. 새벽을 달려온 네 대의 지프는 현관 앞에 나란히 서 있었다. 도식과 옥자는 삭막하기 이를 데 없는 이층 건물을 바라보았다. 흰 페인트칠이 벗겨진 지 오래된 건물은 흉가처럼 괴괴했다. 그 괴괴함을 흔든 건 다름아닌 누군가의 비명소리였다. 도식과 옥자는 건물 안으로 달려갔다.

"옷 갈아입어."

상원사 주지는 무슨 소린지 몰라 권총의 얼굴을 보기만 했다. 기다렸다는 듯 권총이 들고 있던 쇠파이프로 주지의 옆구리를 가격했다.

"야 이 중놈아, 승복 벗고 군복으로 갈아입으라고."

"……내가 왜 군복을 입어야 됩니까?"

권총은 그래야만 하는 이유를 설명해주는 대신 다시 쇠파이프를 휘둘렀다. 머리를 제외한 온몸으로 쇠파이프가 달라붙었다. 비명소리가 악몽처럼 피어났다. 눅눅한 지하실은 미친개처럼 쇠파이프를 휘두르는 권총의 입에서 뿜어져나온 악취로 가득했다. 주지는 그 쇠파이프에 밀려 철제침대에 놓인 군복 앞까지 기어갔다. 권총의 목소리는 싸늘했다.

"입어."

주지는 가까스로 일어나 승복의 상의를 벗었다.

"이런 씨발놈, 동작 봐라. 여가 절간인 줄 아나봐."

탁자 앞 의자에 앉아 있던 권총이 거의 휙 날아가 이단옆차기로 웃통을 벗은 스님의 등을 가격했다. 스님은 군용담요가 깔린 철제침대로 처박혔다.

지하 곳곳에서 비명소리와 고함이 벽을 뚫고 건너왔다. 서러운 울음소리까지. 지하실의 구조는 단출했지만 살벌했다. 가운데에 놓인 탁자와 의자 두 개, 겉면에 타일을 붙여 만든 세면대와 그 옆 물이 고여 있는 좁은 탕, 배설물을 받아내는 데 쓰이는 양동이, 철제침대, 마지막으로 벽에 걸려 있는 각종 고문도구들. 창은 없고 오직 철문만 하나 있는데, 영원히 열릴 것 같지 않은 문처럼 보였다. 천장 가운데에 매달린 백열등에서 흘러나오는 빛이 이 고문실의 모든 걸 묵묵히 비춰주고 있었다. 철제침대 귀퉁이에 엉덩이를 걸치고 앉은 도식은 마치 자신이 심문을 받고 고문을 당하는 것만 같아 눈을 감고 두 손으로 머리를 벅벅 긁었다. 도식은 알고 있었다. 대통령이 총에 맞아 죽고 계엄령이 선포되어 심야시간엔 통행금지가 시행되던 때, 강원도 정선의 사북탄좌에서 광부들이 노조위원장의 아내를 기둥에 묶어놓고 폭동을 일으켰다고 방송이 떠들던 때, 남쪽 광주에선 북의 사주를 받은 이들이 폭동을 일으켰다고 텔레비전에서 떠들던 때, 오대산의 스님들이 한밤중에 들이닥친 군인들에게 끌려갔다는 이야기를 친구들로부터 들었던 때, 바로 그해에 자신이 도착해 있다는 것을. 실체도 없는 그림자가 되어. 다만 구경꾼일 뿐이라는 사실에 괴로워하며 대공분실의 고문실에서 고통스럽게 앉아 있었다.

"야, 군복 입으니 잘 어울리네!"

"……"

"자 시작해볼까."

권총은 여전히 담담한 표정에 나직하고 느린 말투, 그리고 상대의 표정과 동작을 읽는 매서운 눈으로 책상 앞에 앉아 있었다. 정신없이 몰아치는 폭풍을 한차례 겪은 상원사 주지도 몸은 엉망진창이었지만 눈빛은 서서히 되살아나는 중이었다. 두 사람은 책상을 가운데에 놓고 한동안 침묵을 유지했다. 권총은 서류를 뒤적였고 낡은 군복을 입은 스님은 눈을 감은 채 생각에 잠겨 있었다.

"너, 간첩한테 돈 받았지?"

"그런 적 없다."

권총의 눈이 가느다랗게 변했다가 곧 안정을 되찾았다.

"안 받았다고?"

"안 받았다."

"간첩한테 받은 돈으로 느그 스님 포니 사줬잖아?"

"그건 내가 월남 가서 번 돈으로 사드린 거다."

"그래?"

"그렇다."

"간첩한테 받은 돈이 아니고?"

"그렇다."

"그렇구나……"

권총은 서류를 덮고 조용히 자리에서 일어났다. 앉았던 의자 주위를 서성거리며 고개를 끄떡거렸다. 아무래도 뭔가 착오가 생겼다는 표정을 한 채. 그렇게 얼마를 서성거리다가 느닷없이 의자를 들어 책상 건너편의 스님에게 내리쳤다. 이어 다시 쇠파이프를 잡고 도리깨질을 하듯 쓰러진 스님을 때리기 시작했다. 숨을 헉헉거리며, 땀을 흘리며, 썩는 냄새를 토해내며. 그러나 표정만은 평상심을 유지한 채. 변변한 가구조차 없는 지하실로 스님의 신음소리만 정구공처럼 이벽 저벽에 부딪혀 튀어다니다가 이윽고 가라앉았다. 권총은 바닥에 쓰러진 의자를 가져와 손바닥으로 정성들여 닦았다.

"난 이 세상에서 나한테 반말하는 새끼가 젤 맘에 안 들어."

스님은 피투성이가 된 채 바닥에 쓰러져 있었다. 권총은 담배에 불을 붙였다.

"일해야 되니까 거기 누워 있지 말고 빨리 와서 앉아."

두 사람은 책상을 사이에 놓고 다시 마주앉았다. 그때 다른 방에서 사지가 찢어지는 듯한 비명소리가 벽을 뚫고 건너왔다. 권총은 그 소리가 멈출 때까지 서류만 뒤적거렸다.

"너, 간첩한테 돈 받았지?"

"……안 받았다."

"간첩한테 받은 돈으로 느그 스님 포니 사줬잖아?"

"아니다. 그건 내가 월남 파병 나가서 번 돈으로 사드린 거다."

"그래?"

"……그렇다."

"간첩한테 받은 돈이 아니고?"

"그렇다."

"……그렇구나."

권총은 서류를 덮고 탁자 옆에 붙어 있는 벨을 눌렀다. 새 담배에 불을 붙인 권총의 콧구멍에서 담배 연기가 술술 새나왔다. 권총이 슬픈 표정으로 스님을 바라보며 입을 열었다.

"난 전기고문이 정말 싫어. 너무 비인간적이야. 안 그렇게 생각해?"

"……"

누군가 천천히 철문을 세 번 두드렸다. 그 소리에 도식은 소스라치게 놀랐다.

옥자 역시 철제침대 귀퉁이에 엉덩이를 걸치고 앉아 지하실의 살풍경에 몸서리를 쳤다. 그곳은 큰절의 재무 스님을 고문하는 방이었다. 검은 사내는 아무런 말도 없이 다짜고짜 몽둥이질부터 시작했다. 여름날의 소나기 같은 몽둥이세례가 지나가자 다음엔 옷을 모두 벗기고 물고문과 고춧가루고문, 그리고 전기고문이 이어졌다. 기절을 하면 찬물을 뿌려 깨운 뒤 다시 고문을 했다. 돌고, 돌고 또 돌아가는 고문의 연속이었다. 하지만 검은 사내는 왜 고문을 하는지 한마디도 스님에게 알려주지 않았다. 땀만 뻘뻘 흘릴 뿐. 고문을 하다 지치면 물을 마시고 담배를 피웠다. 그 시간은 삼 분도 되지 않았다. 무심히 담배를 피우다가 문득 생각났다는 듯 자리에서 벌떡 일어나 몽둥이를 들고 스님에게 다가가 휘두를 뿐이었다. 성기에 전기선을 연결한 뒤 스위치를 누를 뿐이었다. 물속에 얼굴을 집어넣고 뒤통수를 오래 누르다가 꺼낼 뿐이었다. 부하와 함께 스님의 팔과 다리를 각목에 묶어 매달아놓고 뒤로 젖혀진 얼굴을 사정없이 가격할 뿐이었다. 젖은 손수건으로 코와 눈을 가려 숨을 못 쉬게 한 뒤 주전자에 담긴, 고춧가루를 잔뜩 탄 물을 입에 부을 뿐이었다. 스님은 공중에 통닭처럼 매달려 이제는 비명조차 지르지 못하고 있었다. 옥자는 구역질이 올라와 몇 번이나 방을 뛰쳐나가려 했으나 간신히 견뎌냈다. 검은 사내와 부하가 어떤 기척을 느꼈는지 옥자가 앉아 있는 침대 끝으로 몇 번 고개를 돌렸지만 그들의 눈엔 옥자가 보이지 않았다.

"맨날 중 옷만 입다가 군복 입으니 기분이 어때?"

두 시간 가까이 지난 뒤 검은 사내가 마침내 입을 열었다. 부하는 다른 방으로 갔다.

"……기분 더럽다."

"더러워도 참아. 지금부터 조사할 게 많으니까. 그리고 지금 입고 있는 군복에 달린 계급장 보이지? 그 작대기 하나가 이등병이야. 이등병은 군대에서 가장 낮은 계급이야. 난 하사관이고. 군대는 계급사회야. 니가 나보다 나이가 많아도 계급은 저 아래야. 그러니 나한테 반말하면 다시 한 바퀴 돌 거야. 알아들었냐. 이 씨발놈아!"

"……"

"대답을 안 하겠다?"

"……"

검은 사내는 다시 입을 다물고 몽둥이를 들었다. 그 몽둥이가 스님의 등과 팔, 허리와 다리로 차례차례 내려왔다. 스님은 터진 축구공처럼 시멘트 바닥을 굴러갔다.

"알아들었나?"

"……예."

"이제 정신을 차렸구나. 넌 나한테 걸린 게 다행인 줄 알아야 돼. 우리 엄마가 니가 있는 절 신도거든. 그거 참작해서 금방 끝내줄 테니 묻는 말에 대답만 잘 해. 알았지?"

"……예."

"우리 엄마가 누군지 궁금하지 않아?"

"……예."

"우리 엄마가 니 일 잘한다고 얘기 많이 하더라."

엄마가 큰절 신도라니! 옥자는 기가 막혀 벌린 입을 다물지 못했다. 그 사실을 저렇게 태연하게 털어놓을 수 있단 말인가. 검은 사내는 책상 위의 서류를 정리하다가 가끔 스님을 바라보곤 웃음을 흘렸다. 스님의 얼굴은 고무공처럼 퉁퉁 부었고 터진 입술에서는 피가 말라가고 있었다. 낡은 군복을 입은 채 의자 위에 앉아 있는 스님은 새끼손가락으로 건드려도 툭 쓰러질 것처럼 위태로웠다. 이윽고 서류 정리를 마친 검은 사내가 볼펜을 들고 스님을 바라보았다.

"지난 십 년 동안 월정사 재무를 니가 봤지?"

"예."

"그럼 비밀 자금 어디다 숨겼어?"

"숨기지 않았습니다."

"숨기지 않았다고?"

"예."

"그럼 비밀 아파트와 여자는 어디에 있어?"

"그런 거 없습니다."

"그동안 시주금은 얼마나 착복했어?"

"착복하지 않았습니다."

"무엇 때문에 중이 됐어?"

"공부를 더 깊이 하려고 중이 됐습니다."

"북한 간첩과는 몇 번 만났어?"

"만나지 않았습니다."

"……제대로 말한 게 하나도 없네?"

검은 사내는 서류를 덮더니 책상 끝에 있는 벨을 눌렀다. 얼마 있지 않아 아까 검은 사내를 보좌하던 부하가 다시 들어왔다. 부하는 문을 닫자마자 달려들더니 스님의 옆구리를 구둣발로 가격했다. 스님은 의자와 함께 시멘트바닥으로 나뒹굴었다. 말의 시간은 너무 짧았고 다시 무차별 폭력과 고문의 시간 속으로 들어선 것이었다. 옥자는 눈물을 흘리며 그 하나하나의 장면들을 눈으로 기록했다. 그렇게 한차례의 폭풍이 지나갔고 스님은 철제침대에 누더기처럼 내팽개쳐졌다. 그들은 철문 밖으로 나갔다.

"얘야?"

낯선 할머니 한 분이 한복을 곱게 차려입고 스님 옆에 쪼그려앉아 손으로 피투성이인 얼굴을 닦아주었다.

"얼마나 아프냐?"

"……할머니?"

"그래. 할미다."

"할머니, 어떻게 여길 오셨어요? 군인들이 오기 전에 빨리 가세요. 여긴 사람 있을 곳이 아니에요."

스님의 눈에서 피눈물이 흘러내렸다. 그녀는 스님이 어렸을 적에 돌아가신 할머니였다. 스님의 목소리도 어린아이처럼 변해 있었다. 스님의 얼굴과 팔다리를 연신 쓰다듬는 할머니의 손도 피투성이로 변했다.

"쳐죽일 놈들!"

"……할머니. 어서 가세요."

길고, 반복되는 잔인한 폭력과 고문의 시간이 흘러갔다. 도식과 옥자는 천일공사의 이층 사무실에 앉아 지하실에서 올라오는 기록들을 읽었다. 간첩혐의로 끌려온 상원사 주지는 부정 축재자로 몰려 주지 자리에서 물러난다는 사퇴서를 억지로 썼다. 주지는 취조에 적극적으로 참여하지 않았다는 괘씸죄에 걸려 사 주간의 삼청교육대행이 결정되었다. 발목과 이가 부러진 큰절의 재무 스님 역시 강압에 못 이겨 사퇴서를 쓴 뒤 부정 축재자로 몰려 원주교도소로 수감되었다. 다른 스님들의 경우도 마찬가지였다. 10월 27일 새벽부터 10월 30일까지 신군부는 불교계의 정화를 추진한다며 전국 주요 사찰에 삼만이천여 명의 군과 경찰을 동원해 일제히 들이닥쳤다. 그 목적은 일반 수배자, 5·18 관련 수배자, 포고령 위반자, 간첩 색출이라고 적혀 있었다. 10월 27일 새벽에 영문도 모른 채 강제로 끌려간 불교인은 모두 백오십삼 명이었다. 그 가운데 어떤 스님은 낮에는 주지, 밤에는 요정 사장이라는 누명을 썼고 또 어떤 스님은 여자 연예인, 여신도 들과 놀아났다는 혐의를 받았는데 절 구경을 온 연예인과 찍은 사진이 액자에 걸려 있었기 때문이었다. 도식과 옥자는 천일공사의 이층 사무실에서 이 모든 만화 같은 기록을 모두 읽었다. 처절한 신음소리와 울음소리가 지하실에서 귀신의 곡성처럼 올라오는 10월의 밤이었다. 그들의 숨은 목적은 종단 해산, 군부에 의한 비상종무원 결성이었는데 그 뒤에 누가 있는지는 알 수 없었다. 알려고 하면 굳이 못 알 것도 없지만 도식과 옥자는 천일공사를 나와 오대산으로 돌아왔다. 큰스님은 어떻게 되었을까 걱정을 하며.

그 시간 큰스님도 서울의 어느 대공분실에 갇혀 먹을 빨아들인 붓으로 이런 글씨를 쓰고 있었다.

一生敗闕

그리고 붓을 내던졌다. 일생패궐. 이번 생은 크게 망했다, 라는 뜻이었다.

4

"혹시 멍게 좋아해요?"

블론디의 〈콜 미〉가 천둥소리처럼 쏟아지는 디스코텍에서 홀로 춤을 추던 옥자 친구 봉숙이 도식에게 물었다. 짝 달라붙는 청바지와 흰 와이셔츠를 입은 봉숙은 예뻤다. 봉숙은 섹시했다. 봉숙은 도식이 일하는 '정글'에 혼자 찾아와 맥주를 마시고 춤을 추고 있었다. 뭇 사내들이 춤을 추는 봉숙 옆으로 술기운에 기대 슬금슬금 접근하느라 바빴다. 봉숙은 잘빠진 몸매에 춤까지 잘 췄다. 얼굴도 괜찮으니 금상첨화였다.

"멍게의 맛은 오묘해!"

봉숙은 춤을 추며 작은 병맥주 한 병을 갖다준 도식에게 다시 멍게 이야기를 꺼냈다. 뜬금없이 멍게라니. 도식은 봉숙의 탱탱한 가슴을 훔쳐보며 물었다. 쾅쾅거리는 음악소리 때문에 봉숙의 귀에 입을 대고.

"멍게랑 친척이라도 됩니까?"

"응! 일 끝나면 같이 멍게 먹으러 갈래요?"

도식이 했던 것과 똑같이 귀에 입을 대고 말하는 봉숙의 입김에 온몸이 저릿저릿해졌다. 예전보다 두 배나 무거워진 사타구니가 불룩하게 커지고 있었다. 도식은 고개를 끄떡이며 물었다.

"자연산?"

"당연히 자연산!"

토요일 밤의 디스코텍은 당연히 토요일다웠다. 한 주가 끝났다는 해방감이 달뜬 음악과 술, 춤, 땀, 담배 연기, 목소리에 골고루 배어 있었다. 봉숙은 혼자 왔다. 왜 혼자 왔는지 도식은 묻지 않았다. 디스코텍의 무수한 손님들에게 그 까닭까지 묻다간 입술이 부르틀 게 틀림없으니까. 그렇다면 그런 거고 이렇다면 이런 거다. 거짓말도 괜찮고 참말도 괜찮다. 디스코텍에서는 디스코텍 밖의 사정은 중요하지 않았다. 디스코텍은 디스코텍일 뿐이다. 디스코텍이 그 이상이 되면 골치 아파진다. 그저 마시고 춤추고 떠들면 되는 것이다. 그러다 다시 일상으로 돌아가면 끝이다. 도식은 그런 공간에서 술을 나르고 남자 손님과 여자 손님을 연결해주는 웨이터였다. 물론 도식은 봉숙이 왜 혼자 디스코텍을 찾아왔는지 이미 짐작하고 있었지만 멍게를 미끼로 던질 줄은 미처 몰랐다. 하지만 사실 미끼는 도식이 먼저 던져놓았다는 걸 그녀들은 모르고 있었다.

"궁금한 게 있는데."

"……뭐가?"

산동네 옥자의 자취방이었다. 섹스가 끝났지만 옥자의 얼굴은 아직 발그레 상기돼 있었다. 연탄불에 달궈진 구들장에서 올라오는 온기가 땀냄새를 구수하게 만드는 새벽이었다. 벌거벗은 도식은 벽에 기댄 채 담배를 피우며 자신의 물건을 흐뭇한 눈으로 훑었고 담요를 덮은 옥자도 가끔 흘끔거렸다.

"여자들도 친한 친구 만나면 섹스 이야길 해?"

"……조금."

"조금? 어느 선까지 얘기하는데?"

"그냥 친한 친구들이랑 이 얘기 저 얘기 수다 떨다가 조금씩."

"너 친한 친구면 영순이하고 봉숙이잖아? 참, 그 친구들 잘 있어?"

"둘 다 요즘 안 좋아. 애인하고 헤어졌거든."

"아……"

도식은 담요 속으로 손을 디밀어 땀이 말라가는 옥자의 젖을 쓰다듬었다. 살금살금 내려간 손은 이번엔 옥자의 사타구니를 쓰다듬었다. 옥자는 몸을 살짝 꼬았다.

"너, 내가 다마 박은 거 걔들한테 얘기했어?"

옥자의 눈이 흔들렸다. 이미 얘길 했다는 표정이었다. 그렇다면 봉숙과 영순이 그 효과에 대해 물어보지 않았을 리가 없었다.

"……왜? 얘기하면 안 돼?"

"야, 내가 쪽팔리잖아. 얘기해도 조금만 해. 알았지?"

"……어."

"근데…… 정말 다마 박기 전과 다마 박은 다음이 확실하게 달라?"

"몰라! 이상한 거 좀 묻지 마."

"옥자야, 정말 궁금해서 그래."

"……할 때 반응 보면 알 수 있잖아."

"니 입으로 직접 얘기해주면 안 돼? 응?"

"싫어, 이상해."

"너 친구들한텐 얘기했을 거 아냐? 응? 뭐라고 얘기했어?"

"아, 몰라! 그냥 좋았다고 얘기했어."

옥자는 담요를 머리끝까지 뒤집어쓰더니 돌아누웠다.

사이키 조명이 빙글빙글 돌아가며 디스코텍의 블루스타임에 맞춰 각종 색깔의 물방울들을 함박눈처럼 흩뿌리는 밤이었다. 영순은 홀로 맥주를 마시고 있었다. 짝을 찾아 돌아다니는 사내들이 같이 블루스를 추자고 청해도 일절 응하지 않은 채 촛불 옆에서 술로 입술만 축였다. 유리컵에 고혹적인 립스틱 자국을 남기며. 도식은 줄곧 영순의 동태를 살피고 있다가 조금 한가해진 시간에 다가갔다.

"나 보고 싶어서 온 거죠?"

"어떻게 알았어요?"

"얼굴에 쓰여 있어요."

"그렇구나. 끝나고 뭐해요?"

"어디 가서 국수나 한 그릇 먹고 들어가야죠."

"제가 국수 사드릴게요."

디스코텍 영업이 끝나고 옥자의 친구 영순과 함께 찾아간 포장마차에서 도식은 출출한 속을 잔치국수 한 그릇으로 채웠다. 소주 한 병을 시켜놓고. 옥자의 친구 영순은 옷차림에 꽤 신경을 쓴 터라 도식은 자주 눈 둘 데를 찾아 허둥거렸다. 치마는 짧았고 영순이 고개를 조금 숙일 때마다 가슴골이 드러났다. 게다가 영순은 플라스틱 탁자 아래에서 구두를 벗고 발가락으로 자꾸만 도식의 다리를 툭툭 건드렸다. 한두 번이 아니라 여러 번, 그것도 일정한 리듬을 타면서. 도식이 다리의 위치를 조금 옮겨 의중을 떠봤는데 귀신같이 알고 찾아와 같은 행동을 반복했다. 도식은 태연한 표정으로 소주를 비우고 국물을 들이켰다. 영순은 계속 같은 행동을 하며 도식을 바라보았다. 이쯤 되면 영순의 의중이 무엇인지 파악이 된 것이었다. 남은 것은 도식이 튕겨야 할 주판알뿐이었다. 영순은 옥자의 친구였다. 도식과 옥자가 과연 어떤 관계냐는 분명한 정리가 필요했다. 비록 여러 사정상 성관계는 갖고 있지만 애인이라고 단정지을 수는 없었다. 물론 옥자는 애인이라고 주장할 게 분명하지만. 하지만 옥자와 도식의 관계는 시작부터 많은 문제점을 품고 있었다. 그 시작엔 옥자를 비롯해 옥자의 친구인 영순, 봉숙도 개입돼 있었다. 어찌 보면 도식이 그녀들에게 속아 넘어간 것일 수도 있었다. 도식은 고개를 끄덕였다. 크게 문제될 게 없었다. 영순 역시 그 사실을 분명하게 알고 도식에게 접근하는 게 틀림없었다. 도식 역시 어떻게든 옥자와의 관계를 끊으려고 했지만 이상하게 끊어지지 않고 있을 뿐이었다. 하여튼…… 영순과 어떤 일이 벌어진다 해도 그 일이 옥자의 귀에 들어가는 일은 벌어지지 않을 거란 판단이 섰다. 더군다나 지금은 누가 보더라도 옥자의 친구인 영순이 도식을 유혹하는 상황이었다. 사실 도식으로선 자신의 물건에 구슬 세 개를 박은 뒤부터 다소 이상한 일이 벌어지고 있었다. 그전에는 디스코텍에서 일하다보면 일주일에 한 명 정도는 자연스럽게 여자가 꼬였는데 다마를 박은 이후부터는 어찌된 일인지 단 한 여자도 접근하지 않고 있었다. 괴이한 일이었다. 마치 이상한 마법에 걸린 것만 같았다. 디스코텍에서 적당한 상대를 골라 도식이 먼저 접근해도 여자들은 냉담하기만 했다. 그런 일이 되풀이되다보니 어쩔 수 없이 술에 취해 옥자를 찾아가게 되는 날이 많아진 거였다. 다음날 어김없이 후회하며. 도식은 시험해보고 싶었다. 옥자 외의 다른 여자와 관계를 가졌을 때 과연 그녀들이 구슬의 효능에 대해 어떤 반응을 보일지. 하지만 아직껏 옥자 외엔 누구와도 관계를 가지지 못하고 있던 차에 옥자의 친구 영순이 나타난 거였다. 영순은 봉숙과 함께 도식이 옥자와 처음 자게 만든 공모자라는 것 또한 도식은 잊어버리지 않고 있었다. 도식은 포장마차를 나오면서 슬그머니 영순의 손을 잡았다. 영순도 슬그머니 도식의 어깨에 몸을 기댔다.

"강릉에 이런 데가 있었나?"
"눈 밝고 귀 밝은 사람만 아는 집!"

중앙시장 뒤편, 남대천을 건너온 철로가 둑을 지나 시내로 들어오는 초입에 위치한 작은 술집이었다. 그러니까 기찻길 옆에 다닥다닥 붙어 있는 가게들 중 마지막 가게였다. 여주인의 남편이 주문진에서 잠수부로 일한다고 했다. 봉숙과 도식은 다른 여러 해산물이 있었지만 오직 멍게만을 안주 삼아 경월소주를 비웠다. 봉숙의 말대로 멍게의 맛은 오묘했다. 그동안 먹어본 멍게는 단지 회를 먹기 전에 몇 저름 딸려나오는 해산물에 불과했다. 멍게가 단독 안주가 될 수 있을 거라는 생각은 한 번도 해본 적이 없었다. 그게 바닷가 사람과 도식 같은 산속 사람의 차이인지도 몰랐다. 하여튼 멍게의 맛은 이렇다고 한 가지로 규정하기 어려웠다. 쌉싸래하면서도 시원하고 은근히 달았다. 소주와의 궁합도 잘 맞는 것 같았다. 도식은 탁자 맞은편에 앉아 멍게를 먹는 봉숙의 볼륨 있는 몸매를 훔쳐보며 입에 고인 침을 삼켰다. 멍게는 침샘을 자극하는 안주였다.

"맛이 어때?"

"상상외로 훌륭해!"

"오늘 내가 쏘는 거니 많이 먹어."

"먹기는 먹는다만 무슨 꿍꿍이가 있는 거 아냐? 수상한데……"

"멍게는 남자랑 같이 먹어야 맛있어."

"너, 남자 많다면서? 왜 하필 나야?"

"다 쪼잔한 애들이야!"

같이 잠을 잔 다음날 밤에도 영순은 디스코텍이 끝날 무렵 도식을 찾아왔다. 그다음 날도. 내리 삼 일을 함께 보낸 뒤에야 도식은 영순을 떨쳐낼 수 있었다. 구슬의 위력을 확인할 수 있는 계기였다. 예전의 괘씸함을 보기 좋게 되갚아준 기회이기도 했고. 옥자의 입을 통해 도식의 구슬 이야기가 분명 영순과 봉숙에게로 건너갈 거라는 예상이 적중한 거였다. 너군다나 영순과 봉숙의 성격으로 볼 때 우정이나 의리가 그리 돈독하지 않을 거란 판단도 맞아떨어졌다. 봉숙보다 영순이 먼저 도식을 찾아온 게 의외라면 의외였다. 하긴 뭐, 각각의 일정이란 것도 있으니까 순서는 그리 중요하지 않았다. 도식은 젓가락으로 멍게를 집어 입속에 넣었다. 멍게의 속살은 부드러웠다. 감히 어금니로 씹을 수가 없었다. 도식은 입에 넣은 멍게를 혀끝으로 이리저리 굴렸다. 샘솟듯 침이 고였다. 어쩔 수 없이 도식은 멍게의 속살을 어금니로 살짝 씹은 뒤 침과 함께 삼켰다. 화한 박하 향기가 목구멍에서 올라왔다.

"원래는 이렇게 먹어야 더 맛있어."

봉숙은 도마와 함께 붉은빛을 띠는 멍게들을 통째로 한 바가지 가져왔다. 젖꼭지 같은 돌기가 온몸에 가득한 멍게를. 도식은 깜짝 놀라 멍게의 실체를 들여다보았다. 봉숙은 도마 위에 멍게를 올려놓고 반으로 잘랐다. 반이 잘린 멍게를 왼손 위에 공손히 올려놓고 젓가락으로 속살을 꺼내 사양을 하는 도식의 입에 한사코 넣어주었다. 멍게도 달았고 독하기로 소문난 경월소주도 달았다. 그냥 단 게 아니라 저 깊은 곳에서 우려질 대로 우려진 단맛이 천천히 올라오고 있었다. 마치 사랑처럼.

"오늘밤…… 내 방에 갈래?"

봉숙의 말에 도식은 고개를 끄떡이고 물었다.

"자취방이 멀어?"

"요 근처야."

도식과 봉숙은 팔짱을 낀 채 걸었다. 봉숙의 보드라운 젖가슴이 도식의 팔에 슬쩍슬쩍 와 닿았다. 도식은 봉숙의 머리카락에서 풍기는 샴푸 냄새를 깊이 들이켰다. 도식의 사타구니는 이내 묵직해졌다. 봉숙의 방은 정말로 걸어서 오 분도 안 걸리는 거리에 있었다. 남대천 둑의 가로등이 창문 위쪽에서 빛을 뿌리는, 마당 귀퉁이에 위치한 외딴방이었다. 담장에 붙은 작은 쪽문으로 들어가야만 되는 그런 방이었다. 도식과 봉숙은 방에 들어서자마자 누가 먼저랄 것도 없이 부둥켜안았고 서로의 옷을 벗기느라 바빴다. 마치 할 일이 한꺼번에 왕창 몰린 것만 같아서 두 사람은 키스를 하다 문득 생각난 듯 서둘러 옷을 벗기고, 또 갑자기 생각난 듯 상대방의 중요한 부위를 더듬었다.

"와! 진짜 멍게네!"

"멍게?"

"응! 아까 먹은 자연산 멍게랑 똑같아!"

봉숙은 바지와 팬티부터 먼저 벗은 도식의 사타구니에 매달린 물건을 보고 눈을 동그랗게 떴다. 그러나…… 불행하게도 그날 밤의 행복은 거기까지였다. 누군가 방문을 두드리기 시작했고 두 사람은 숨을 죽인 채 침묵을 지켰으나 방문 두드리는 소리는 물러가지 않았다. 시간이 흐를수록 문밖에서 말없이 문만 줄기차게 두드리는 사람이 누군지 분명해졌다. 도식과 봉숙은 포옹을 풀고 옷을 찾아 입었다. 그리고 문을 열었다.

밖에 서 있는 사람은 눈물을 흘리고 있는 옥자였다.

도식은 눈을 떴다. 떴지만 자신이 어디에 있는 것인지 분간하기 힘들었다. 봉숙의 방이나 산동네 옥자의 방 같기도 했으나 다시 눈을 감았다 뜨면 전혀 다른 곳으로 변해 있었다. 갈고리에 매달린 고깃덩어리에서 피가 뚝뚝 떨어지는 옛날의 푸줏간 같기도 했고 또 슬쩍 눈을 돌리면 절간의 법당 같기도 했다. 아니, 통닭구이와 전기고문, 물고문, 고춧가루고문이 자행되는 천일공사의 지하실처럼도 보였다. 그게 다가 아니었다. 무슨 말인가를 하려고 입을 열었다가 도식은 깜짝 놀랐다. 자신의 입에서 사람의 말이 아닌 돼지의 꿀꿀거리는 소리가 튀어나왔던 것이다. 도식은 황급히 눈과 손으로 자신을 훑어보았다. 사람이 아니라…… 까슬까슬한 털이 만져지고 들창코와 주둥이가 튀어나온 돼지였다. 돼지로 변한 건 도식뿐만이 아니었다. 모두가 돼지로 변해 꿀꿀거리고 있었다. 돼지로 변해 연애를 하고 있었다. 돼지로 변해 목탁을 두드리고 있었다. 돼지로 변해 고문을 하고 고문을 받고 있었다. 꽥꽥거리며 춤추고 있었다. 먹이를 놓고 꿀꿀거리며 싸우고 있었다. 불단 위에 앉아 있는 건 부처가 아니라 돼지였다. 도식은 누군가를 찾으려고 주변을 둘러보았다. 큰스님도…… 돼지로 변해 책상 앞에 앉아 멍게를 초장에 찍어 먹으며 『신화엄경합론』을 번역하고 있었다.

도식은 네 개의 다리를 엇갈려 옮겨놓으며 큰스님에게 다가갔다.

"스님, 멍게맛이 어때요?"

큰스님은 검은 뿔테안경 너머로 도식을 이윽히 바라보더니 입을 열었다.

"오묘하다."

돼지들의 합창

1

옥자는 큰 가방의 지퍼를 닫았다. 하지만 이루 말할 수 없을 정도로 더러워진 기분은 좀처럼 나아지지 않았다. 방안엔 가방에 들어가지 못한 물건들이 아무데나 널려 있었다. 마치 도둑이 옥자의 마음속을 헤집어놓고 간 것처럼 어지러웠다. 설마 했는데 그럴 줄은 정말 몰랐다. 어떻게…… 옥자는 가방 옆에 철퍼덕 주저앉아 닭똥 같은 눈물을 뚝뚝 흘렸다. 짐을 꾸리긴 했지만 막상 방에서 나가려니 발이 떨어지지 않았다. 한순간에 바보가 되어버린 것만 같아 무참하기 이를 데 없었다. 결국 옥자는 복받치는 감정을 못 이기고 가방을 끌어안은 채 울음을 터뜨렸다. 통곡이었다.

"그게 무슨 소리야?"

영순은 옥자의 추궁에 지체 없이 오리발을 내밀었다. 영순이 근무

하는 의원 근처에 있는 제과점이었다. 옥자는 영순의 눈에서 시선을 떼지 않았다. 심하게 요동치는 눈동자를.

"도식이랑 잤어, 안 잤어?"

"그런 적 없어, 옥자야! 내가 왜 개랑 자? 애인도 아닌데."

"안 잤다고? 그 말 약속할 수 있지?"

"너…… 지금 친구를 의심하는 거야?"

"그 말, 책임질 수 있지?"

"야, 너 말을 왜 그따위로 해!"

심증은 있는데 물증이 없었다. 봉숙이년은 현장에서 직접 봤으니 빠져나갈 구멍이 없었지만 영순의 경우는 그렇지가 않았다. 물론 봉숙보다 적극적이진 않은 성격이지만 뒷구멍으로 할 건 다 한다는 걸 옥자는 알고 있었다. 어쩌면 봉숙보다 먼저 도식에게 접근했을지도 몰랐다. 봉숙은 치밀한 계획을 세운 뒤에야 미모로 밀어붙이는 반면 영순은 무턱대고 그 대상에게 다가간 뒤 주변에서 계속 어정거리다가 목적을 성취하는 경우였다. 근데 의외로 그 실적이 쏠쏠하다는 건 학창 시절부터 잘 알려진 사실이었다. 옥자는 인정하고 있었다. 오래전부터 자신이 가장 맹추라는 것을. 그저 바라보기만 할 뿐 실행에 옮긴 건 거의 전무했다. 도식의 경우가 처음이었다. 그런데 결정적인 실수가 있었다. 그것은 바로 봉숙과 영순의 도움을 받았다는 점이었다. 결국 그날 도식은 술에 만취해 옥자와 잠을 자긴 했지만 마음은 봉숙이년과 잤다는 게 맞았다. 또하나는 연애에 서툰 탓에 그 이후의 과정에 대해서도 둘에게 일일이 보고를 하고 지시를 받았다는 거였다. 그러니까 봉숙과 영순은 옥자와 도식이 어느 날 새벽 어떤 체위로 무슨 애길 주고받으며 섹스를 했는지까지 알게 된 셈이었다. 그 이야기들 중에 도식의 구슬이 자리했다. 봉숙과 영순은 당연히 눈이 동그랗게 변했다.

"거기다 다마를 박았다고?"

"다마가 뭔데?"

"남자 물건을 찢고 그 안에다 다마를 넣은 거야!"

"왜?"

"다말 박고 여자랑 하면 여자가 뿅 간대."

"정말?"

봉숙과 영순은 자기 애인의 일인 것처럼 흥분해서 떠드느라 바빴다. 봉숙이 영순에게 어디에서 주워들은 풍월로 구슬에 대한 설명을 마치자 둘은 동시에 옥자에게 물었다.

"실제로 하니 느낌이 어땠어?"

"……좀 이상했어."

"어떻게 이상해?"

"……멍게같이 생긴 게 안에서 꿈틀거리는 것 같았어."

"멍게?"

"어."

봉숙과 영순이 배를 잡고 까르르 웃었다. 옥자의 볼은 붉게 물든 지 오래였다.

"전과 비교해서 느낌을 정확하게 얘기해봐."

"그래, 달라진 점 말이야."

"……처음엔 좀 이상하고 아팠는데, 시간이 지나면서,"

"지나면서?"

둘이 합창을 했다.

"……안에서 무엇이 막 요동치는 것도 같고, 온몸이 근지러운 것도 같고, 나도 모르게 소리가 막 튀어나오고, 그러다 한 번은 거의 정신이 나가는 줄 알았어. 하여튼 뭐가 뭔지 잘 모르겠어."

"세상에!"

둘이 탄식을 했다.

"끝났을 때 느낌은?"

"뭐가 끝났을 때?"

"섹스!"

둘이 동시에 옥자를 노려보았다.

"……꽉 찼던 몸속이 갑자기 텅 비어버린 느낌이야."

"아……!"

음악다방의 구석자리에 앉은 세 사람은 말을 잊은 채 한동안 식은 커피가 담긴 잔만 만지작거렸다. 음악을 소개하는 디제이의 느끼한 목소리를 들으며. 봉숙의 얼굴도 어느덧 발갛게 달아올라 있었다. 옥자는 부끄러워했던 처음의 감정은 사라지고 뭔가 알 수 없는 충만감이 속에서 차오르는 걸 느꼈다. 그동안 봉숙과 영순을 볼 때마다 가졌던 어떤 열등감이 잠시나마 사라진 것 같아 기분이 달떴지만 겉으로 내색하지는 않았다. 봉숙과 영순은 자세를 바꿔 다리를 꽉 꼰 채 앉아 커피만 홀짝거렸다. 끈적거리는 음악 한 곡이 다 끝나자 비로소 영순이 입을 열었다.

"얘들아, 나…… 팬티가 다 젖었어."

"나도."

봉숙도 선선히 시인했다. 옥자는 두 친구의 솔직한 표현이 이해가 가지 않았지만 깜짝 놀란 것도 사실이었다. 옥자는 망설이다가 털어놓았다.

"사실…… 미용실에서 일하다가도 그 생각만 하면 나도 그래."

"지집애, 복이 터졌네."

영순은 냉수를 들이켰다. 봉숙이 말꼬리를 이었다.

"근데 너, 도식이랑 진짜 연인 사이 맞아? 걔는 별생각 없는데 너만 좋아하는 거 아니지?"

"무슨 소리야?"

"아냐. 오늘 커피값은 니가 계산해."

산부인과에 가서 아이 지우는 것을 거부하자 도식은 옥자의 방에 발길을 끊었다. 옥자의 방을 절대 찾아오지 않겠다는 말은 빈말이 아니었다. 고작해야 일주일이겠거니 생각했는데 그게 아니었다. 두 사람의 아기를 뱃속에 잉태했는데 모르쇠였다. 옥자는 그 일주일 동안 묵묵히 미용실과 자취방을 오갔다. 웬일인지 자주 연락을 해오던 봉숙과 영순도 통 소식이 없었다. 임신 문제를 놓고 친구들과 상의하는 것도 왠지 내키지 않았다. 그 어느 때보다 길고 고독한 한 주가 흘러갔다. 그 혼자만의 시간 속에서 옥자는 사랑에 대해 생각했다. 도식과의 관계가 사랑인지 아닌지 헛갈렸다. 옥자에겐 분명 사랑이었지만 도식은 그걸 술 취했을 때의 습관이라고 격하시켰다. 일방적인 사랑이었고 그 결과는 임신이다. 남자는 아이를 지우자 하고 여자는 거부한다. 그러자 남자는 더이상 찾아오지 않는다. 단 세 문장으로 정리되는 상황 앞에서 옥자는 시름시름 기운을 잃어가고 있었다. 물론 옥자를 봉숙으로 착각하게끔 꾸민 출발의 방법이 옳지 않았다는 건 인정해야만 했다. 그게 괴로워 어느 날 도식에게 솔직하게 털어놓았는데 도리어 역효과를 일으켰다. 고백 이후의 도식은 정말이지 습관적으로 욕정을 해소하려고 찾아온 게 맞았다. 방에 들어올 때와 나갈 때의 표정이 매번 달랐으니까. 그걸 일찌감치 눈치챈 옥자는 임신에 몰두했다. 임신만이 도망가려는 도식을 붙잡을 수 있는 마지막 방법이라고 확신했다. 임신과 관련된 각종 책을 읽었다. 수컷들은 공통적으로 종족번식에 대한 욕구가 강하다는 문장에 밑줄을 그었다. 임신에 성공하기 위해 가급적 가임기에 도식이 찾아오도록 은근히 유도했고 관계를 가질 때 가장 효과적인 자세에 대해서도 공부했다. 그리고 마침내, 성공했다. 그런데 도식의 반응은 예상과 달리 싸늘했다.

잠 못 이루고 뒤척이기만 하던 새벽, 옥자는 이불을 박차고 일어났다. 이렇게 무력하게 누워 있을 수만 없었다. 무엇이라도 해야만 했다. 시계를 보았다. 디스코텍 영업이 끝나갈 시간이었다. 옥자는 밤길을 걸어 도식의 자취방으로 찾아갔지만 문고리에 자물쇠만 걸려 있었다. 발길을 돌려 성남동 디스코텍으로 향했다. 불 꺼진 네온사인이 옥자를 토사물과 지린내가 가득한 어둠 속에 가둬버렸다. 디스코텍 부근의 포장마차와 불 켜진 술집들의 문을 차례차례 열었지만 도식의 모습은 보이지 않았다. 생각 같아선 인근 여관과 여인숙 들의 불 켜진 방을 찾아가 문을 두드리고 싶었지만 용기가 없었다. 청량리에서 떠난 강릉행 열차가 새벽의 도심을 철컹거리며 지나가고 있었다. 옥자는 철교 아래에 쪼그려앉았다. 더이상 찾아갈 곳이 없었다. 가끔씩 지나가는 취객들이 걸음을 멈춘 채 옥자를 훔쳐보다가 다음 가로등 불빛 속으로 비틀비틀 걸어갔다.

"……도식아, 어디 있는 거야?"

도식은 대답하지 않았다.

"나쁜 놈!"

옥자는 사내들의 고성이 튀어나오는 길 건너편 포장마차로 들어가 소주 세 병과 닭발을 사서 나왔다. 걸어서 십여 분 거리에 봉숙의 자취방이 있다는 사실을 비로소 떠올렸던 것이다. 토요일이라 봉숙이 방에 없을 확률이 농후했지만 산동네 자취방까지 걸어서 돌아갈 힘이 없었다. 봉숙이 없으면 근처 남대천 둑에 올라가서 혼자라도 마셔야만 집으로 돌아갈 수 있을 것 같았다.

눈에 익숙한 구두는 봉숙의 방문 아래에 있었다. 봉숙의 구두와 나란히. 그리고 그 불 켜진 방문 너머에서 들려오는 목소리는 당연히 도식과 봉숙의 것이었다. 옥자는 세 번 심호흡을 한 뒤 방문을 두드렸다. 침묵이 흘렀지만 옥자는 방문을 두드리는 걸 멈추지 않았다. 문이 열리지 않는다면 방문 앞에 앉아 술을 마실 작정이었다.

"들어가도 돼?"

"……어."

방에서 더운 열기가 훅 쏟아져나왔다. 옥자는 도식의 구두와 봉숙의 구두 사이에 신발을 벗어놓고 방문턱을 넘었다. 두 사람은 옷을 입은 채 방바닥에 앉아 옥자의 행동을 지켜보았다. 옥자는 두 사람 사이를 가로질러 가운뎃자리에 앉았다. 세 사람의 중간에 옥자가 사들고 간 검은 비닐봉지가 자리를 잡았다. 옥자는 비닐봉지에서 소주와 닭발을 꺼냈고 봉숙은 재빨리 다리가 달린 쟁반을 가져왔다.

"방이 덥네."

"……어. 이 방이 좀 더워."

방 한가운데에 간단한 술상이 차려졌다. 도식은 줄곧 말이 없었다. 머릿속으로 주판알을 튕기느라 한창 바쁠 게 틀림없었다. 옥자는 술잔에 따른 술의 출렁임이 멈추기도 전에 단숨에 비웠다. 비우고 스스로 다시 채워 연거푸 비웠다. 그리고 잠시 숨을 가다듬었다.

"이 시간에 둘이서 뭐했어?"

"뭐…… 이 얘기, 저 얘기 했어."

"무슨 얘길 했는데?"

"얘, 니랑 나랑 아무리 친구 사이라 하더라도 그런 세세한 거까지 묻는 건 좀 그렇지 않아? 나도 프라이버시라는 게 있잖아."

"……궁금해서."

봉숙과 도식도 술잔을 비우기 시작했다. 세 사람은 마치 경쟁하듯 닭발엔 전혀 손을 안 대고 술잔과 술병을 만지작거렸다. 애꿎은 닭발만 식어가는 새벽이었다. 옥자는 방안을 두리번거리다가 한쪽에 아무렇게나 밀쳐놓은 개지 않은 이불과 담요를 물끄러미 바라보았다. 봉숙의 시선도 곧 그곳으로 따라왔다. 옥자는 이불 속을 들춰보고 싶은 생각을 억눌렀다.

"어떻게 만난 거냐고 물어봐도 돼?"

"어, 오늘 기분이 꿀꿀해서 도식씨 일하는 데 가서 술 좀 마셨어. 그다음은 뻔하지 뭐. 나와서 이차 마시고 하던 이야기도 마저 할 겸 커피 한잔 마시러 온 거야."

역시 봉숙다웠다. 그새 완벽하게 전열을 가다듬었다.

"멍게는 맛있었어?"

"멍게?"

"좀 전에 문밖에서 들으니 멍게 얘길 하는 거 같던데."

"어, 이차 때 안주로 멍겔 먹었어."

도식이 벌떡 자리에서 일어났다. 도식은 옥자에겐 눈길도 주지 않고 봉숙에게 말했다.

"오늘 즐거웠다. 다음엔 내가 멍게 살게."

"그래, 그럼."

문이 닫히려는 찰나에 옥자는 술병을 문밖으로 던졌다. 도식을 비껴간 술병은 시멘트 담에 부딪혀 요란하게 깨어졌다.

"가긴 어딜 가!"

옥자도 벌떡 일어나 밖으로 나갔다. 사태의 심각함을 느꼈는지 도식은 재빨리 작은 쪽문으로 달아났다. 옥자는 신발도 신지 않고 도식이 빠져나간 쪽문으로 몸을 디밀었다. 철문이 요란하게 흔들리는 소리가 새벽의 골목에 울려퍼졌다. 하지만 옥자가 쪽문 밖으로 나왔을 때 도식은 이미 쥐새끼처럼 자취를 감춘 뒤였다.

강릉 터미널에서 옥자는 대관령 너머 진부행 표를 끊었다. 침침한 터미널 대합실 의자에 앉아 옥자는 승강장으로 나가는 문 상단에 걸린 둥근 시계를 멍하니 바라보았다. 대합실의 사람들은 대부분 어디인가로 떠나는 버스의 출발시간을 기다리고 있었다. 누구는 껌을 씹고 누구는 신문을 보고 누구는 옆 사람과 이야기를 주고받았다. 누구는 껌을 팔고 누구는 표를 끊어주고 누구는 도착할 사람을 기다렸다.

누구는 구두를 닦고 누구는 신문을 팔고 누구는 남의 지갑을 노렸다. 누구는 배웅을 하고 누구는 아직 오지 않은 사람을 기다리고 누구는 입술을 앙다문 채 눈물만 흘렸다. 그 사람들 중에 도식의 모습은 찾을 수 없었다. 봉숙의 방에서 달아난 도식은 더이상 옥자 앞에 나타나지 않았다. 디스코텍도 그만두었고 봉숙과 영순에게도 나타나지 않았다. 자취방에 걸린 자물쇠는 종일 열리지 않았다. 하지만 어디에선가 옥자를 지켜보고 있다는 건 틀림이 없었다, 웨이터 동료를 시켜 중절수술비를 대신 건네주었으니까. 물론 옥자는 병원에 가지 않았다. 대신 가방을 쌌다. 그리고 터미널에 도착해 도식의 고향집으로 가는 버스를 기다리고 있었다. 이윽고…… 승강장으로 나가는 문에 기대선, 얼굴이 잘 보이지 않는 배차원이 소리쳤다. 횡계, 진부, 장평, 원주 방면으로 갈 손님은 지금 나오라고. 옥자는 자리에서 일어나기 전에 가방의 손잡이를 힘주어 잡고 나지막하지만 힘있는 목소리로 중얼거렸다.

"지구 끝까지라도 쫓아간다."

2

"보름달도 떴는데 걸어갑시다!"

우연이 막걸리에 취해 얼굴이 벌겋게 달아오른 종욱에게 제의를 건넸다. 두 사람은 아슬아슬하게 막차를 놓친 뒤 차부까지 뛰어오느라 가빠진 숨을 달래고 있었다.

"걷자고요? 사십 리가 넘는 길을……"

"피란 때 생각하면 아무것도 아니지요."

"그냥 진부서 하룻밤 자고 내일 아침 일찍 가는 게 낫지 않을까요?"

"큰스님이 노발대발하실 겁니다."

"……그럼 어디 가서 국수나 한 그릇 먹고 출발하지요? 술도 한잔 더 마시고."

"더 먹을 수 있겠어요?"

"그동안 곯은 거 보충해야지요. 언제 또 나오겠습니까."

석가탄신일에 손님치레하느라 고생했다며 큰스님이 장 구경하라고 특별히 두 사람만 내보내준 외출이었다. 더군다나 용돈까지 두둑하게 건네주었다. 우연은 종욱과 함께 오전에 큰절을 출발해 월정거리까지 부지런히 걸었다. 마치 한 일주일 휴가를 받은 것 같았다. 월정거리는 강릉을 출발해 춘천, 원주, 서울로 가는 직행버스와 완행버스가 모두 정차하는 곳이었다. 부지런히 걸은 탓에 점심공양에 맞춰 월정거리 푸줏간에서 국밥 두 그릇을 시킬 수가 있었다.

"수도원에 들어온 뒤 처음 밖으로 나온 건데 술 한잔 드셔야죠? 마침 다른 손님도 없으니."

"당연히 그래야죠!"

"정옥 보살님, 여기 막걸리 좀 주세요."

부뚜막에 앉아 두 사람이 국밥 먹는 걸 흘깃거리던 정옥은 우연이 자신의 이름을 부르자 화들짝 놀라 자리에서 일어났다. 그 바람에 옆에 놓여 있던 바가지가 바닥으로 떨어지고 순갈과 젓가락이 와르르 비명을 질렀다.

"제 이름을 어떻게 알았어요?"

"여기 한두 번 온 것도 아닌데 이름 정도는 당연히 알고 있어야죠."

"저는 알아보겠어요?"

이번엔 종욱이 물었다.

"……아, 절에 공부하러 간다고 했던 분이죠? 근데 중이 됐어요?"

"머리 깎고 승복만 입은 가짜 중입니다. 진짜 중은 이 친구죠."

"그럼 술은 가짜 중 아저씨만 드세요."

"왜 사람 차별합니까? 술 시킨 건 진짜 중인데."

우연이 일부러 눈을 부릅뜨고 항의를 했지만 정옥은 꿈쩍도 하지 않았다.

"스님 법명이 어떻게 돼요?"

"우연이오. 그건 왜?"

"큰스님이 제게 부탁했거든요. 절에서 중들 내려오면 국밥은 줘도 되는데 술은 절대로 주지 말라고. 술 마시는 중 있으면 이름을 적어놓으랬어요. 사발 줘요?"

"주시오!"

"통이 크네요!"

우연과 종욱은 진부 시내를 빠져나와 석두산石頭山 자락이 바위절벽으로 떨어지는 신작로 모퉁이를 돌았다. 작은 개울 건너 오른편은 옛날 궁궐목을 만들어 보냈던 상진부였고 신작로 왼편은 영림서와 그 뒤에 공동묘지가 있는 야산이었다. 뜨끈한 국수와 술로 배를 빵빵하게 채운 터라 발걸음은 힘이 넘쳐났다. 동쪽 산 위에 보름달이 떠서 어둡지도 않았다. 한 시간가량 걸으면 월정거리에 도착할 테고 거기서 다시 한 시간가량 걸으면 큰절이었다. 장을 보고 밤길을 걷는 사람은 둘만이 아니었다. 소를 끌고 가는 사내, 머리에 커다란 보따리를 이고 가는 아낙, 지게에 커다란 단지를 지고 가는 사내, 재잘재잘 이야기를 나누며 걷는 처녀애들이 앞서거니 뒤서거니 하면서 신작로를 걷고 있었다. 날이 저물었는데도 아직 장날의 흥이 사람들의 걸음과 목소리에 남아 있었다. 우연은 막 피어나기 시작한 5월의 아카시아 향기에 코를 흥흥거리며 묵직한 바랑을 고쳐 멨다.

"절 밖에 나오니 기분이 어떻습니까?"

"하루가 이렇게 짧은 줄 처음 알았습니다."

종욱도 무거운 바랑의 끈을 고쳐 메고 돌멩이가 고무신에 툭툭 차이는 신작로를 우연과 나란히 걸었다. 아무래도 혈기왕성한 두 청년이다보니 장 보고 돌아가는 사람들을 금방 따라잡고 선두에 섰다. 마치 바람 고무신을 신고 있는 것만 같았다. 둘은 그렇게 한동안 걷기만 했다. 물을 댄 논에선 개구리들이 울고 산에선 멧비둘기와 소쩍새가 경쟁하듯 울었다. 세상 만물이 짝짓기를 하느라 바쁜 봄밤이었다. 마치 몽롱한 꿈길을 걷는 기분이랄까. 논밭이 끝나면 마을이 나타났고 희미한 불빛이 흘러나오는 초가집 굴뚝에서 흘러나왔을 연기가 코끝을 간질였다. 개가 짖었고 아기가 우는 소리도 들려왔다. 신작로에서 벗어난 길들은 이 골짜기 저 골짜기로 연결되었고 길과 길이 만나고 갈라지는 곳엔 장에 간 누군가가 돌아오길 기다리는 아이들이 놀고 있었다. 어느 아이가 우연과 종욱에게 말을 걸었다.

"스님, 소 몰고 오는 사람 못 봤어요?"

"봤다. 조금 있으면 올 거다. 그 사람이 누군데?"

"우리 아버지예요."

"스님, 지게에 단지 지고 오는 사람도 봤어요?"

다른 아이였다. 이번엔 종욱이 대답을 했다.

"봤다. 곧 올 거다."

"술 취하진 않았던가요?"

"글쎄다. 어른이 장에 가면 술 한잔 할 수도 있는 거 아니냐?"

"저번 장에도 단지 사러 갔다가 취해서 그만 단지를 지게에서 떨어뜨렸거든요."

"저런! 아까 봤을 땐 지게 위에 단지가 얌전하게 앉아 있더라."

"고맙습니다!"

아버지를 기다리는 아이들이 더 어른 같아 보이는 밤이었다. 방아다리약수로 가는 길과 갈라지는 가우삼거리에서부터 밤길은 한산해졌다. 걸어서 집으로 돌아가는 사람들도 찾기 힘들었다. 두 사람이 신은 고무신의 밑창이 신작로를 쓱쓱 핥는 소리만 규칙적으로 들려왔다. 산자락 아래나 신작로 옆에 자리잡은 민가도 점점 뜸해지더니 장대에 붉은 깃발을 매달고 있는, 신작로 모퉁이 무당집을 지나자 그마저 마지막이었다. 논과 밭, 그리고 검은 산자락이 지상의 풍경이었고 어두운 하늘엔 보름달만 둥실 떠 있었다. 우연과 종욱은 동쪽 하늘의 그 달을 바라보며 길을 걸었다.

"생각납니까?"

종욱이 웃음을 흘리며 우연에게 물었다. 달을 보던 우연이 고개를 돌렸다.

"초반에 불을 몇시에 끄느냐 마느냐를 놓고 우리가 어린아이처럼 다투지 않았습니까?"

"아! 그땐 미안했습니다. 난 불을 켜놓으면 잠을 못 자거든요."

"아닙니다. 저도 제 생각만 했습니다."

자정 무렵 우연과 종욱은 남포등의 소등 시기를 놓고 한바탕 말싸움을 벌였다. 종욱은 공부를 더 하고 싶었고 이미 절생활에 익숙해진 우연은 새벽예불에 참석하려면 잠을 자야만 했다. 우연이 벌떡 일어나 입바람으로 불을 끄면 종욱은 잠시 침묵을 지키다가 성냥을 그어 심지에 불을 붙였다. 그러기를 몇 차례 반복한 뒤 두 사람은 본격적으로 말싸움을 시작했고 결국 서별당의 좁은 방에서 등을 돌린 채 잠들어야 했다. 물론 다음날 함께 회사거리의 구멍가게가 문을 열기 무섭게 달려가 알사탕으로 화해를 했지만.

"저 다리 옆에 있는 산, 보이죠?"

"무슨 사연이 있는 산입니까?"

이번엔 우연이 먼저 묻고 종욱이 되받았다.

"소나무가 담처럼 가리고 있는데 저기가 공동묘집니다."

"그런데요?"

"밤길을 걷다가 귀신을 본 사람이 한둘이 아니랍니다. 아마 전쟁통에 억울하게 죽은 사람이 많이 묻혀서 그럴 겁니다."

"본 적이 있습니까?"

"나도 이 길을 오늘 처음 걸어봅니다. 기분이 좀 으스스하네요."

"저야 까까머리 거사지만 연 도자는 그래도 정식 스님인데 어떻게 귀신을 무서워합니까?"

"저도 아직은 가사 입은 도적에 불과합니다. 재빠르게 다리를 건너는 게 좋을 것 같습니다."

"달도 훤한데 설마 귀신이 나오겠습니까……"

말은 그렇게 했지만 종욱의 발걸음도 조심스러워졌다. 그렇게 들어서 그런지 공동묘지와 점점 가까워지자 산은 다른 산보다 한층 검게 보였다. 달빛마저 없었다면 지나치기가 쉽지 않을 것 같았다. 더군다나 혼자서는. 검은 나무들 사이에서 금방이라도 무엇이 튀어나올 것처럼 음산한 기운이 뿜어져나오고 있었다. 우연과 종욱은 잠시 말을 잊은 채 자신의 그림자를 끌고서 다리로 접어들었다. 다리 아래에는 오대천이 흐르고 있었다. 긴 다리를 반쯤 건넜을 때 우연이 낮은 목소리로 종욱에게 물었다.

"뭐가 따라오는 것 같지 않습니까?"

"……아무 소리도 안 들리는데요."

"절대로 뒤돌아보지 마십시오."

"왜요?"

"뒤돌아보면 귀신한테 지는 겁니다."

두 사람은 꽁지에 불이 붙은 생쥐처럼 등에 짊어진 바랑을 달랑거리며 다리를 건너갔다. 그림자도 덩달아 자신의 주인을 쫓아가느라 분주해졌다. 물론 느긋하게 떠 있던 보름달도 마찬가지였다. 귀신 장난을 친 뒤 다리 초입에서 배를 움켜잡은 채 웃고 있는 도식과 옥자만 바쁘지 않은 밤이었다.

"연 도자는 울력이 지겹지 않습니까?"

월정거리로 이어지는 일직선의 길 위에서 종욱이 한동안의 침묵을 깨고 입을 열었다.

"왜 안 지겹겠습니까, 나도 인간인데."

"두 달 동안 한 일을 제가 노트에 기록을 했거든요, 감자 눈 따기, 채소밭 가꾸기, 떡방아 찧기, 장판 도배하기, 산나물 뜯기, 반복, 반복……"

"저는 그 짓을 지금 몇 년째 하고 있습니다."

"사실 중이 되면 멋있을 줄 알았거든요. 야, 세상에 이런 노가다가 없어요!"

"절에서 살다보면…… 울력보다 더 견디기 힘든 게 있습니다."

"그게 뭔데요?"

우연은 대답을 미룬 채 달을 쳐다보았다. 종욱의 시선도 높은 미루나무 위에 떠 있는 달로 천천히 이동했다. 달 아래에는 온갖 형상의 구름들이 거대한 가재처럼 슬금슬금 기어가고 있었다. 서쪽에서 동쪽으로. 우연과 종욱도 당분간은 그 구름들과 같은 방향으로 걸어야 했다. 고무신이 신작로에 끌리는 소리를 들으며. 종욱은 대답을 채근하지 않았다. 두 사람은 말없이 십여 분을 걸었다.

"바로…… 욕정입니다."

한숨과 함께 우연이 입을 열었다. 종욱이 걸음을 멈췄다. 서쪽으로 가던 달과 동쪽으로 가던 구름도 멈칫했다.

"욕정이라면? 여성에 대한 욕정 말인가요?"

"……예."

"그렇겠군요. 욕정에 비하면 울력은 새발의 피겠네요."

길은 활처럼 커다랗게 휘어지고 있었다. 저편 끝이 월정거리였다.

멀리서 개 짖는 소리가 들려왔다. 길의 오른편은 검은 어둠이 고여 있는 솔밭이었다. 두 사람은 땅을 바라보며 걸었다. 무엇인가를 속으로 끊임없이 궁굴리며. 신발 끝으로 돌을 톡톡 차며.

"그게 밀려오면 어떻게 합니까?"

종욱이 찬 돌이 길옆 풀숲으로 자취를 감췄다.

"술을 마시기도 하고, 목탁을 두드리기도 하고, 경을 읽기도 하고, 쉬지 않고 절을 하기도 하고……"

"그래도 가라앉지 않으면요?"

"수음을 합니다. 더러는 저절로 나오기도 하고."

"……힘들겠군요."

"치욕스럽습니다."

"스님이기 이전에 인간인데 뭐 어떻습니까. 월정거리에서 한잔 마시고 갈까요? 술도 다 깼는데."

"좋지요."

불빛들이 흘러나오는 마을에 들어서니 우중충했던 기분이 어느 정도 풀리는 것 같았다. 우연은 푸줏간의 흐릿한 유리창 너머로 안을 들여다보았다. 손님은 없고 정옥은 책을 읽다가 탁자에 엎드려 잠들어 있었다. 그녀를 놀라게 할 작정으로 우연은 갑자기 유리문을 와락 열었다. 정옥은 놀란 토끼처럼 문밖의 박쥐 중과 까까머리 거사를 멍하니 바라보았다. 입꼬리로 침을 흘리며. 두 사람은 성큼성큼 안으로 들어갔다.

"중이 사람을 놀래키네!"

"중은 사람이 아니고 뭡니까?"

종욱이 따졌다.

"그거야 본인들이 잘 알겠지, 왜 나한테 물어요?"

"연 도자, 우리가 누굽니까?"

"배코 치고 승복 입은 늑대지요."

"아! 아가씨, 우리는 사람이 아니고 늑대랍니다."

"그럴 거 같았어요!"

"근데 정옥씨, 시를 읽다 잠들었어요? 와, 김소월이네! 이 친구가 시인입니다."

우연은 정옥이 읽던 낡은 시집을 뒤적거렸고 정옥은 되찾으려고 오른쪽 왼쪽으로 뛰어다녔다. 시집은 높이 치켜든 우연의 손끝에서 나비처럼 팔랑거렸다. 정옥이 몸을 밀착해올 때마다 우연은 저고리 너머에서 전해지는 젖가슴의 감촉을 느꼈다. 일부러 그러는 건지 모르고 그러는 건지 알 수 없었지만 그 촉감의 온도를 놓치지 않으려면 장난을 그만두기 힘들었다. 그걸 눈치챈 종욱이 보다 못해 자리에서 일어나 시집을 뺏어주고서야 장난이 끝났다.

"시집 갖고 장난치면 안 됩니다."

"진짜 시인이에요?"

"무명 시인입니다."

정옥이 더운 숨을 학학 토해내며 다른 눈으로 종욱을 보았다. 옥자와 도식은 구석자리에 앉아 세 사람의 모습을 물끄러미 구경하기만 했다. 옥자와 도식은 알고 있었다. 우연과 종욱의 마음속에 거의 동시에 정옥이 들어와 앉았다는 사실을.

보름달은 그사이에 서쪽으로 훌쩍 달아나 있었다. 우연과 종욱은 바랑을 짊어지고 푸줏간을 나섰다. 삼거리에는 바람만 휘돌아다닐 뿐 사람의 그림자는 보이지 않았다. 건너편 버드나무 가지의 긴 머리채가 일제히 동쪽으로 뻗었다가 되돌아왔다. 흙먼지가 한차례 지나갔다. 푸줏간에서 술을 마시는 동안 대기의 움직임이 바뀌었다는 걸 알 수 있었다. 우연과 종욱은 삼거리 한가운데에 서서 움직이지 않았다. 다시 흙먼지를 품은 바람이 몰려왔고 수양버들은 요동을 쳤다. 하늘의 보름달은 걷기 시작한 진부쯤의 밤하늘에 떠 있었고 검고 두툼한 구름떼는 대관령으로 바삐 움직이고 있었지만 두 사람은 여전히 같은 자리를 고수했다. 마치 내기라도 하듯.

"왜 안 가요?"

미닫이 유리문을 한 뼘쯤 열어놓고 바깥을 훔쳐보던 정옥이 참지 못하고 소리쳤다. 그제야 두 사람은 기다렸다는 듯 돌아섰다. 우연이 먼저 입을 열었다.

"정옥 보살님, 어디로 가야 합니까?"

"절로 가지 어디로 가요?"

"절이 어디에 있습니까?"

종욱이 거들었다.

"중이 절 있는 델 모르면 누가 알아요!"

"도무지 기억이 안 납니다."

"취했나봐!"

"하나도 안 취했습니다!"

"정옥 보살님이 우릴 절 있는 데로 좀 데려다주십시오!"

우연이 치고 들어왔다.

"아, 몰라요 몰라! 가든지 말든지 알아서 해요!"

정옥은 문을 닫아버렸다. 두 사람은 닫힌 문을 한동안 노려보다가 유리창 너머의 남포등마저 꺼져버리자 동시에 한숨을 쉬었다.

"하여튼 사내들이란!"

푸줏간의 처마 밑에 있던 옥자가 도식을 포함해 세 명의 남자들에게 썩은 미소를 날렸다. 도식이 인상을 썼다.

"우리 아버지고 니 아버지이자 시아버지야!"

"상관없어!"

삼거리를 빠져나가자 절로 가는 길은 아직 모를 심은 지 얼마 되지 않은, 물이 들어차 있는 논 한가운데로 외로이 뻗어 있었다. 바람이 부는데도 개구리들과 멧비둘기들의 구애의 노래가 논과 산에서 경쟁하듯이 합창을 했다. 우연과 종욱은 그 모든 소리들과 바람, 달빛을 온몸으로 받으며 다시 신작로를 터벅터벅 걸었다. 종욱과는 의외로 마음이 잘 맞는 것 같았다. 도반이 되어도 될 만한 인물이었다. 하지만 종욱이 큰스님의 의중을 따라 중이 될지는 미지수였다. 사실 최근 들어 우연도 조금씩 흔들리고 있었다. 계절이 바뀔 때마다 당연한 것처럼 승복을 갈아입는 게 조금씩 습관이 되었지만 마음 깊은 곳에서는 중노릇을 계속해야 할지 확신이 서지 않았다. 그 한가운데에 똬리를 틀고 있는 게 바로 욕정이었다. 피해는 막심하지만 여름의 태풍처럼 시간이 흐르면 지나가는 것인 줄 알았다. 젠장! 그렇지가 않았다. 지나가기는커녕 혹처럼 커져갔다. 절에 처녀들이 찾아오면 일찌감치 마음부터 먼저 벌떡거렸다. 상원사로 울력을 가다가 밭에 엎드려 호미질을 하는 아녀자들을 볼 때도 욕정이 일었다. 달빛 아래 목련이 피어 있는 봄밤 지장암 비구니의 목탁 소리와 경 읽는 소리를 우연히 들었을 때 치솟은 욕정은 차마 다시 떠올리기조차 싫었다. 그 정점은 이번 석탄일이었다. 꽃 피는 봄날 서울에서 찾아온 아리따운 여자 신도들이 나긋나긋한 목소리로 말을 걸어올 때 우연은 얼굴이 달아올라 그 자리에 서 있기조차 힘들었다. 그녀들을 피해 전쟁 때 대부분 불타버려 숨을 곳조차 변변히 없는 절간에서 허둥거리다가 하루가 지나갔을 정도였다. 발기된 물건을 들키지 않으려 전전긍긍하며. 다시 떠올려봐도 도무지 이해가 되지 않는 석탄일이었다. 우연은 앞서 걷는 종욱의 그림자를 밟으며 걸었다. 밭과 논은 조금씩 뒤로 사라지고 높고 캄캄한 오대산의 산자락이 본격적으로 모습을 드러내고 있었다. 저 앞에 산의 일주문 격인 전나무 숲이 거대한 입을 벌리고 있는 게 보였다. 우연은 걸음을 멈췄다.

"욱 도자?"

"왜 그러십니까?"

종욱의 얼굴은 나무 그림자에 가려 보이지 않았다. 차라리 그게 편했다. 술기운도 모두 사라져버렸다.

"난…… 아무리 용을 써도 큰스님 같은 분은 될 수 없을 거 같습니다."

"……무슨 말인지?"

"차라리 대처승이나 될까 합니다."

우연과 종욱이 마주보고 서 있는 사이로 숲속의 검은 바람이 밀려나왔다.

"욕정 때문입니까?"

"아니, 어떤 여자 때문입니다."

"그렇다면 여러 정황으로 볼 때 차라리 절에서 나가는 게 낫지 않을까요?"

"큰스님을 떠날 수는 없습니다."

진부 장거리에서 출발한 사십여 리 밤길이 끝나가고 있었다. 검은 전나무 숲은 두 사람이 들어오길 끈기 있게 기다렸다.

3

옥자와 도식은 전나무 숲을 빠져나와 자정쯤 큰절 아래에 도착했다.

말할 수 없이 피곤했다. 죽음 이후 그렇게 피곤한 적은 처음이었다. 절 아래에 도착했지만 막상 왜 왔는지 무엇을 해야 할지 감감했다. 어둠에 잠겨 있다곤 하지만 절은 왠지 그전에 보던 절과는 전혀 다른 절 같았다. 절 둘레의 축대와 담은 성곽처럼 높아져서 문으로 통하지 않고서는 쉽게 접근할 수 없었다. 담 너머에서 볼 수 있는 것은 팔각구층석탑의 상부와 담 주변으로 늘어서 있는 부속사찰의 기와지붕들 일부뿐이었다. 마치 하루 만에 견고한 요새로 변해버린 것 같았다. 옥자가 불안한 듯 도식의 팔목을 잡았다. 그 손의 무게가 쇳덩어리처럼 무거웠다.

"이게 무슨 조화지?"

"……미래의 절에 온 거 같아."

"도식아, 근데 왜 이렇게 피곤하지. 몸이 천근만근이야."

"너무 많이 걸어서 그런 거 같아. 어디 쉴 곳을 찾아보자."

"절에 들어갈 수 있을까……"

옥자의 손을 잡고 도식은 절의 서쪽 천왕문이 있는 곳으로 갔다. 전나무가 양쪽에 우거진 언덕길을 모두 올라가서 만난 천왕문은 예전의 그 문이 아니었다. 문 없는 문을 네 명의 사천왕상이 지키고 있었는데 지금은 육중한 나무대문이 앞을 가로막고 있었다. 그뿐만이 아니었다. 원래는 사천왕문 양쪽으로도 차나 사람이 갈 수 있는 길이었는데 그마저 높고 육중한 담으로 둘러쳐져 있었다. 절이 아니라 정말 요새로 변해버린 것 같았다. 도식과 옥자는 닫힌 문 앞에서 주저앉았다. 피곤해서 서 있을 힘조차 없었다.

"어떻게 하지, 도식아?"

"정육점으로 돌아갈까?"

"걸을 힘이 없어."

"어디 들어가서 눈 좀 붙일 데가 있으면 좋겠는데."

도식은 주저앉은 채로 몸만 돌려서 사천왕문을 두드렸다. 그러나 쾅쾅 소리는 잠든 절의 침묵을 오래 흔들지 못했다.

"한 바퀴 돌아보기나 하자."

몰려오는 졸음을 쫓고 피곤을 달래며 두 사람은 둥근 성벽 같은 절 둘레를 한 바퀴 돌았다. 절로 들어가는 문은 세 개였는데 모두 닫혀 있었다. 두드려도 기척이 없었다. 높은 담까지도 모자라 이삼십 미터가 넘는 전나무들이 담장을 에두르고 있어 전혀 안을 엿볼 수 없었다. 절 뒤편의 가파른 산자락까지도 담이 둘러쳐져 있어 안에서 누가 문을 열어주지 않는 한 몰래 틈입을 한다는 것은 불가능했다. 게다가 곳곳에서 감시카메라가 노려보고 있었다. 만월산을 넘어온 달빛만이 유일하게 절을 자유롭게 드나들 수 있을 뿐이었다.

"저건 뭘까?"

천왕문으로 올라가는 언덕 입구로 되돌아와 서성거릴 때 옥자가 한 곳을 가리켰다. 언덕 오른편의 빽빽한 전나무 숲 사이로 언뜻 작은 불빛 같은 게 어른거렸다. 그쪽은 전나무 아래로 숲이 우거지고 작은 개울이 졸졸거리며 흐르는 곳이었다. 둘러보았지만 들어가는 오솔길 하나 없는 곳에서 불빛이 흘러나오다니 알 수 없는 노릇이었다. 도식은 좀더 아래쪽으로 내려왔다. 전나무 숲이 끝나고 숲에서 흘러내려온 개울이 큰물과 만나는 곳이었는데 거기선 숲을 빠져나온 불빛이 조금 더 선명하게 보였다. 무엇이 있는 게 분명했다.

"가볼까?"

"가지 말자."

"왜?"

"한번쯤은 거부해보고 싶어."

"뭘 거부해?"

"무엇이든."

"우리한테 거부권은 없는 것 같은데."

"절문은 닫혀 있고, 절 주변을 맴돌았고, 불빛을 발견했어. 그것을 본 너는 가보자 했고. 이번 퍼즐의 주인공은 너야. 그런데 나는 거부했고."

"그래서?"

"모르겠어. 그냥 그렇다는 거야."

"……다른 거 뭐 하고 싶은 게 있어?"

"없어. 단지 피곤하고 졸릴 뿐이야."

"절의 모습이 바뀌었고 들어갈 수 있는 문은 모두 잠겼어. 그리고 불빛이 나타났어. 나는 저 불빛을 쫓아갈 거야. 오늘밤 달리 할 것도 없고. 오고 싶지 않으면 넌 오지 않아도 돼."

도식은 길을 벗어나 풀과 덤불이 무성한 개울 옆으로 발을 디밀었다. 바닥은 늪처럼 신발이 쑥쑥 들어갔다. 길에 서 있던 옥자는 긴 한숨을 내뱉더니 도식을 따라 개울로 들어섰다. 그래도 덤불이 우거진 숲보다 신발만 빠지는 개울이 더 나았다. 숲에서 울던 새들은 두 사람의 움직임에 따라 소리를 죽였다가 지나가면 다시 구슬피 울었다. 캄캄한 숲속 어딘가에서 모습을 숨긴 산짐승들이 노려보고 있는 것만 같다는 상상이 들자 도식의 등이 서늘해졌다. 한 손은 앞으로 내밀어 얼굴을 때릴지도 모를 나뭇가지들을 걷어내고 또 한 손은 뒤로 내밀어 옥자의 손을 잡은 채 도식은 조심스럽게 걸음을 옮겼다. 희미한 불빛을 쫓아. 개울에서 구정물 냄새가 올라오는 것으로 보아 아마도 절간의 수챗구멍에서 흘러나온 물과 연결된 개울인 듯했다. 나뭇잎 사이로 보이는 불빛은 점점 밝아졌다. 이윽고 도식은 걸음을 멈췄다. 뒤에 있는 옥자가 도식을 잡은 손에 힘을 주었다.

"뭐가 있어?"

"판잣집."

옥자가 도식의 옆으로 다가섰다.

"누가 있는 것 같은데?"

담장과 붙은 자그마한 판잣집 안에서 누군가 움직이고 있었고 그때마다 불빛이 가려졌다가 되살아났다. 도식은 좀더 가까이 다가갔다. 판잣집은 틈이 많아 몰래 안을 훔쳐보는 게 어렵지 않았다. 안에는 왠지 중 같지 않은 늙은 중이 상의를 모두 벗은 채 역시 상의를 모두 벗은 젊은 여자를 뒤에서 껴안은 채 젖통을 주물럭거리고 있었다. 여자는 개의치 않고 바가지에 담긴 밥을 볼이 미어져라 꾸역꾸역 퍼먹었다. 중도 여자도 처음 보는 얼굴이었다. 그 옆엔 줄에 묶인 돼지와 염소가 깔아놓은 풀 위에 엎드려 세상모른 채 잠들어 있고, 판잣집은 담장에 뚫어놓은, 어른이 허리를 구부려야만 통과할 수 있는 타원형의 수챗구멍과 연결돼 있었다. 수챗구멍엔 살찐 쥐 몇 마리도 돌아다니고 있었다. 이 모든 것을 벽에 걸린 남포등 불빛이 비춰주는 밤이었다. 도식이 이 기이한 풍경을 어떻게 이해해야 할지 몰라 머리를 굴리고 있을 때 바가지의 밥을 모두 비운 여자가 중의 손길을 매정하게 뿌리치고 자리에서 벌떡 일어났다. 여자는 벗어두었던 윗옷을 찾아 입었고 늙은 중은 아쉬운 눈빛으로 그녀를 다시 앉히려 했지만 허사였다. 중은 호주머니를 뒤져 판잣집에서 나가려는 여자에게 알사탕 몇 개를 내밀었다. 하지만 여자는 알사탕만 받은 채 도식이 훔쳐보는 쪽으로 성큼성큼 걸음을 옮겼다. 도식과 옥자는 다급하게 벽 뒤로 숨었다. 삐걱거리는 나무문이 열리고 양동이를 든 여자가 밖으로 나오더니 캄캄한 어둠에 익숙한 듯 숲속으로 사라졌다. 판잣집에 홀로 남은 중은 입맛을 몇 번 다시더니 남포등의 심지를 내려 불을 끄고 허리를 구부린 채 희미한 빛이 새어나오는 수챗구멍 속으로 들어갔다. 안에서 수챗구멍의 나무문에 빗장을 거는 소리가 마지막으로 들렸다.

"기막힌 곳이 숨어 있었네!"

"오늘밤은 여기서 지내란 얘기 같아."

도식은 남포등의 불빛이 너무 밝지 않게 심지를 최대한 낮췄다. 잠든 돼지와 염소는 낯선 사람이 들어왔는데도 깨어나지 않았다.

"얘들이랑 같이 자라고?"

옥자가 돼지와 염소를 가리키며 인상을 찡그렸지만 두 마리의 가축은 평온하기 그지없는 표정으로 잠들어 있었다. 오히려 수챗구멍을 들락거리는 쥐들이 못마땅하다는 듯 찍찍거렸다. 다행히도 판잣집에는 이것저것 갖춰놓은 게 많았다. 깨끗하진 않지만 이불과 베개도 있었고 심지어는 고무줄로 큼지막한 건전지를 함께 둘둘 묶어놓은 라디오도 있었다. 도식은 잠자리를 깔고 베갯머리 근처에 라디오를 갖다 놓았다.

"오늘은 너무 피곤해. 살아 있을 때도 이렇게 피곤한 적이 없었어."

"나도 그래."

"한번 자보자. 또 무슨 일이 생길지 모르겠지만."

도식과 옥자는 이불 속으로 들어갔다. 도식은 엎드려 둥근 다이얼을 돌려 라디오의 주파수를 맞추고 옥자는 코까지 고는 돼지가 신기한 듯 바라보았다. 산속이라 그런지 잘 잡히지 않던 라디오는 사회교육방송에서 제대로 목소리를 피워냈다. 먼 사할린으로 보내는 방송이었다. 옥자와 도식은 자세를 바꿔 시선을 천장으로 향했다.

"아까 그 늙은 중과 여자는 어떤 관계까?"

"먹을 거로 맺어진 연인 사이."

"……여자가 좀 모자라 보였어."

"……남자는 평생 절에서 불목하니로 지낸 사람 같았고."

"……졸려."

"……자."

수챗구멍에서 피어나는 구정물 냄새. 쥐가 찍찍거리는 소리. 먼 사할린으로 보내는 편지를 낭송하는 라디오의 아나운서. 돼지가 코를 고는 소리와 염소의 숨소리. 흐린 남포등 불빛. 수챗물이 찔끔찔끔 흐르는 판잣집에서 왜 잠들어야 하는지도 모르면서 잠을 부르고 있는 도식과 옥자. 그리고 짝을 부르며 밤을 새우는 산새들의 구슬픈 노랫소리…… 도식은 긴 한숨을 판잣집의 허공에 풀어놓은 뒤 입을 열었다.

"자?"

"……"

"자는구나."

깊은 우물 속 같은 곳으로 천천히 가라앉는 잠을 나지막한 라디오 소리가 따라오고 있었다. 눈에 보이지 않는 전파가 사할린이라는 먼 곳까지 어떻게 날아갈 수 있을까. 다행히 날아갔다 하더라도 거기서 또 어떻게 사연 속의 사람을 찾을 수 있을까. 똑똑 떨어지는 수챗물 소리에 맞춰 쥐가 울었다. 꼭꼭 닫아건 한밤중의 절을 드나들 수 있는 것은 쥐와 달빛밖에 없는 것 같았다. 달은 하늘에서 쥐는 땅속에서. 절의 후미진 곳, 담장 아래 수챗구멍을 덮은 판잣집에 누워 있는 도식과 옥자의 잠 속으로 함께 따라온 소리들이 이윽고 점점 멀어져 갔다. 의식은 조금 남아 있었지만 손가락 하나 까딱할 수 없을 정도로 피곤했다. 마치 또다른 죽음 속으로 건너가는 것만 같아 덜컥 겁이 나기도 했다. 그러나 저항할 수 있는 그 무엇도 도식에겐 남아 있지 않았다. 가야 하는 것이라면 가는 수밖에 없었다. 억울하지 않은가? 물론 억울한 면이 없지는 않다. 해보고 싶은 일은 없었는가? 왜 없겠는가. 우여곡절 끝에 결혼식을 올렸고 신혼여행을 가다 대관령 눈길에 미끄러져 교통사고가 났다. 비록 결혼은 했지만 더 많은 여자들과 몰래 사랑을 나누겠다는 생각은 사고가 나서 죽기 직전까지 버리지 않고 있었다. 그러나 사고 이후, 얼마의 시간이 흘렀는지는 짐작할 수 없지만 이 기이한 세계의 문법 속에서 도식이 분명하게 알아챈 것은 의지를 가지고 할 수 있는 건 아무것도 없다는 사실이었다. 단지, 다만…… 이 세계의 문법이 이끄는 곳으로 그저 떠돌 뿐이었다. 물위에 뜬 나뭇잎처럼. 어떤 기억 속을. 그나마 완전한 허무 속으로 침몰하지 않은 건 그 어떤 기억이 자신과 멀리 있는 기억이 아니라는 것이었다. 왜 그 기억 속으로 자신을 밀어넣는지는 모르겠지만 사실 그 기억들은 흥미롭기까지 했다. 죽음 이후의 유일한 위안이라면 위안이었다. 뭐…… 특별한 의지 없이, 방향 없이, 계획 없이 기억 속을 떠도는 일이 그다지 나쁘지도 않았다. 살아 있을 때 그 의지와 방향, 계획의 좌절에 괴로워 밤새 술병을 끌어안고 훌쩍거렸던 것만 생각한다면. 도식은 돼지가 코 고는 소리를 마지막으로 듣다가 잠이 들었다.

"걱정 마. 도식인 세상모르고 잠들었어."

"깨어나면 어떡해?"

돼지가 뒷발질로 도식의 옆구리를 걷어찼다. 도식은 옆으로 한 바퀴 굴러 수챗구멍 옆으로 밀려났다.

"봐. 죽은 거나 다름없다니까."

"그래도……"

"너도 참 딱하다. 도식이가 니 친구들이랑 놀아났던 거 다 잊었어?"

"그건 걔들이 도식일 유혹한 거야."

"엎어치나 메어치나 그거 그거지."

"근데…… 돼지랑 사람이랑 그걸 해도 되는 거야?"

"아무 문제 없어!"

육중한 덩치의 발정난 돼지는 벌거벗은 옥자의 엉덩이에 올라탄 채 본격적으로 흘레를 시작했다. 도식은 절간의 담벼락 아래 수챗구멍 옆에서 실눈을 뜬 채 그 광경을 지켜보았다. 당장이라도 달려가 몽둥이질을 하고 싶었지만 몸은 꼼짝도 하지 않았다. 사람과 돼지가 관계를 가질 수 있다는 사실이 믿기지 않았지만 눈앞의 장면은 그걸 증명해 보이고 있었다. 처음엔 마지못해 응하는 듯했던 옥자의 표정도 점점 달라졌다. 헉헉거리는 숨소리 사이사이에 도식이 그동안 한 번도 들은 적이 없었던 신음소리가 새어나왔다. 앞뒤로 출렁거리는 옥자의 젖을 도식은 슬픈 눈으로 바라보아야만 했다. 돼지는 옥자의 등에다 거품 같은 침을 줄줄 흘렸다. 그 침이 흘러내려 옥자의 젖을 적시며 바닥으로 뚝뚝 떨어졌다. 앞발을 옥자의 어깻죽지에 올려놓은 돼지가 게슴츠레한 눈으로 옥자에게 물었다.

"어때, 좋아?"

"좋아!"

"도식이랑 하는 거랑 비교도 안 되지?"

"어!"

도식은 눈을 감았다. 이게 실제 상황일 리 만무했다. 이건 꿈이 분명했다. 꿈인 줄 알고 꾸는 악몽이었다. 하지만 눈을 감아도 돼지와 옥자가 흘레를 하는 장면은 사라지지 않고 더욱 또렷하게 떠올랐다. 눈을 뜨고 싶은 마음을 간신히 억눌렀다. 마침내 돼지가 긴 울음소릴 내뱉었다. 도식은 그게 무슨 소리인지 알 수 있었다. 구정물 냄새를 지우고 판잣집에 밤꽃 냄새가 둥둥 떠다녔다. 실눈을 뜨니 돼지는 비틀비틀 자기 자리로 돌아가고 있었고 알몸의 옥자는 거의 넋이 나간 자세로 이불 위에 엎드려 있었다. 도식은 눈을 감았다. 머리맡에서 수챗구멍을 들락거리는 쥐들이 찍찍거렸다. 약을 올리듯. 그러나 도식은 쥐를 쫓을 힘마저 없었다. 꿈이 끝났으니 다시 잠을 청할 뿐이었다. 돼지와 옥자의 코 고는 소리를 들으며 도식이 할 수 있는 건 배신감에 겨우 치나 떠는 정도였다.

"안쪽은 어때?"

"이제 다 잠들었어. 야, 오늘 하루 굉장했어!"

"그럴 만도 하지. 전쟁 때 불탄 절을 거의 이십여 년 만에 모두 복원시킨 거나 마찬가지잖아."

"주지 스님 덕이야. 큰스님이야 다른 일 하느라 바빴고."

"산림법 위반으로 경찰서와 감옥에도 꽤 드나들었지?"

"아마…… 한 아홉 번은 될걸."

"대단한 원력이야!"

"참, 성철 스님 온 거 봤어?"

"그래? 먹는 데 정신 팔려서 그 좋은 구경을 못했네. 어땠는데?"

"도인은 도인이더라. 여기 머문 열흘 동안 밥은 전혀 안 먹고 시봉이 가져온 선식만 방에서 줄곧 먹더라니까."

"선식이 뭐야?"

"현미, 찹쌀, 보리, 검정콩, 검정깨, 들깨, 율무를 골고루 섞은 다음 방아에 찧어서 날것으로 먹는 게 선식이야."

"대단한 양반이네. 근데 큰스님하곤 어땠어? 양대 라이벌이잖아."

"그것도 대단했지! 방산굴에서 큰스님과 아랫방 윗방을 썼는데, 글쎄 시봉 얘기론, 열흘 동안 두 양반이 서로 한마디도 안 했다는 거야."

"설마?"

"정말이야. 성철 스님이 가고 나서 시봉이 큰스님에게 왜 그랬는지 물었어. 근데 대답이 걸작이야!"

"뭐라 했는데?"

"큰스님 왈, 뭐 할말이 있어야지."

"오!"

처음엔 라디오에서 흘러나오는 소린 줄 알았다. 그런데 계속 듣다 보니 아무래도 내용이 좀 이상했다. 멀고먼 사할린으로 보내는 내용이 아니라 아주 가까운 곳의 근황에 대한 이야기였다. 도식은 꽉 달라붙은 것만 같은 눈을 뜨려고 애를 썼다. 가까스로 한쪽 눈이 반쯤 떠졌다. 예상했던 대로 라디오에서 나오는 소리가 아니었다. 라디오에선 치직거리는 소음만 약하게 흘러나왔고 도식이 들은 목소리의 주인공은 다름아닌 수챗구멍을 드나드는 쥐들이었다. 도식은 붙어버린 듯한 한쪽 눈꺼풀을 손가락으로 뜯어내다시피 해서 마저 떴다. 쥐들은 담장 아래 수챗구멍의 나무문 아래 물이 흐르는 곳에서 무엇인가를 먹으며 이야기를 나누고 있었다. 사람의 말로.

"그동안 이 산도 꽤나 다사다난했지."

"그럼, 바람 잘 날이 없었지."

"해방되고 나선 비구와 대처승 들 싸움으로 한동안 시끄러웠지."

"넌 비구 제도와 대처승 제도에 대해 어떻게 생각해?"

"……어려운 문제야. 결국은 밥그릇 싸움으로 번지고 말았는데 대처승들도 억울한 면이 많다고 봐. 절 안에서 풀어야 할 일을 절 밖에서 푼 것도 문제고."

"결국 대처승들이 절에서 쫓겨나고 말았잖아. 모두 어디로 갔을까?"

"글쎄……"

"함께 살 수 있는 방법은 없었을까?"

"불가능할 거 같아. 일제 때야 어쩔 수 없었지만, 독신과 대처, 상극 중의 상극이잖아. 다만 헤어지는 문젤 좀 원만하게 풀었어야 했어."

"대처승이 물러나면서 그 자리를 일부 급조된 중들이 차지한 것은 문제야."

"……그렇지. 전직 건달이나 깡패 들."

"쉿! 낮말은 새가 듣고 밤말은 쥐가 들어."

"우리가 쥐야."

수챗구멍의 쥐들은 잠시 대화를 멈췄다. 어디서 가져왔는지 밥을 안주 삼아 술을 마시고 있었다. 말하는 내용으로 보아 절간에서 한 세월을 보낸 쥐들 같았다. 적당히 눕혀놓은 술병의 위치를 바꿔 내용물을 흘러나오게 해서 술을 마시는 솜씨가 가히 일품이었다. 도식의 입에 침이 고일 정도로 맛있게 마셨다. 담장 아래의 수챗구멍은 꽤 길었고 안쪽은 어둠에 덮여 잘 보이지가 않았다. 쥐들을 쫓아버리고 수챗구멍을 이용해 절로 들어가보고 싶은 생각이 들었지만 도식의 몸은 여전히 천근만근이었다. 보이지 않는 무엇인가에 몸이 단단히 묶여 있는 것 같았다. 쥐들은 트림을 한 뒤 다시 이야기를 이어갔다. 마치 절간에 대해 심도 깊은 대담을 하듯.

"또 무슨 일이 있었지?"

"대학생들이 한꺼번에 물에 빠져 죽은 일이 있었고 그 세 해 뒤에 울진에 침투한 무장공비 잔당들이 오대산 일대로 도망왔지."

"아, 이승복!"

"나는 콩사탕이 싫어요!"

"그렇게 말하면 안 되지. 사람의 목숨이 왔다갔다한 일인데."

"미안. 하여튼 그 사건으로 오대산은 다시 긴장에 휩싸였어. 한창 건물을 올리던 중이었는데 또 어떤 화마에 휩쓸리지는 않을까 모두들 노심초사했지."

"다행히도 비껴갔어."

"그리고 드디어 이렇게 큰 절이 탄생한 거지."

"마침내!"

"큰스님은 방대한 불경을 번역하고 주지 스님은 이 산의 나물을 뜯고 밥장사를 해서 절을 다시 지은 거야."

"월남전에서 돈 번 그이도 한 시주 했잖아."

"그렇지. 절 입구에 송덕비까지 세워준 걸 보면."

"근데…… 여기 자빠져 자는 재들은 누구야?"

"비렁뱅이들이겠지."

"아까 언뜻 보니 돼지하고도 그걸 하던데?"

“수챗구멍 옆에다 잠자릴 잡았는데 뭔들 못하겠어. 아, 배부르고 취한다! 우리도 그만 자자고.”

쥐들은 어디론가 사라졌다. 도식은 눈을 감은 채 쥐들의 이야기를 듣다가 눈을 떴다. 조금씩 감각이 돌아오는 몸을 움직이며 쥐들이 나눴던 이야기를 정리했다. 그러니까 전쟁 때 불탔던 절을 비로소 모두 중창한 것이었다. 도식은 팔에 힘을 주고 천천히 자리에서 일어나 앉았다. 쥐들만 사라졌을 뿐 달라진 것은 아무것도 없었다. 여전히 벌거벗은 채 엎드려 잠든 옥자에게 이불을 덮어주었다. 코를 고는 돼지와 염소도 그 자리를 지키고 있었다. 칼만 있다면 잠든 돼지의 멱을 따고 싶을 정도였다. 도식은 담벼락에 걸린 남포등을 내려 수챗구멍 안을 비췄다. 그곳은 땅굴처럼 깊고 어두웠다. 수챗구멍 위에 달린 문을 손으로 밀어보았지만 꿈쩍도 하지 않았다. 구정물이 흐르는 바닥을 기어가지 않는 한 안으로 들어가는 게 쉽지 않았다. 도식은 처음 누웠던 자리로 되돌아와 벽에 기대앉았다. 이해가 되지 않았다. 왜 절이 도식과 옥자를 받아들이지 않는지. 왜 절이 요새처럼 변해버렸는지. 사람의 말을 하며 옥자와 관계를 가진 돼지는 또 무엇인지. 그리고 쥐들은? 아무리 생각해보아도 절의 후미진 담벼락 아래에 있는 수챗구멍 옆으로 와 있는 까닭을 알 수가 없었다. 그리고 지금이 꿈인지 꿈이 아닌지조차도 구별하기 힘들었다. 라디오에서는 여전히 치직거리는 잡음과 함께 멀고 낯선 땅으로 보내는 편지를 낭독하는, 나직하고 차분한 여자 아나운서의 목소리가 흘러나왔다. 도식은 라디오의 다이얼을 돌렸다. 오른쪽과 왼쪽을 한 번씩 왕복했지만 새로운 소리를 찾지 못하자 라디오를 껐다. 먼 데서 새소리만 흐느끼듯 판잣집으로 날아왔다. 도식은 남포등도 끄고 옥자의 곁에 누웠다. 사위는 눈을 떠도 칠흑이어서 눈을 감았다. 어떤 이유인지는 모르겠지만 더이상 절이 두 사람을 받아들이지 않기로 결정을 내린 것만 같아서 마음이 무거웠다. 그 무거운 마음 위에 광목에 쌓인 두부를 누르는 호박돌처럼 캄캄한 어둠이 올라앉아 있었다.

"자는 거야?"
"……누구?"
"나야, 옥자."
"……왜?"
"새소리에 잠이 깼어."
옥자의 손은 도식의 사타구니에 올라가 있었다. 도식의 물건은 그 손길에 팽팽하게 발기돼 있었다. 그뿐만이 아니었다. 옥자는 도식의 바지와 팬티를 이미 벗겨놓은 상태였다. 도식은 옥자의 손을 밀쳤다.
"왜? 싫어?"
"……그럴 기분이 아니야."
"난 지금 하고 싶은데. 안 돼?"
도식은 튀어나오려는 욕을 삼켰다.
"다음에 하자."
"지금 하고 싶어. 니가 제일 좋아하는 자세로 하게 해줄게."
도식은 곧 돼지와 옥자와의 체위를 떠올렸다. 그러자 주체할 수 없을 정도로 화가 치밀었다. 옥자는 이미 그 자세를 취한 채 엉덩이로 도식의 물건을 이리저리 문질렀다. 도식은 옥자의 엉덩이를 잡고 벌떡 일어났다. 판잣집의 어둠 속에서 도식과 옥자는 관계를 시작했다. 돼지와 옥자가 취했던 체위와 똑같은 자세로.

"어때, 좋아?"

"좋아!"

"저 돼지랑 하는 것관 비교도 안 되지?"

"돼지랑?"

남포등에 불이 켜졌다. 판잣집이 서서히 밝아졌다. 대체 누가 불을 켰단 말인가. 도식은 옥자의 엉덩이를 잡은 채 두리번거렸다. 저편 구석에서 남포등을 들고 있는 건, 바로 옥자였다. 도식은 급히 눈길을 아래로 내렸다. 도식의 두 손이 잡고 있는 건 염소의 엉덩이였고 도식의 물건은 염소의 그곳에 들어가 있었다.

염소가 짧은 혀를 내밀어 메에- 울었다.

염소의 엉덩이에 매달려 염소의 긴 울음소리를 들을 때 도식의 머릿속으로 이런 생각이 번개처럼 지나갔다. 절간의 수챗구멍을 드나드는 쥐들이 퍼뜨린 이야기의 자식이 바로 옥자와 도식이라고.

4

"엄마, 나 재랑 결혼 안 해!"

"뭐, 어째? 니 애를 가졌는데 결혼을 안 해?"

"애는 지우면 돼."

"……지워? 애가 무슨 잘못 쓴 글씨냐, 지우게!"

"사랑하질 않는다고!"

"사랑하지 않으면 애는 왜 만들었냐?"

"사랑하지 않아도 애는 생길 수 있어. 재가 일부러 임신을 한 거라고."

"그게 사랑이다."

"아, 미치겠네!"

저물 무렵에 정육점에 도착해 쉬지 않고 떠들어대던 도식은 아홉 시 뉴스가 시작되자 마침내 말을 포기하고 술잔을 잡았다. 그때까지 옥자는 방구석에서 텔레비전만 보고 있었다. 그러라고 정옥이 시킨 거였다. 정옥은 도식이 좋아하는 김치찌개에 비계가 많은 돼지고기를 듬뿍 썰어넣었다. 도식은 오만상을 찌푸린 채 식당에 앉아 말없이 술만 비웠다. 필경 다른 계획을 짜고 있음이 분명했다. 경계를 늦추지 말아야 했다. 정옥은 문지방에 기대앉아 방안과 식당을 번갈아 살폈다. 옥자는 도식이 빈 술잔을 탁자에 내려놓는 소리에 깜짝깜짝 놀랐고 도식은 물을 마시듯 술을 마셨다. 나이가 들어갈수록 지 아비와 얼굴이 비슷해지는 걸 보면 신기했다. 머리를 밀고 승복을 입으면 착각할 것도 같았다. 그 옛날 우연도 저 자리에 앉아 국밥을 먹거나 술잔을 비우며 정옥을 훔쳐보곤 했다. 세월이 흐르면서 달라진 것도 많지만 변하지 않은 것도 엄연히 있었다. 우선 가장 큰 틀인 정육점 건물은 그대로다. 창문과 출입문, 탁자와 의자는 그동안 몇 차례 교체했다. 아무래도 가장 큰 변화가 일어난 것은 전기가 들어온 뒤부터였다. 정육점이니만큼 냉장고가 먼저 들어왔다. 냉장고는 어마어마한 물건이었다. 고기를 장시간 저장할 수 있게 된 뒤부터 푸줏간에서 정육점으로 간판을 바꿔 걸었다. 월정거리 푸줏간에서 삼거리 정육점으로. 대저울이 사라지고 접시저울이 들어왔다가 전자저울에 밀려났다. 도끼칼을 비롯해 각종 칼과 피 묻은 도마가 사라지고 버튼만 누르면 자동으로 고기를 자를 수 있는 육절기가 등장했다. 칼과 도마가 남아 있긴 하지만 예전의 쓰임새에 비하면 찬밥 신세가 된 지 오래다. 정옥은 만감이 교차하는 표정으로 문틀에 앉아 주변을 훑어보았다. 우연이 앉았던 자리에 우연을 닮은 아들이 앉아 술을 마시는 것까지. 아무래도 술 한잔을 마셔야 했다. 정옥은 냉장고에서 반쯤 남은 소주병을 꺼내들고 쪽마루로 돌아왔다. 안주 없이 소주잔과 함께. 소주잔으로 쫄쫄쫄 떨어지는 술소리가 정다웠다. 참 오랜만에 마시는 술이었다.

"무슨 안주도 없이 술을 마셔요! 여기 와서 같이 마셔."

"난 여기 앉아 안주 없이 마시는 술이 제일 달다."

그 말에 도식이 비틀거리며 일어나더니 탁자 위에 놓인 쟁반을 들고 정옥에게로 왔다. 식당과 연결된 방문 앞 작은 쪽마루에 쟁반을 놓고 도식도 걸터앉았다. 방안엔 옥자가 있고 문지방 너머엔 정옥과 도식이 마주앉아 있는 형국이었다. 도식은 옥자를 한번 훑어보곤 정옥의 빈 술잔에 술을 채웠다.

"엄마? 엄마가 계속 이러면 나 내일 머리 깎고 절에 들어갈 거야."

"절에? 거긴 왜 들어가?"

"차라리 중이 될 거야."

"절에선 개나 소나 다 받아준대? 요즘은 전문대학이라도 나와야 받아준다고 하더라."

"엄마가 그걸 어떻게 알아?"

"내가 그동안 중들을 한두 명 보고 살았냐."

"마음이 중요한 거지 학벌이 무슨 상관야!"

"그건 니 생각이고."

"에이."

물론 허풍이겠지만 도식의 입에서 중이 되겠다는 말이 튀어나오니 기분이 묘해졌다. 마치 젊은 시절의 우연이 한밤중에 절을 빠져나와 정옥을 만나러 온 듯했다. 정옥은 도식의 얼굴을 뚫어져라 들여다보았다.

"엄마, 요즘 세상은 예전과 달라."

"그건 또 무슨 얘기냐?"

"한번 생각해봐. 사랑하는 마음이 없는데 어떻게 같이 살 수 있겠어. 그런 마음이 전혀 없는데 아일 낳고 같이 사는 게 행복할 거 같아? 그게 더 지옥인 거야. 그럴 바엔 지금 마음이 아프더라도 빨리 정리하는 게 낫다는 얘기야. 나중에 더 큰 상처를 당하는 것보다 지금 조금 아픈 걸 감내하는 게 현명한 선택이란 얘기야."

"니가 니 나중을 어떻게 아냐?"

"내가 나를 모르면 누가 알겠어."

"여태 살았는데 나는 날 모른다."

"엄마!"

"어떻게 됐든지 간에 아기가 우선이야. 다른 건 그다지 중요하지 않아."

"아기는 무슨 아기야! 이제 겨우 임신 칠 준데."

도식이 방안의 옥자를 노려봤지만 그녀는 텔레비전 화면에서 시선을 떼지 않았다. 정옥은 몰래 미소를 지었다. 볼수록 괜찮은 아이였다. 천방지축인 도식에게 딱 맞는 배필임에 틀림없었다. 하여튼 사내들은 그놈의 말과 눈 때문에 대부분 망하는 종자들이다. 하나밖에 없는 아들이지만 도식도 거기서 예외는 아니었다.

"옥자야, 니가 뭐라 말 좀 해봐?"

"……난 어머님 의견 따르기로 했어."

"야, 만약 아이 낳고 같이 산다고 치자. 그럼 니가 우리 엄마랑 사냐? 나랑 사냐?"

"……다 같이 살고 싶어."

"맙소사!"

술에 취한 도식은 비틀대며 제가 쓰던 방으로 들어갔다. 정옥은 여전히 쪽마루에 앉아 문틀에 등을 기댄 채 술잔을 비웠다. 방구석에 있던 옥자가 그제야 정옥에게 다가와 자기가 술을 따르겠다고 술병을 잡았다. 정옥은 옥자의 얼굴을 보며 술을 받았다.

"넌 오늘밤 도식이랑 자라."

"……예?"

"도식이랑 같이 자라고."

정옥의 표정은 단호했다. 옥자는 그 뜻을 곧 이해했다.

"예."

간판 불을 끄고 식당의 불도 껐다. 텔레비전도 껐다. 정옥은 방에서 흘러나온 불빛에 기댄 채 술을 마셨다. 정육점은 침묵에 잠겼다. 가끔

씩 냉장고 돌아가는 소리와 뒷방에서 건너오는 도식의 코 고는 소리만이 고요를 흔들 뿐이었다. 참 오래 이 정육점에서 살고 있다는 생각이 문득 들었다. 정육점 밖에서 살아본 건 우연이 대처승생활을 할 때가 전부였다. 정육점에서 태어나 정육점에서 삶을 마감해도 괜찮겠다는 생각이 최근에야 들었다. 그전까진 지긋지긋한 정육점이었다. 그나저나…… 엽총을 메고 셰퍼드와 함께 멧돼지 사냥을 간 우리 낭군님은 이 밤 산속에서 잘 지내는지 모르겠다. ……아이고! 내가 취해 망령이 들었구나!

종로에서 출발한 강릉행 직행버스가 월정거리 푸줏간 앞에 멈췄다. 눈보라는 점점 거세졌다. 종욱은 차창 너머로 푸줏간을 바라보았다. 유리창에 낀 성에 때문에 푸줏간 안은 보이지 않았다. 때맞춰 누가 문을 열고 나오지도 않았다. 우연과 정옥이 살고 있는 집. 푸줏간의 연통에서 빠져나오는 연기는 눈보라에 휩쓸려 흔적도 없이 사라지고 있었다. 종욱은 왼편으로 고개를 돌렸다. 흰 뱀 같은 그 길은 오대산으로 가는 길인데 눈보라 때문에 서서히 지워지고 있었다. 승객을 내리고 태운 버스는 곧 월정거리를 떠났다. 종욱은 뒤편으로 밀려나는 월정거리의 눈 덮인 풍경을 오래 뒤돌아보았다. 버스가 오대산 줄기의 마지막 봉우리인 만과봉을 지나서야 고개를 제자리로 돌렸다.

"미안하지만 자네 시를 싣기 힘들겠네."

"……이유를 물어봐도 되겠습니까?"

"이미 지면이 꽉 찼네."

"그럼 다음 호도 괜찮습니다."

"……그건 그때 가봐야 알 수 있네."

문예지를 발간하는 출판사 사무실 몇 군데를 발품을 팔아서 찾아가 시를 보여줬지만 돌아온 대답은 거의 비슷했다. 결국 모든 타진이 무위로 돌아갔다는 걸 확인한 종욱은 서둘러 강릉으로 가는 버스에 몸을 실었다. 엄습하는 모멸감을 떨쳐내기 힘들었다. 자신을 시인으로 뽑아준 선생을 찾아가볼 생각도 들었지만 포기했다. 서울이 낯설어지고 심지어는 무슨 괴물처럼 보여 더이상 머물기조차 싫었다. 여인숙에서 잠이 깬 새벽 전날 마신 술이 깨지도 않은 상태에서 뜀박질을 하듯 종로3가로 가서 강릉행 버스표를 끊었다. 은실이 미치도록 보고 싶었다.

버스가 횡계를 지나 대관령에 올라서자 눈발은 더욱 거세졌다. 샛바람이 불러온 눈보라였다. 운전기사는 툴툴거리며 버스에서 내려 바퀴에 체인을 치느라 바빴다. 조수가 없어서 체인을 칠 줄 아는 승객의 도움을 받아야만 했다. 안내양의 오라이, 스톱 소리에 따라 버스는 앞으로 뒤로 몇 번을 왕복하고 나서야 체인을 모두 쳤다. 체인을 쳤는데도 눈 덮인 대관령을 내려가는 버스는 미끄럼을 타는 썰매처럼 느껴졌다.

"……이제 시를 그만 써야 할까봐."

"왜 그런 소릴 하는가! 그 작자들이 자네 시를 몰라보는 거야."

"내 시의 한계는 내가 아네."

"그놈들은 시가 뭔지도 모른다니까!"

"아냐. 아내만 고생시키는 시를 더 써서 무엇하겠나."

간밤 종욱은 비슷한 처지의 친한 시인과 통금 직전까지 종로통에서 술을 마시다가 헤어졌다. 그가 집에 잘 들어갔길 바랄 뿐이었다.

눈 덮인 아흔아홉 구비의 대관령을 기듯이 내려가는 버스 안에서 종욱은 퇴짜를 맞은 시들을 가방에서 꺼냈다. 한 편, 한 편을 굽잇길과 미끄러운 눈 때문에 좌우로 연달아 흔들리는 몸으로 읽어갔다. 반정을 막 지난 버스는 어느 순간 쿵, 하는 소리와 함께 고갯길을 벗어나 급경사의 산비탈로 접어들었고 종욱은 손에 쥐고 있던 시를 놓쳤다.

지금 월정사*

오늘 오대산 하늘을 찾아와서
달은 월정사 마당을 비춘다
마음의 그림자는 적광전 벽에 붙어 있다
고려시대에 세운 탑은 똑바로 하늘로 솟아 있다
앉아서 돌아가신 아버지와 예언을 하신 아버지가 계시는
저쪽 진영당은 문이 닫혀 있다
처마와 마당에 달빛이 지나간다
아아 무섭고 슬프다 너흰 공부를 똑바로 해라
적광전에 부처님만 혼자 계신다
달은 월정사 마당을 지나간다

유리창이 부서졌다. 눈더미가 버스 안으로 밀려들었다. 우지끈 비명을 지르며 소나무와 참나무가 차례로 허리를 꺾었다. 선반 위의 가방이 와르르 쏟아졌다. 깨어진 유리조각들이 우박처럼 떨어졌다. 나무들이 돌고 하늘이 빙글빙글 돌았다. 불단의 부처님이 허공에 둥둥 떠다녔다. 큰스님의 화난 얼굴이 눈을 돌려도 따라왔다. 손에서 놓친 시를 잡으려 했으나 잡히지 않았다. 종욱은 입을 열고 한 여자의 이름을 간신히 불렀다.

더이상 잠이 오지 않았다. 초저녁에 잠을 잔 탓이었다. 은실은 요사채의 방문을 열었다. 영감탱이 중은 잠들었는지 방에서 불빛이 흘러나오지 않았다. 파도가 암벽을 때리는 소리가 멀리서 피어났다. 눈발은 어느 정도 수그러들었다. 뜰까지 올라온 암자 마당의 눈은 마치 옛이야기들이 차곡차곡 쌓여 있는 듯했다. 은실은 한기가 느껴질 때까지 그 눈 위에 눈길을 올려놓고 있다가 문을 닫았다. 벽을 더듬어 방의 불을 켰다. 딱히 할 일이 없었다. 텔레비전을 켜려고 방바닥을 기어가다가 포기했다. 옆방의 영감탱이 중이 텔레비전 소리를 듣고 잠에서 깨어나면 한소리 할 게 틀림없었다. 낮에 아궁이 앞에 앉아 술을 홀짝거린 게 화근이었다. 염주를 들고 앉은뱅이책상 앞에 앉은 은실은 돋보기를 썼다. 책상 위에 놓인 한지를 펼쳐놓고 고개를 숙였다. 수백 번을 읽어서 달달 외우고 있는 『반야심경』이었다. 마음이 심란할 때마다 베껴 쓴 불경이기도 했다. 부모님이 떠오를 때도 베껴 썼고 남동생이 그리울 때도 베껴 썼다. 한자 한자, 또박또박. 어깨와 허리를 주물러가며. 한자 한자, 소리내 읽으며. 사무치게 종욱이 보고 싶은 날도 그 얼굴을 그리듯 볼펜을 쥔 손에 힘을 주었고 덩치만 크지 속은 숙맥인 옥자가 걱정될 때도 볼펜을 움켜잡았다. 그런데 오늘따라 한 글자도 눈에 들어오지 않았다. 글자들에 발이라도 달린 듯, 귀

뚜라미나 잡으려 하면 스르르 사라지는 바퀴벌레처럼 눈길을 주기 무섭게 달아나버렸다. 돋보기를 고쳐 쓰고 책상 앞에 바짝 다가가 앉아도 마찬가지였다. 은실의 눈길이 가닿는 곳마다 마당을 덮은 눈송이처럼 하얗게 백지로 변해버렸다. 손에 쥐고 있는 염주도 마찬가지였다. 염주 한 알 한 알을 넘기는 손가락의 감촉이 왠지 매끄럽지 않았다. 마치 사포로 염주를 쓰다듬는 느낌이었다. 은실은 『반야심경』을 덮었다. 염주도 내려놓았다. 소리나지 않게 방문을 열었다. 눈 위에 방안에서 쏟아진 불빛이 스며들고 있었다. 절벽 너머의 바다는 보이지 않았다. 방에서 흘러나간 불빛이 비춰줄 수 있는 범위는 너무 좁았다. 바람에 실린 눈송이 몇 점이 방으로 들어오다가 은실의 얼굴에 와 닿았다. 바늘에 찔린 것처럼 아렸다. 은실은 문을 닫았다. 앉은뱅이책상 앞으로 엉덩이를 끌고 가 다시 앉았다. 책상의 서랍을 열었다. 서랍 안의 속옷 상자를 꺼냈다. 책상 위에 종이 상자를 올려놓고 열었다. 거기에는 종욱의 일기장과 시, 그리고 둘이 주고받은 편지와 사진 등등이 들어 있었다. 그 상자는 종욱과 은실 사이에 남아 있는 모든 것을 담고 있었다.

책상 앞에 등을 구부리고 앉은 은실은 밤을 새워 상자 속의 것들을 하나하나 꺼내 읽었다. 노끈에 엮어놓은 곶감을 꺼내 먹듯이. 눈이 침침해지면 고개를 들고 신혼여행을 떠난 옥자를 생각하기도 하면서. 소리죽여 웃거나 훌쩍이기도 하면서. 코도 풀면서.

문밖이 희뿜하게 변해가고 있을 때 은실은 종욱의 노트에 적혀 있는 한 편의 육필 시에 눈길이 고정되었다. 그 시는 대관령에서 버스사고가 날 때 종욱이 마지막으로 읽고 있던 바로 그 시였다. 그 사실을 은실이 알 리 없지만 은실은 울음을 토해냈다.

오열했다.

* 고형렬, 『김포 운호가든집에서』(창비, 2001)

숨은 방

1

"야, 이 나쁜 놈아!"

옥자는 도식의 머리카락을 움켜잡고 악을 썼다. 도식은 옥자의 두 팔을 잡은 손에 힘을 줬다. 힘을 주지 않으면 머리카락이 송두리째 뽑혀나갈 판이었다. 침대에 누워 있는 옥자의 얼굴에도 땀방울이 주렁주렁 매달려 있었지만 그 옆 등받이 없는 의자에 앉아 머리채를 잡힌 도식의 얼굴에도 땀은 멈출 줄 모르고 흘러내렸다. 도식은 머리카락을 움켜잡은 채 놓을 줄을 모르는 옥자의 손을 겨우 풀어냈다. 깜빡했다간 사정없이 달려드는 옥자의 손톱에 머리카락은 물론 귀나 코까지 단숨에 끌려갈지도 모른다는 생각이 들었다. 손톱이 얼굴을 단숨에 할퀴고 갈 수 있기에 도식은 땀으로 축축하게 젖어 있는 옥자의 손을 놓을 수가 없었다. 다른 남자들은 대부분 밖에서 담배나 피우며 시간을 죽이고 있는데 자신을 침대 옆으로 끌어들인 옥자의 심사를 도무지 이해할 수 없었다. 여자의 일이 따로 있고 남자의 일이 따로 있는 법이었다.

"아악!"

잠시 숨을 고르던 옥자의 입에서 다시 째지는 신음소리가 튀어나왔다. 도식은 옥자의 손을 잡은 손에 힘부터 먼저 주었다. 진통의 시간이었다. 옥자의 손톱이 도식의 손바닥을 뚫고 들어올 것만 같았다. 노려보는 옥자의 눈이 분노로 가득차 있는 것만 같아 도식은 슬쩍 얼굴을 돌렸다. 그러게 내가 뭐라고 그랬냐. 지우자고 얼마나 많이 설득을 했는지 헤아리기도 벅차다. 다 니가 자초한 일이니 날 원망하지 마라. 도식의 마음을 읽기라도 했는지 옥자의 비명은 더 커졌고 손톱은 대못처럼 파고들었다. 파고드는 것도 모자라 아예 도식의 몸을 끌어당겨 입으로 삼켜버릴 것만 같았다. 도식은 두 다리에 힘을 준 채 악착같이 버텼다. 머릿속에선 자신의 몸이 옥자의 입으로 들어가고 동시에 아래에선 아기가 밖으로 나오는 환영이 사라지지 않았다. 옥자의 눈을 보면 환영이 아니라 실제라고 느껴질 정도였다.

"나쁜 놈아!"

"욕 좀 하지 마라."

"이 개자식아!"

"자꾸 욕하면 나 확 나간다."

"나가면 죽을 줄 알아!"

"에이, 정말!"

정말 생각 같아선 밖으로 뛰쳐나가고 싶지만 차마 그럴 수는 없었다. 옆에서 보고 있자니 측은한 마음도 없지 않았기 때문이었다. 둘이 같이 잠을 자고 벌어진 결과인데 남자와 여자의 위치가 판이하게 달랐다. 도식은 잡았던 손을 풀고 하얗게 변해버린, 비 오듯 땀을 흘리고 있는 옥자의 얼굴을 손수건으로 닦아주었다. 얼굴만이 아니라 온몸이 땀으로 젖어 훅훅 단내를 뿜어내던 옥자는 도식의 마음은 내 알 바 아니라는 듯 득달같이 달려들어 도식을 낚아챘다. 어디서 그런 무서운 힘이 나오는지 도식은 꼼짝 못하고 옥자의 억센 두 손에 사정없이 목이 졸린 채 캑캑거려야만 했다.

"옥자야, 나 죽는다!"

도식의 비명소리가 분만실을 뒤흔들었다.

진부에서 가장 오래된, 동시에 가장 낡은, 그러나 하나밖에 없는 터라 어쩔 수 없이 이용해야만 하는 서라벌 예식장에 신부 입장을 알리는 사회자의 목소리가 울려퍼졌다. 도식은 왠지 몸에 맞지 않는 갑옷을 입은 듯한 자세로 서서 예식장 입구에서 걸어오는 옥자를 바라보았다. 옥자의 아버지가 아니라 어머니의 먼 친척 어른이 옥자와 함께 걸어왔다. 신부측 부모가 앉는 자리의 아주머니도 마찬가지였다. 신부측 하객들이 앉는 자리도 한산했다. 친척들은 거의 없고 봉숙 영순을 비롯한 옥자의 친구들이 전부였다. 왜 굳이 이런 결혼식을 올려야 하는지 신부를 기다리면서도 도식은 여전히 이해가 되지 않았다. 엄마와 옥자의 고집 때문에 벌어진 일이었다. 엄마는 그동안 뿌린 축의금을 거둬들여야 했고 옥자는 비록 하객이 열 명이라 하더라도 진부 바닥에 공개적으로 알리고 싶은 게 분명했다. 도식은 평소 걸음걸이라면 오 초도 걸리지 않을 거리를, 빌린 드레스를 입고 한없이 천천히 걷는 옥자를 바라보는 눈에 힘을 줬다. 기다리다 지쳐 하품을 할 것 같았다. 장갑 낀 손으로 가려운 뒤통수를 긁은 뒤 단에서 내려가 신부를 맞이했다. 낯선 남자가 옥자의 손을 건네주기 무섭게 도식은 작은 소리로 투덜거렸다.

"거북이가 걸어오는 줄 알았다."

"원래 천천히 걷는 거야."

"졸음이 밀려들 정도였어."

"어제 니 친구들이랑 밤새 술 마셔서 졸린 거야."

"말을 말자."

지루하고 뻔한 예식의 절차가 이어졌다. 예식장에서 알아서 섭외를 해준 주례는 당연히 모르는 사람이었다. 모르는 사람의 얼굴을 계속해서 빤히 쳐다봐야 하는 게 어색했다. 빌린 예복은 여전히 갑갑했고 거의 차려 자세로 오래 서 있으니 허리가 아프고 게다가 지루했다. 다른 사람들은 다 앉아 있는데 왜 신랑 신부와 주례, 사회자만 서서 결혼식을 치러야 하는지도 의문이었다. 주례는 예상대로 도식과 옥자의 개인사에 접근하지 못하고 결혼에 대한 일반적인 이야기로 주례사를 읽어나갔는데 다른 사람의 결혼식장에서 몇 번은 들어본 것 같은 익숙한 내용이었다. 도식은 하품이 나는 걸 겨우 참았다. 다리가 저려 몇 차례 자세를 바꿨다. 사회를 보는 친구 녀석에게 눈동자를 좌우로 움직이며 장난을 걸었다. 하지만 친구 녀석도 태어나 사회를 처음 보는 터라 긴장을 늦추지 않은 채 주례의 고리타분한 주례사에 가끔씩 고개만 끄덕일 뿐 도식의 눈 장난에 응수를 하지 않았다. 할 수 없이 도식은 옆에 서 있는 옥자의 귀에 입을 가까이 대고 말을 걸었다.

"지루하지?"

옥자는 살짝 눈을 흘겼다.

"그래서 내가 결혼식을 생략하자 그랬던 거야."

옥자가 떠들지 말라고 팔짱을 낀 도식의 팔을 슬쩍 당겼다.

"이게 다 뭔 짓인지 모르겠어."

옥자는 아예 모른 척했다.

"너, 한겨울에 드레스 입고 있으니 봐줄 만은 한데 그러다 감기 걸리겠다."

옥자가 아무도 모르게 도식의 팔뚝을 꼬집으려 했으나 마침 주례가 그 장면을 보고 말았다.

"아!"

도식은 주례만 들릴 정도로 신음을 토했다. 주례사를 짧게 해달라고 예식이 열리기 전에 직접 부탁까지 했건만 결과는 정반대였다. 길고 지루하고 별 내용이 없는 주례사를 고무줄을 늘이고 연결하듯 계속 이어갔다. 얼핏 전직 면장이라고 들었던 것 같은데 앞으로 오 분만에 끝내지 않으면 주례 비용을 반만 줘야겠다는 결심을 했다. 하지만 주례는 간단하게 오 분을 넘긴 뒤 곧장 현직 대통령을 칭송하는 내용으로 넘어갔다. 주례사에 왜 현직 대통령의 업적이 들어가야 되는지 도식은 도저히 납득할 수가 없었다. 결국 도식은 참지 못하고 나지막하게 말을 건넸다.

"이제 그만하죠."

마이크를 두툼한 입술 바로 앞에 당겨놓고 주례사를 읽던 주례가 세상에 이런 일이 다 있냐는 표정으로 도식을 바라보았다. 도식은 어색한 미소를 지었다.

"신부가 오줌이 마렵답니다. 너무 추워서."

"부탁이 있어."

목 조르기를 마친 옥자가 애절한 눈빛으로 도식을 바라보았다. 도식은 덜컥 겁이 났다.

"……뭔데?"

"우리 아기가 나오는 걸 지켜봐줘."

"지금 그러고 있잖아."

"아기를 받아달라고."

"……내가? 여기 이분들은 뭐하고?"

"같이."

꼬박 두 시간여의 진통이 지나가고 나서야 옥자는 해산의 기미를 보였다. 그 두 시간은 전쟁 같은 시간이었다. 잠깐 짬을 낸 도식은 밖에 나가 담배 한 대를 피웠다. 온갖 생각이 한꺼번에 몰려와 숨을 가다듬어야 할 정도였다. 아이를 낳는 고통이 이 정도일 줄은 미처 예상하지 못했다. 평소 가까이하기 힘들었던 숙연함까지 느껴졌지만 도식은 애써 담배 연기로 지워버렸다. 다시 분만실로 들어가자 도식을 향한 옥자의 욕설이 먼저 날아왔다. 그동안 참아왔던 유세를 한꺼번에 떠는 거냐고 쏘아주려다가 지그시 마음을 눌렀다. 어쨌든 오늘은 옥자의 날이었다. 하루쯤은 참아줄 수 있었다. 그렇게 옥자의 손을 잡고 밀고 당기기를 하는데 마침내 아기의 머리가 모습을 드러냈다.

아기의 머리가.

옥자의 사타구니 사이에서.

옥자의 부탁이 있었지만 도식은 그저 멍하니 서서 아기가 세상으로 나오는 장면을 바라보기만 했다. 머리가, 어깨가, 상반신이, 사타구니가, 다리가…… 마지막으로 탯줄이 나오는 장면을. 피에 뒤덮인 아기가 마침내 첫울음을 터뜨렸다. 첫 호흡을 울음으로 장식한 거였다. 그리고 그 아이를 얼떨결에 두 손으로 받았다.

폭풍이 지나간 것만 같았다. 힘들었지만 아무 탈 없이 지나갔다는 안도감이 온몸을 나른하게 만들었다. 옥자와 아기가 잠들자 도식은 기다렸다는 듯 밖으로 나왔다. 밤인 줄 알았는데 해가 쨍쨍한 여름 한낮이었다. 도식은 문을 연 술집을 찾다 포기하고 병원 근처 구멍가게의 파라솔 아래에 앉아 맥주를 들이켰다. 술인지 물인지 분간을 할 수 없었다. 바닥까지 바짝 마른 듯한 몸속의 우물을 서둘러 채워야만 했다. 물이든, 술이든. 한동안 정신없이 맥주를 쏟아부은 뒤 도식은 플라스틱의자에 허리와 등을 깊이 파묻었다. 두 손으로 받은 아기를 생각했다. 머리카락을 움켜잡고 귀를 잡아당기고 목을 졸랐던 옥자의 손을 생각했다. 그리고 마지막으로 옥자의 성기를 생각했다. 그곳을 비집고 나오는 아기의 머리를 떠올렸다. 열 달 전, 그곳으로 들어가려고 애를 썼던 자신의 성기를 생각했다. 들어가 놀았지만 그 안에 씨앗은 흘리지 않으려고 잔머리를 굴렸던 성기의 주인을 생각했다. 하지만 그 쪼잔한 계획은 바로 그날 어이없이 무너져버렸다. 단 몇 초 동안에. 필사적으로 그 방에서 빠져나오다가 그만 미끄러져 넘어지고 말았다. 일어나 다시 뛰었지만, 그래서 방을 빠져나오긴 했지만 결국…… 도식은 파라솔의 둥근 처마 끝에서 작열하는 햇살을 바라보다 눈을 감았다. 그 이후의 열 달 동안, 아니 정확히 말해 여덟 달 반 동안 옥자의 마음 한가운데에 들어앉은 아기를 가운데에 놓은 채 치열하고 지루한 공방전이 오갔다. 승자는 옥자가 아니라 아기였다. 도식은 분만실에서 옥자의 다리 사이로 나오는 아기의 머리를 처음 보는 순간 그 사실을 인정했다. 물론 패자도 없었다. 그래서 혼란스러웠다. 머리가 텅 비어버린 기분이었다. 허탈감에 사로잡혀 제대로 서 있기조차 힘들었다. 탄생의 장면은 감동적이었지만 탄생의 기쁨 뒤에 고스란히 업혀 있는 그 묘한 기분을 이겨내지 못하고 도식은 쫓기듯, 도망치듯 병원을 나와 술집을 찾은 거였다. 도식은 구멍가게의 주인에게 물어 뒷마당의 화장실을 찾아갔다. 오줌은 끊길 듯 끊이지 않고 오래 흘러나왔다. 좁은 화장실 안에 서서 똥이 반쯤 차 있는 똥통 안으로 오줌을 흘려보내는 성기를 엄지와 검지로 잡은 채 물끄러미 내려다보았다.

구슬 세 개가 심어져 있는 성기를.

진부의 결혼식 뒤풀이는 악명이 높기로 소문이 자자했다. 더군다나 도식은 친구들 중에서 가장 먼저 결혼을 한 것이기에 그동안 늘 구경만 했던 뒤풀이 현장에 처음으로 직접 참여하는 거나 마찬가지였다. 신랑 친구가 아니라 하필 신랑의 입장이 되어. 신랑 친구의 자격으로 참석한 친구들의 표정은 한결같았다. 드디어 주변에서 보아왔던 것을 현장에서 써먹을 수 있겠구나 하는 그런 표정들. 폐백을 드리고 옥자와 식당으로 내려오니 아니나다를까 친구 녀석들이 신부 친구들과 함께 진을 치고 앉아 기다리고 있었다. 어디서 빌려 입었는지 하나같이 어울리지도 않는 양복들을 걸쳐입고서. 더군다나 친구들 태반이 아직 대학생이거나 백수 들이어서 부조금도 내지 않았을 게 분명한데 상 위에 널려 있는 빈 술병들은 이미 헤아릴 수 없을 정도였다.

"엄청 퍼마셨구나!"

"자 신랑 신부가 도착했으니 피로연을 시작하겠습니다!"

사회를 보던 녀석이었다. 결혼식 전에 여러 일정을 들어 그토록 당부를 했건만 결국 배신을 때렸다. 녀석 앞에는 커다란 양은대야가 속이 빈 채로 놓여 있었다. 그 안으로 잔치국수 네 그릇 분량이 들어갔다. 소주 한 병이 콸콸거리며 쏟아졌다. 맥주 두 병이 더해졌다. 고춧가루 한 통과 후추 한 통이 양념으로 첨가됐다. 어디서 구했는지 도끼자루 같은 고로쇠나무로 휘휘 저었다. 녀석은 빈 국수 그릇에 국자와 젓가락을 사용해 그것을 담았다. 두 그릇을.

"자, 여러분. 신랑 신부가 이 국수를 먹고 백년해로하길 기원하며 박수 한번 보냅시다!"

"이 말도 안 되는 음식을 먹으라고?"

"먹으면 예약한 비행길 타고 제주도로 갈 수 있게 해주고 만약 한 사람이라도 먹지 못하면 오늘 신혼여행은 물 건너간 거라고 보면 됩니다."

아직 먹지도 않았는데 박수 소리와 함성이 울려퍼졌다. 봉숙과 영순은 신기하고 재밌어죽겠다는 표정이었다. 거의 짬뽕 국물 같은 내용물이 담긴 국수 그릇이 도식과 옥자 앞에 놓였다. 나무젓가락이 꽂힌 채. 벌건 국수를 본 옥자도 찡그리기는커녕 오히려 즐거워죽겠다는 듯 생글생글 웃으며 도식이 빨리 젓가락을 들기만을 기다리고 있었다.

"먹을 수 있겠냐?"

"못 먹을 건 또 뭐 있어."

"내 것도 먹을래?"

"그건 규칙에 어긋나는 거 아냐?"

"규칙은 무슨 개똥 같은 규칙."

도식은 즉시 사회를 보는 녀석에게 상황을 통보했으나 일언지하에 거절당했다.

"야, 부부는 일심동체라잖아!"

"그건 이 피로연이라는 관문을 통과해야 비로소 인정받는 겁니다."

도식은 나무젓가락으로 조심스럽게 국수만 건져 입으로 가져갔다. 술냄새가 났지만 뭐, 좀 참으면 먹을 수 있을 것 같았다. 옆의 옥자는 별식이라도 먹는 듯 국수 줄기를 술술 넘겼다. 하여튼 덩치에 걸맞게 먹성 하나는 좋았다. 도식도 결심을 굳혔다. 초반에 강하게 나가야 빨리 피로연을 끝낼 수가 있었다. 도식은 국수 그릇을 들고 벌건 국물을 벌컥벌컥 들이켰다. 저음에서 시작해 고음으로 치닫는 여자들의 신음소리를 배경으로. 하지만 결과는 참패였다. 국물을 삼킨 지 채 일 분도 지나지 않아 도식은 뱃속의 벌건 국물을 고스란히 상 위에 토해내는 것으로 일차 피로연을 마무리했다.

이차는 진부 시내에서 벌어졌다. 포클레인을 운전하는 친구가 도식과 옥자를 높이 쳐든 버킷에 싣고 시내를 한 바퀴 돌았다. 신부는 노래를 부르고 신랑은 그 옆에서 춤을 춰야 했다. 춤이 마음에 들지 않는다고 이번엔 팬티만 입은 신랑의 스트립쇼를 주문했다. 돈은 뜯길 대로 뜯기고 창피는 당할 대로 당하고 추위는 고스란히 뒤집어쓴 뒤풀이였다. 꽁꽁 언 몸을 녹이기도 전에 삼차 피로연 장소인 오대산으로 출발을 했다. 자동차 트렁크에 옥자와 함께 실려. 오대교부터 월정거리까지는 옥자만 트렁크에 타고 도식은 자가용 꽁무니와 연결된 밧줄에 매달려 뜀박질을 했다. 그래, 나중에, 차례차례, 크게 되갚아주리라 다짐을 하며 뛰었고 쉬는 시간 틈틈이 술을 마시고 이제 그만하자는 사정도 했지만 당연히 허사였다. 눈 덮인 오대산 부도밭에 도착한 그들은 다시 술판을 벌여놓고 삼차 피로연을 시작했다. 신부는 손수건으로 눈을 가리고 신랑은 제일 큰 부도 옆에 서서 방향을 알려주는 놀이였다. 넓은 부도밭에 덮인 눈 위에 신부의 발자국이 지그재그로 찍혔다. 친구 녀석들도 일제히 목소릴 높여 신부가 다른 곳으로 가도록 잘못된 방향을 알려주었다. 그렇게 겨울 한낮의 결혼식 피로연이 모두 끝났다.

사차는 저녁, 오차는 밴드가 있는 술집을 아예 통째로 빌려 춤을 추며 놀았다. 제주로 가는 비행기표는 친구들에 의해 다음날로 연기되었고 대신 경포대에 있는 호텔을 잡아줬다. 옥자의 친구들도 제시간에 집으로 돌아가지 못하고 잡혔다. 춤을 추고 술을 마시던 중 도식은 옥자가 화장실에 간 사이에 그 사건 이후 오랜만에 만난 봉숙에게 귓속말을 건넸다.

"강릉에서 조만간 한번 만나자."

"왜?"

"저번엔 못한 거 마저 해야지."

"오케이!"

천장에서 사이키 조명이 빙글빙글 돌아가는 겨울밤이었다.

2

담장 아래 수챗구멍의 문이 열렸다.

"들어가도 될까?"

"들어갈 수밖에 없어."

남포등을 든 도식이 앞장서고 옥자는 뒤에서 도식보다 더 깊이 머리를 수그린 채 문 안으로 발을 디밀었다. 수챗물 위로 오가는 큼지막한 쥐들은 사람을 별로 무서워하지 않는 것 같았다. 아니면 눈이 멀었거나. 그도 아니면 다른 세상의 쥐들이거나. 도식과 옥자는 걸음을 멈춘 채 게으르게 오가는 쥐들을 내려다보았다. 밝은 불빛 속으로 들어온 쥐를 보니 눈이 먼 것 같지는 않았다. 쥐들은 두 사람이 있다는 사실을 아예 인지하지 못하고 있음이 분명했다. 도식이 발로 바닥을 차면서 외마디 소리를 짧게 내질렀는데도 개의치 않고 제 갈 길을 가고 있는 걸 보면.

"얘들도 우리가 죽은지 아나봐."

"절간에서 사는 쥐들이라 그런지 몰라."

"얘들이 무슨 중이라도 돼?"

"서당 개 삼 년이면 풍월을 읊는다잖아."

"그럼 얘들이 목탁 치고 염불도 할 수 있다는 거야?"

"아마도."

도식은 꿈속의(어쩌면 꿈이 아닐지도 모르는) 쥐들이 나누었던 얘기를 떠올리며 걸었다. 그 쥐들은 거의 오대산에서 몇십 년을 산 중이나 다름없었다. 산사의 내력을 줄줄 꿰고 있었으니까. 그 오랜 세월 동안 어둡고 습하고 냄새나는 절의 수챗구멍을 드나들며. 구정물 냄새가 피어오르는 수챗구멍은 예상보다 길었다. 입구와 달리 안으로 들어갈수록 길은 두 갈래 세 갈래로 갈라졌다. 중간 중간에 문들이 있는데 밀어보니 안에서 잠겨 있었다.

"도식아, 어디까지 가야 돼?"

"어딘가에 열리는 문이 있을 거야."

"그 안에 뭐가 있는데?"

"……뭔가가 있겠지. 근데 옥자야?"

도식은 다시 나타난 문 앞에서 걸음을 멈췄다.

"정말 기억이 안 나?"

"또 그 얘기야? 안 했어, 안 했다고! 사람이 어떻게 돼지랑 섹슬해!"

수챗구멍 옆 판잣집에서 보낸 밤에 벌어진 일에 관한 얘기였다. 옥자는 그런 적이 없다고 했다. 그런 꿈도 꾸지 않았다고 했다. 그렇다면 그 모든 게 도식의 꿈이었단 말인가. 죽은 뒤에도 꿈을 꿀 수 있단 말인가. 도식은 고개를 저었다. 설명할 순 없지만 그건 분명 꿈이 아니었다. 그날 밤에 있었던 쥐를 만나면 물어보고 싶었다. 그게 꿈이 아니었다 말해달라고. 그러나 쥐들은 모두 엇비슷하게 생겨서 어느 쥐가 그 쥐인지 찾아내기 힘들었다. 그날 밤처럼 스스로 입을 열어 알려주기 전까지는.

"너무 생생해서 그래."

"넌 염소랑 했다며!"

"넌 줄 알았다니까."

"지금 내가 염소랑 똑같이 생겼다는 얘기야?"

"어두워서 착각했다고 했잖아. 게다가 목소리는 니 목소리였다니까."

"아무리 어두워도 염소랑 사람을 착각했다는 게 말이 되냐?"

"……그건 그래."

도식은 화제를 바꾸려고 옆에 있는 문을 슬며시 밀었다. 그런데, 잠겨 있으리라 여겼던 문이 스르르 열렸다. 도식과 옥자는 이야기를 멈추고 작은 문 안으로 조심스럽게 들어갔다. 좁고 거미줄이 무성한 복도를 지나자 또다른 문이 나타났고 도식은 심호흡을 한 뒤 문고리를 오른쪽으로 돌렸다. 어디선가에서 사람들의 목소리가 희미하게 들렸다.

긴 병풍의 뒷면이 보였다. 그 끝에는 보료방석이 어른 키보다 높이 쌓여 있었다. 마치 탑처럼. 도식과 옥자는 벽에 붙다시피 해서 병풍과 방석을 돌아나갔다. 강당 같은 곳인지 웅성거리는 사람들의 목소리가 여기저기서 동시다발적으로 피어났다. 그리고…… 마침내 모든 광경이 한눈에 들어왔다. 도식과 옥자는 잠시 우두커니 서서 그 풍경을 바라보았다. 강당 가득 삼삼오오 모여 있는 사람들은 흡사 피난민들을 연상시켰다. 상황과 시야가 정리되자 도식과 옥자는 사람들 속으로 들어갔다. 사람들은 도식과 옥자의 출현에 대해 전혀 신경을 쓰지 않고 있었다. 심지어 그들의 눈엔 도식과 옥자가 보이지 않는 것도 같았다. 도식은 한눈에 봐도 땡중들처럼 보이는 다섯 명의 스님들이 둘러앉아 무릎 앞에 지폐를 쌓아놓고 화투를 치는 걸 구경했다. 고스톱이었다.

"야, 화투짝 들고 제사 지내냐? 빨리 좀 쳐."

"생각은 하고 쳐야지."

"니 차례 돌아오기 전에 생각하라고, 돌아오기 전에!"

도식은 무엇을 내야 할지 갈등에 잠긴 스님 옆에 쪼그리고 앉았다. 바닥의 군용담요에 깔려 있는 화투짝과 일치하는 게 하나도 없었지만 피가 한 장만 맞아도 나는 상황이었다.

"비 쌍피를 내세요."

"쌍피를?"

스님이 도식을 돌아보았다. 술냄새가 훅 풍겼다.

"어차피 이번에 승부를 걸어야 할 거 같은데요."

"그럴까……"

"뭘 내든 제발 빨리 좀 내!"

장고를 마친 스님은 도식의 충고대로 비 쌍피를 내고 바닥의 화투를 뒤집었다. 오! 놀랍게도 한 사람이 우산을 쓰고 있는 비광이었다.

"대박! 광 바가지에 피 바가지!"

"에이! 형씨, 훈수를 두면 안 되지."

갑자기 분위기가 험악해졌다. 도식은 머리를 조아리고 슬그머니 자리에서 일어났다. 팔소매를 걷어붙인 한 스님의 팔뚝에는 색이 바랜 호랑이 문신이 새겨져 있었다. 점수를 계산하던 스님이 탄성을 내질렀다.

"맞아! 흔들었어!"

그렇다면 엄청난 점수였고 엄청난 금액이었다. 도식은 혹시라도 자신에게 불똥이 튈까봐 도망치듯 자리를 피했다. 강당에 모여 있는 사람들을 기웃거리다가…… 도식은 보았다. 강당의 천장을. 천장은 위가 훤히 보이는 유리 비슷한 것으로 되어 있었다. 도식은 저쪽 편에서 비구니들의 이야기를 듣고 있는 옥자를 찾아가 천장을 가리켰다. 둘은 머리를 한껏 뒤로 젖히고 천장을, 아니 천장 너머의 공간을 두루 쳐다보았다.

"명부전이네."

"명부전?"

"저번에 갔었잖아. 지장보살과 염라대왕을 위시해 시왕들이 있는 곳."

"죽은 사람들 위패를 모신 곳?"

"응."

"그럼 여긴 어디야?"

"여긴……"

도식은 강당에 모여 있는 사람들을 다른 눈으로 둘러보았다. 그러고 보니 사람들의 표정이 어딘가 좀 묘하게 느껴졌다. 왠지 살아 있는 사람들 같지 않았다. 피난민들이 아니라 어딘가로 가기 위해 기다리고 있는 터미널 안의 대기자들 같았다.

"……죽은 사람들이 모여 있는 곳 같아."

"무서워!"

옥자의 얼굴색이 급격하게 변했다.

"옥자야, 우리도 죽었어."

"싫어! 억울해!"

옥자는 자리에 주저앉아 울음을 터뜨렸다.

"우리 아기 불쌍해서 어떡해!"

주변 사람들은 옥자의 울음에 잠시 고개를 돌렸지만 익숙한 일이라는 듯 이내 원래의 자세로 돌아갔다. 도식은 우는 옥자를 달래고 옆에 있는 비구니에게 물었다.

"여긴 뭐하는 곳인가요? 당신들은 여기서 뭐하고 있는 겁니까?"

비구니는 도식과 옥자를 물끄러미 바라보더니 입을 열었다.

"아시잖아요. 우린 다음 장소로 가기 위해 기다리고 있어요. 저 위에서 허락이 떨어질 때까지."

비구니는 천장 너머의 한 곳을 손가락으로 가리켰다. 그곳엔 흰 수염을 기른 염라대왕이 가느다란 눈을 뜬 채 어디인가를 바라보고 있었다. 그곳은 삶의 세계와 죽음의 세계를 한꺼번에 통괄하는 재판정 같았다. 도식은 울음을 멈추지 않는 옥자의 팔을 억지로 잡아끌었다. 아직은 아니었다. 무엇인가 할 일이, 아니 볼 일이, 겪어야만 될 일이 더 남아 있는 것 같았다. 바깥의 누군가를 만나야만 했다. 그런데 옥자의 손을 잡고 벽을 따라 강당을 한 바퀴 돌았지만 밖으로 나가는 문, 즉 지상으로 올라갈 수 있는 문을 찾을 수 없었다.

"밖으로 나가는 문이 없습니까?"

도식은 좀 전의 비구니를 찾아가 작은 소리로 물었다.

"이곳은 문이 없는 곳입니다."

도식은 옥자와 들어온 병풍 뒤편의 문을 생각하며 물었다.

"그럼 어떻게 들어왔어요?"

"그냥 들어왔어요. 툭 던져지듯이."

여기 사람들은 도식과 옥자가 들어온 숨겨진 문을 모르는 듯했다. 도식은 훌쩍거리는 옥자의 울음이 가라앉기를, 사람들의 시선이 둘에게서 떠나가기를 기다렸다가 보료방석을 쌓아놓은 뒤편으로 옥자와 함께 슬쩍 몸을 숨겼다. 그사이 문이 잠겼거나 사라지지는 않았을까 조바심을 내며.

도식과 옥자는 수챗물이 흐르고 쥐들이 지나가는 지하통로를 걸었다. 남포등을 든 채.

"옥자야, 어딘가에 큰스님이 있을 거야."

"큰스님은 왜?"

"물어보고 싶은 게 있어."

"뭘?"

"지금은 잘 모르겠는데, 만나면 알 수 있을 거 같아."

도식은 옆에 있는 문을 밀어보았다. 또하나의 문이 열렸다.

먼저 천장부터 보았다. 그곳은 진영각의 지하였다. 명부전처럼 천장이 유리로 되어 있어 위에는 이 산에서 머물다 간 고승들의 모습이 액자에 담긴 채 벽에 걸려 있었다. 하지만 천장에 오래 매달려 있을 여유가 없었다. 진영각 지하는 한마디로 살풍경이었다. 한쪽 벽면만 빼놓고 나머지 벽면엔 피가 뚝뚝 떨어지는 고깃덩어리들이 줄줄이 갈고리에 매달려 있었다. 푸줏간이나 마찬가지였다.

"여기에 왜 고깃덩어리들을 매달아놓았지. 중들이 고길 먹는 것도 아닌데."

옥자는 선뜻 안으로 들어서지 못하고 출입구 근처에서 서성거렸다.

"무슨 까닭이 있겠지."

"……대체 이 많은 짐승들을 누가 다 잡았을까?"

도식이 안을 한 바퀴 돌았지만 역시 다른 문은 찾을 수 없었다. 이 정도의 고기를 보관하고 있다면 절에 상당히 많은 사람들이 살고 있다는 얘기였다. 절이라는 특수성 때문에 아무도 모르는 곳에 소, 닭, 돼지, 염소의 고기들을 숨겨놓을 수 있는 것 같았다. 도식은 천장 너머의 벽에 걸려 있는 고승들의 얼굴을 쳐다보았다. 정면에서 보는 게 아니라 아래에서 위로 보니 왠지 그들의 표정이 다르게 보였다. 정면에서 보면 인자한 표정일 게 틀림없겠지만 도식의 자리에서 보니 무엇인가에 군침을 삼키고 있다는 생각이 강하게 들었다.

지하통로는 미궁 같은 곳이었다. 도식과 옥자는 남포등 불빛에 의지해 통로를 걷다가 문이 열려 있는 곳이면 들어가보았다. 지장전, 삼성각, 설선당, 정법보각, 대법륜전, 범종각, 용금루…… 그리고 마침내 팔각구층석탑이 바라보고 있는, 큰절의 대웅전인 적광전 지하에 도착했다. 거대한 부처님이 정좌하고 있는.

"맙소사!"

옥자가 문을 잡은 채 장탄식을 했다.

적광전 지하는 거대한 가축 우리였다. 돼지들, 소들, 닭들, 개들, 염소들, 토끼들, 오리들…… 각각의 가축들이 칸막이로 나누어져 있는 게 아니라 모두 한데 있었다. 젖이 주렁주렁 매달린 돼지들이 모로 누워 새끼들에게 젖을 먹였다. 도식은 들어가지 않으려 버티는 옥자의 손을 잡고 가축들 사이로 걸음을 옮겼다. 어미 돼지의 젖에 매달린 새끼돼지들은 거의 필사적으로 젖을 빨고 있었다. 송아지는 서 있는 암소의 배 아래에서 치켜든 주둥이로 축구공을 헤딩하듯 젖을 빨았다. 그 옆의 가축들은 교미의 시간을 보내고 있었다. 수퇘지가 암퇘지의 엉덩이에 매달려 교미를 하고 있었고 수탉이 암탉의 등에 올라타 부리로 목덜미를 쪼았다. 암탉의 목덜미는 털이 모두 빠져 닭살이 그대로 드러나 있었다. 암캐와 수캐는 특이한 방식으로 교미를 했다. 엉덩이와 엉덩이를 서로 맞대고 있었는데 도무지 납득이 가지 않는 자세였다. 옥자가 얼굴을 붉혔고 도식은 옥자의 손을 잡은 손에 힘을 주었다. 덩치가 큰 수소가 번쩍 뛰어올라 암소의 등에 올라타자 지진이 난 것처럼 건물이 잠시 흔들렸다. 또 한쪽 편은 출산의 시간이었다. 눈이 붉은 토끼들은 땅굴에서 빠져나올 때마다 줄줄이 어린 새끼들을 데리고 나왔고 둥지에 앉아 있는 암탉의 날개를 비집고 병아리들이 톡톡 튀어나왔다. 암탉은 다른 암탉들이 낳은 알들을 공평하게 품었는데 거기서 태어난 병아리들은 모두 그 암탉의 새끼들이었다. 염소는 새끼를 낳으면서도 메에- 울었고 소는 갓 태어난 새끼의 태를 먹고 정성껏 새끼의 온몸을 혀로 핥아주었다. 그 모든 장면을 유리 천장 위의 부처님이 내려다보고 있었다. 그런데 도식과 옥자가 눈 한번 감았다가 뜨고 다시 가축들을 바라보니 그것들은 모두 사람의 얼굴에 소, 돼지, 염소, 개, 닭, 토끼, 오리의 형상을 한 반인반수였다. 도식과 옥자는 누가 먼저랄 것도 없이 그 반인반수들의 사이에 자리를 잡고 교미를 시작했다. 천장 너머 법당에서는 스님들이 예불을 드리려고 하나 둘 들어오고 있었다. 도식은 법당 지하의 바닥에 누웠고 그 위에 옥자가 올라앉은 자세여서 예불을 드리는 스님들을 비교적 자세하게 살필 수 있었다. 지하에서는 위를 볼 수 있는데 위에서는 아래를 볼 수 없는 구조라는 걸 비로소 알아차렸다. 도식은 옥자를 사타구니에 앉힌 채 부처님의 눈동자를 올려다보며 사정을 했다. 절의 지하가 아닌 지상으로 가는 길을 알려달라고.

적광전의 지하에서 나온 도식과 옥자는 미로 같은, 미궁 같은 큰절의 지하통로를 걷고 또 걸었다. 쥐들과 만나고 헤어지며. 잠겼거나 잠기지 않은 무수한 문을 지나치며. 그리고 결국 도식은 잠긴 문 앞에 주저앉으며 마지막 고함을 내질렀다.

"대체 큰스님 방은 어디에 있는 거야!"

"이젠 한 걸음도 못 걷겠어."

옥자도 힘을 잃고 쓰러지듯 그 자리에서 무릎을 꿇었다.

3

부산스럽게 움직이던 스님들이 모두 돌아가고 방산굴엔 큰스님과 시봉을 드는 젊은 사미밖에 없었다. 깊은 밤인지라 사미는 벽에 기댄 채 졸고 있었고 큰스님은 잠들어 있었다. 큰스님의 얼굴은 병색이 완연했다. 몰래 방으로 들어온 사람들은 스님의 잠자리 옆에 차례로 앉았다. 한동안 침묵이 흐르다가 이윽고 스님의 머리맡에 앉은 사람이 침을 삼켰다.

"스님? 큰스님?"

큰스님의 가쁜 숨소리만 들릴 뿐이었다. 뒤에 앉은 누군가가 앞사람을 채근했다. 여자의 목소리였다.

"시간도 없는데 흔들어 깨워요."

"……그러는 게 낫겠어. 기왕에 여기까지 온 거잖아."

"스님, 눈 좀 떠보세요. 저희들이 왔습니다."

우연이 손을 잡고 몇 번 가볍게 흔들자 비로소 큰스님의 눈이 떠졌다. 사미는 벽에 기댄 채 여전히 잠들어 있고. 종욱이 다탁 위 촛대에 꽂혀 있는 굵은 초에 불을 붙였다.

"……누구냐?"

큰스님은 힘겹게 자리에서 일어나 앉았다. 우연이 그 일을 돕고 제자리로 돌아왔다.

"우연입니다. 기억하시겠어요?"

"저는 종욱입니다. 오대산 수도원에 원생으로 처음 들어왔던."

"……그래. 둘 다 절에서 도망친 놈들이구나."

"큰스님, 저 기억하세요? 월정거리 푸줏간 딸 정옥입니다."

정옥은 등에 갓난아기를 업고 있었다.

"기억한다."

"저는요? 조개골에 살던 은실이예요. 전쟁 때 혼자 남은 저를 스님이 가엾게 여겨 강릉 포교당에 보모 자릴 구해줬잖아요."

"……그래. 너희 둘은 비구를 도둑질해간 놈들이고."

"큰스님, 건강은 어떠세요?"

우연이 큰스님의 안색을 살폈다.

"곧 죽을 거다. 근데 평소 코빼기도 안 보이던 니놈들이 내 건강이 염려돼 찾아온 건 아닐 테고 웬일로 이 오밤중에 떼거지로 몰려온 거냐?"

방안으로 바람이 들어온 것처럼 흔들리던 촛불이 다시 자리를 잡았다. 안경 너머 큰스님의 눈빛이 네 사람을 차례로 훑고 지나갔다. 네 사람은 차례로 눈을 깔거나 허둥지둥 다른 곳으로 돌리느라 바빴다. 책꽂이에는 큰스님이 긴 세월 동안 역해譯解한 『신화엄경합론』 전 마흔일곱 권이 꽂혀 있었고 그 옆으로 『사교四教』 『사집四集』 등의 역해본들이 뒤를 이었다. 앉은뱅이책상에는 목탁, 죽비, 염주, 그리고 만년필과 잉크, 자전, 돋보기, 원고지가 가지런히 제자리를 지켰다.

"이러고 있을 시간이 없어요!"

아이를 업은 정옥이 앞에 앉은 우연을 다그쳤다. 은실도 종욱의 등을 떠밀었다.

"큰스님, 저희들이 잘못했습니다. 아시다시피 저와 종욱은 이미 이 세상 사람이 아닙니다. 부탁드립니다. 저희 자식들을 살려주십시오!"

"내가 무슨 재주로 니놈들 자식들을 살리냐?"

"스님은 도인이시잖아요!"

은실이 소리쳤다.

"도인은 무슨 도인이야. 눈이 있으면 봐라. 내 목숨도 어쩌지 못해 이렇게 초읽기 하듯 죽음을 기다리는데."

"스님?"

네 사람이 합창을 했다. 사미는 여전히 잠들어 있었다.

"야 이놈들아, 좀 그만 들볶아! 나 좀 자자!"

"스님이 안 살려주시면 여기서 계속 들볶을 거예요."

은실이 무릎걸음으로 앞으로 나왔다.

"죽기 싫은 건 나도 마찬가지다."

"스님은 아시잖아요. 아이들이 지금 어떤 상태에 있는지."

"알긴 뭘 알아. 나도 지금 오늘내일하고 있는 처진데."

"스님이 안 살려주시면 돌아가신 뒤에도 이 두 사람이 쫓아다니며 귀찮게 할 거예요."

우연과 종욱이 고개를 끄떡거렸다.

"전쟁 끝나고 먹을 것도 없었던 시절에 큰스님 혼자 몰래 그 비싼 산삼 한 뿌리 먹은 거 다 얘기할 겁니다."

"야, 이놈들 봐라. 이건 거의 협박이네!"

정옥은 업고 있던 아기의 엉덩이를 꼬집었다. 아기는 울먹울먹하더니 이내 자지러지는 듯한 울음을 방산굴에 토해놓기 시작했다.

"큰스님, 이 아기를 봐서라도……"

정옥도 따라 울었다. 울음은 전염병처럼 번져나갔다. 하지만 벽에 기대 잠든 사미는 깨어나지 않았다. 큰스님이 머리를 숙인 채 울고 있는 우연과 종욱의 어깨를 죽비로 세차게 후려쳤다.

"다 니 두 놈들이 저지른 업보다!"

"압니다, 큰스님!"

도식과 옥자는 방산굴의 지하에 누워 이 모든 광경을 천장의 유리를 통해서 올려다보았다. 함께 눈물 흘리며. 온몸의 기운이 거의 빠져나간 상태라 꼼짝할 수 없었다. 서로의 손을 잡은 채 그저 뜬 눈으로 눈물만 흘릴 뿐이었다.

어마어마한 양의 폭설이 오대산 일대에 내렸다. 어른 키를 넘어서는 눈이었다. 그리고 큰스님이 돌아가셨다. 먹을 것이 없어진 산속의 새들이 일주일 내내 먹을 곳이 있는 곳을 찾아 산을 떠났다. 하늘이 새카맣게 보일 정도였다. 산속에 그렇게 많은 새들이 살고 있었다는 사실에 사람들은 깜짝 놀라서 입을 다물 줄 몰랐다. 큰스님은 폭설 속에서 만卍자가 새겨진, 노랗고 하얀 꽃으로 치장한 관에 실려 다비식이 열리는 곳으로 떠났고 얼마 후 상원사 아래 볕 좋은 곳으로 거처를 옮겼다. '앉아서 돌아가신 아버지' 옆으로.

4

"이게 뭐야?"

"간판."

"마지막 정육점?"

"멋있지? 하루종일 고민해서 만든 거야."

미용실 문을 닫고 퇴근한 옥자에게 도식은 오후 내내 뚝딱거려서 만든 입간판을 보여주었다. 옥자는 심드렁한 표정이었다.

"의미심장하지 않아?"

"촌스러워."

"촌스럽다고?"

"응."

옥자는 추운 듯 몸을 부르르 떨더니 정육점 안으로 들어갔다.

"이게 촌스럽다고?"

도식은 정육점 앞에 세워놓은 입간판을 둘러보며 투덜거렸다. 삼거리로 눈발이 날렸다. 제설차가 불빛을 반짝거리며 다가오더니 오대산 쪽으로 방향을 틀었다. 도식은 입에 문 담배에 불을 붙이고 제설차의 꽁무니를 좇았다. 빠른 속도로 어둠이 내렸다. 정육점에서 도옥과 도옥의 처의 웃음소리가 흘러나왔다. 신혼여행을 유럽으로 갔던 터라 시차적응이 안 된다고 낮 동안 내내 잠만 처자빠져 자더니 이제야 깨어난 모양이었다. 사고치고 결혼을 일찍 하는 건 유전임에 틀림없다고 고개를 끄덕였다. 도식은 정육점의 출입문을 열고 문기둥 위에 붙어 있는 스위치를 눌렀다. 입간판에 불이 들어왔다.

"멋있기만 하구만!"

도식은 입간판 앞에 쪼그리고 앉았다. 어둠이 내리자 입간판은 더 근사하게 보였다. 안으로 들어가 옥자와 도옥 부부까지 다 데리고 나와 보여주고 싶었다. 말해주고 싶었다. 엄마아빠가 아주 긴 신혼여행에서 돌아와 야심차게 만든 간판이라고.

"추운데 밖에서 청승 떨지 말고 들어와 저녁 먹어."

옥자가 고개만 내민 채 혀를 찼다.

"청승이라니!"

"청승이 아니면 뭐야?"

"옥자야, 이래서 내가 너랑 결혼하지 않으려 했던 거야."

"이래서라니? 그게 뭔데?"

"우리가 신혼여행을 가다 사고가 나 대관령 눈 속에서 기절한 채로 하룻밤을 보냈지?"

"응."

"그때 우리가 의식불명인 채로 병원에선 얼마 있었지?"

"……일주일인가, 열흘인가."

"열흘이야. 그럼 총 며칠이지?"

"……십일 일."

"그래. 그럼 그 십일 일 동안 무얼 하고 지냈어?"

"당신 말대로 엄청 긴 신혼여행을 다녔지."

"우린 거의 육십여 년 동안 신혼여행을 한 거야."

"뭔 소리야?"

"이 간판이 그렇게 태어난 거야."

"들어와서 밥이나 먹어."

코웃음을 남겨놓고 옥자가 문을 닫았다.

"옥자야!"

그사이 어둠은 더 깊어졌다. 눈이 날리는 월정거리에서 반짝이는 건 '마지막 정육점'뿐이었다. 도식은 '마지막 정육점'의 문을 열고 안으로 들어갔다. 한 해의 마지막 날이었다.

작가의 말

어두워질 무렵 집으로 돌아갈 때면 늘 지나치는 정육점이 있다. 산골 마을의 흙먼지 날리는 삼거리에 낮게 엎드려 있는 집. 그 정육점은 내가 태어나기 전부터 같은 자리에서 이름을 바꿔가며 손님들을 받았다고 한다. 밝은 대낮에는 눈에 잘 들어오지 않다가 어두워지면서부터 묘하게 존재감을 드러내는 정육점이다. 정육점이 있는 삼거리에서 왼쪽으로 틀면 오대산으로 가는 길이고 오른쪽은 대관령을 지나 강릉으로 가는 길이다. 정육점 앞 나무로 만든 입간판엔 '마지막 정육점'이라고 페인트로 쓴 글씨가 적혀 있다. 나는 꽤 오랜 세월 동안 그 앞을 지나다녔다. 마지막 정육점? 마지막 정육점이라…… 흐린 불빛이 흘러나오는 그곳은 마치 세상 끝에 있는 정육점 같았다. 먼지 가득한 정육점 유리문을 열고 들어가면 다른 세상으로 가는 길이 있을 것만 같았다. 하지만 늘 지나치기만 했다. 두려웠기 때문이다.

스님이었던 우연은 대처승이 돼 정육점 집 딸 정옥과 결혼해 도식을 낳았다.

수도원 원생이었던 종욱은 화전민의 딸인 은실과 결혼해 옥자를 낳았다.

도식과 옥자는 강릉에서 디스코텍 웨이터와 미용사로 일했다.

옥자는 친구들과 춤을 추다가 도식을 만났다.

훗날 도식과 옥자는 우여곡절 끝에 부부가 된다.

그러나 두 사람은 신혼여행을 가기 위해 폭설의 대관령을 넘다가 차가 산비탈로 미끄러지는 사고를 당한다.

이 소설은 그런 두 사람의 쫓고 쫓기는, 생과 사의 경계선에서 세상 끝의 정육점을 찾아가는 이야기다.

절 아래에서 오래 살았다. 절은 신비로운 공간이다. 밤과 낮을 가리지 않고 틈만 나면 절간을 기웃거렸다. 어떨 때는 미궁처럼 느껴지기도 했고 또 어떨 때는 어머니의 품처럼 따스하기도 했다. 절의 일주문을 통해 나오는 이야기도 흥미로웠지만 사실 어두운 수챗구멍으로 졸졸 흘러나오는 이야기에 귀를 기울인 적이 더 많았다. 햇볕 쨍쨍한 어느 날 술에 취한 나는 절간의 돌계단에 앉아 오고가는 스님들을 바라보았다. 저들은 왜 부모형제가 있는 집을 떠나 멀고먼 이 산골짜기로 들어와 머리를 밀고 잿빛 승복을 입은 채 살아가고 있는 걸까. 왜 탑을 돌고, 종을 치고, 법당에 앉아 목탁을 두드리는 것일까. 무엇을 찾으려고…… 눈을 비비고 돌확에 떨어지는 물로 세수를 하였지만 더 막막할 뿐이었다. 내가 모르는 어떤 장소가 숨어 있을 것만 같아 절간의 후미진 곳을 훑었지만 허사였다. 길을 잃지 않은 게 다행이었다. 아니 어쩌면 그때 이미 다른 길로 접어든 것인지도 모르겠다.

많은 세월이 흘러갔다. 삼거리 정육점에서 절까지 가는 길에 만난, 소설과 소설 밖의 모든 이들에게 감사의 인사를 드린다. 소설을 쓰는 내내 나는 시간이란 것에서 도망치려 했지만 결국 도망치지 못했다. 아마도 이 이야기는 부서지고 흩어진 어떤 시간의 조각들을 다시 맞춘 무엇일 것이다. 그 조각들을 맞추는 동안 어느 바다에서는 배 한 척이 천천히 가라앉았다. 아주 깊은 바닷속으로……

2015년 새해
김도연

문학동네 장편소설
마지막 정육점

초판인쇄 2015년 1월 8일
초판발행 2015년 1월 15일

지은이 김도연
펴낸이 강병선
책임편집 유성원 | 편집 정은진 황예인
디자인 고은이 유현아 | 마케팅 정민호 나해진 이동엽 김철민
온라인마케팅 김희숙 김상만 한수진 이천희
제작 강신은 김동욱 임현식 | 제작처 영신사

펴낸곳 (주)문학동네
출판등록 1993년 10월 22일 제406-2003-000045호
주소 413-120 경기도 파주시 회동길 210
전자우편 editor@munhak.com | 대표전화 031) 955-8888 | 팩스 031) 955-8855
문의전화 031) 955-3576(마케팅) 031) 955-8864(편집)
문학동네카페 http://cafe.naver.com/mhdn | 트위터 @munhakdongne

ISBN 978-89-546-2613-2 03810

* 이 도서의 국립중앙도서관 출판시도서목록(CIP)은 서지정보유통지원시스템 홈페이지(http://seoji.nl.go.kr)와 국가자료공동목록시스템(http://www.nl.go.kr/kolisnet)에서 이용하실 수 있습니다.(CIP 제어번호 : CIP2014028528)

www.munhak.com